Sarah McCoy

Fille de militaire, Sarah McCoy a déménagé toute son enfance au gré des affectations de son père. Elle a ainsi vécu en Allemagne, où elle a souvent séjourné depuis. Résidant actuellement à El Paso au Texas, elle donne des cours d'écriture à l'université tout en se consacrant à la rédaction de ses romans. *Un goût de cannelle et d'espoir* (Les Escales, 2014) est son premier ouvrage publié en France. Depuis, ont paru aux éditions Michel Lafon *Un parfum d'encre et de liberté* (2016), *Le Souffle des feuilles et des promesses* (2017) et *Le Bruissement du papier et des désirs* (2019).

**Retrouvez l'actualité de l'auteur sur :
www.sarahmccoy.com**

LE BRUISSEMENT DU PAPIER ET DES DÉSIRS

DU MÊME AUTEUR
CHEZ POCKET

UN GOÛT DE CANNELLE ET D'ESPOIR
UN PARFUM D'ENCRE ET DE LIBERTÉ
LE SOUFFLE DES FEUILLES ET DES PROMESSES
LE BRUISSEMENT DU PAPIER ET DES DÉSIRS

SARAH MCCOY

LE BRUISSEMENT DU PAPIER ET DES DÉSIRS

*Traduit de l'anglais (États-Unis)
par Anath Riveline*

Titre original :
MARILLA OF GREEN GABLES

MIXTE
Papier issu de
sources responsables
FSC® C003309

Pocket, une marque d'Univers Poche,
est un éditeur qui s'engage pour la préservation
de l'environnement et qui utilise du papier fabriqué
à partir de bois provenant de forêts gérées
de manière responsable.

Le Code de la propriété intellectuelle n'autorisant, aux termes de l'article L. 122-5, 2° et 3° a, d'une part, que les « copies ou reproductions strictement réservées à l'usage privé du copiste et non destinées à une utilisation collective » et, d'autre part, que les analyses et les courtes citations dans un but d'exemple et d'illustration, « toute représentation ou reproduction intégrale ou partielle faite sans le consentement de l'auteur ou de ses ayants droit ou ayants cause est illicite » (art. L. 122-4).
Cette représentation ou reproduction, par quelque procédé que ce soit, constituerait donc une contrefaçon, sanctionnée par les articles L. 335-2 et suivants du Code de la propriété intellectuelle.

© Sarah McCoy, 2018. Tous droits réservés.
© Éditions Michel Lafon, 2019, pour la traduction française.

ISBN : 978-2-266-29179-8
Dépôt légal : février 2020

*À ma mère, le Dr Eleane Norat McCoy,
pour rester avec moi tout au long du trajet,
du début à la fin, de la graine au fruit.*

*Le printemps gagnait du terrain
et le pas discret de la femme entre deux âges
qu'était Marilla s'en retrouvait plus guilleret et sautillant,
mue qu'elle était par cette joie profonde et instinctive.
Elle posa sur les Pignons Verts un regard plein de tendresse
et observa, à travers son enchevêtrement d'arbres,
la lumière du soleil qui renvoyait sur les fenêtres
des reflets étincelants*[1].

L.M. Montgomery,
Anne… la maison aux pignons verts,
chapitre 27

---

1. Éditions Il était un bouquin, 2017. Traduction de Laure Valentin. *(N.d.l.T.)*

Prologue

1876

Ce mois de mai, pluvieux et froid, avait eu un goût d'hiver plus que de printemps. Les pommiers, cerisiers et pruniers, d'habitude resplendissants, parsemaient de leurs fleurs le toit à deux pans et recouvraient les corniches des Pignons Verts sans que personne ne s'en aperçoive. Marilla et Matthew travaillaient côte à côte tels des chevaux munis d'œillères, labourant la terre sans se soucier de rien. La régularité de leurs pas les menait vers l'avenir. Il fallait accomplir les tâches de la ferme, recoudre les boutons tombés, pétrir la pâte pour faire le pain. La journée était bien remplie. Demain arriverait, imprévisible, comme toujours. Il ne servait à rien de s'inquiéter avant d'y être confronté.

Et ce jour-là, l'imprévu prit les allures d'un renard roux.

— Il voulait sûrement s'abriter au chaud dans un endroit sec, déclara Matthew.

Poussant un soupir, Marilla tamponna l'entaille sur son front avec de l'hamamélis. Le picotement le fit grimacer. Matthew pardonnait bien trop facilement. Ce renard ne cherchait pas à faire une sieste, c'est après ses poules qu'il en avait, et il les aurait dévorées sans pitié si Matthew ne l'avait pas surpris. Elle ne se priva pas de le lui dire.

— Nous avons eu la visite d'un vison dans notre poulailler le mois dernier, raconta le vieux Dr Spencer. Il a tué toutes nos poules pondeuses, sauf une.

— Il a effrayé nos bêtes, continua Matthew.

Il se reposait dans son lit désormais. Marilla l'avait retrouvé assommé dans l'étable, les vaches laitières regroupées autour de lui, plus curieuses que les bigotes à la messe.

— J'ai eu la peur de ma vie, oui.

Elle avait dû abandonner Matthew là pour courir chercher Thomas dans la ferme des Lynde, et le jeune homme était parti en ville afin de ramener le Dr Spencer. Quelle complication ! Il avait fallu près d'une heure pour obtenir de l'aide. Jeune, elle avait des jambes agiles et rapides. Ce n'était plus le cas. Quand elle était revenue, Matthew titubait dans l'étable, le visage en sang, mais heureusement il était vivant. Et si elle était arrivée trop tard ? Dans des situations de vie et de mort, il est crucial de faire au plus vite, elle avait eu maintes occasions de l'apprendre.

— Je me suis cogné la tête à une poutre, ça aurait pu arriver à tout le monde.

— Oui… mais c'est à toi que c'est arrivé, répliqua Marilla en trempant le linge dans la bassine.

La plaie traversait son front en une ligne écarlate.

— Par chance, il n'a rien de cassé. Juste une belle contusion, affirma le Dr Spencer en se penchant vers Matthew pour écarter grand une de ses paupières.

— Je ne vois pas de dilatation, juste une éraflure. Il vous faut un peu de repos.

Marilla se leva pour jeter l'eau rose. La voix des deux hommes la suivit dans la cuisine.

— Vous n'êtes plus un jeune homme, Matthew. Soixante ans, ce n'est pas un âge facile pour diriger une ferme tout seul. C'est votre aîné qui vous parle. Croyez-moi, ça ne fait qu'empirer. Vous n'avez jamais pensé à engager un employé à domicile ?

Longue pause. Marilla s'interrompit pour mieux entendre la conversation.

— Je ne peux pas faire vivre un autre homme sous notre toit, répondit Matthew fermement. Pas avec une sœur célibataire, cela ne se fait pas.

— Bien sûr que non, pas un homme. Un garçon de ferme ? Un tas d'orphelins en Nouvelle-Écosse n'attendent que de travailler pour gagner leur vie. Ma belle-sœur va en chercher un la semaine prochaine. Elle pourrait en ramener deux, sans problème.

— Il faut que j'en discute avec Marilla d'abord.

Marilla sentit se raviver un espoir enfoui si profondément en elle qu'elle en était arrivée à se convaincre qu'il s'agissait d'un rêve. Deux petits garçons hilares autour d'un échiquier, un sapin de Noël décoré avec des baies, des mitaines devant la cheminée, du chocolat chaud et des biscuits au gingembre. Le sourire de l'amour vrai. Les plages de sable rouge d'Abegweit, des pierres porte-bonheur, et Izzy. La chère tante Izzy.

À ce souvenir, ses yeux s'embuèrent. Elle les essuya et finit de laver la bassine.

Le Dr Spencer revint de la chambre de Matthew.

— Il va s'en remettre.

— Heureusement que ce n'était pas pire, comme vous l'avez dit.

Il hocha la tête.

— Qu'il reste allongé pour le moment. Après une bonne nuit de sommeil, il sera sur pied.

Elle donna au docteur la génoise qu'elle avait cuisinée dans la matinée et une de leurs dernières bouteilles de vin de groseille. Le nouveau pasteur voyait d'un mauvais œil les boissons alcoolisées. À la messe, tous les disciples avaient acquiescé. Marilla se demandait s'ils auraient ainsi reproché au Christ d'avoir transformé l'eau en vin. Sûrement, vu l'humeur de Rachel ces derniers jours. Marilla avait cessé d'en préparer, mais le Dr Spencer était là depuis bien trop longtemps pour se soumettre au climat de modération. Il avait été le jeune docteur présent au chevet de sa mère, et celui qui avait soigné toutes leurs blessures et leurs refroidissements pendant plus de quarante ans. Le vin des Cuthbert était celui qu'il préférait. Sa visite à domicile valait bien au moins une bouteille.

Elle put à peine patienter jusqu'au départ du docteur pour aborder le sujet avec Matthew.

— J'ai entendu ce que le Dr Spencer t'a dit.

Il afficha un air intrigué, mais comprit vite de quoi elle parlait.

— Alors, qu'est-ce que tu en penses ?

— Le Dr Spencer est un homme avisé et un ami, affirma-t-elle sûre d'elle, en croisant les bras. Un garçon de ferme nous serait bien utile. Je me ferais moins de souci pour toi quand tu pars dans le champ. Nous aurions quelqu'un pour nous aider aux travaux de la ferme, pour faire les courses, et pour chasser les renards s'il le faut.

Laissant échapper un soupir, il dessina un petit rictus sur ses lèvres.

— J'espérais que tu serais de cet avis. Ça fait trop longtemps que...

Elle hocha la tête rapidement.

— Je vais faire les biscuits de maman. Avec du beurre doux et un peu de confiture.

La bienvenue chez les Cuthbert. Les souhaits formulés étaient enfin exaucés.

PREMIÈRE PARTIE

MARILLA DES PIGNONS VERTS

- 1 -

Une invitée

Février 1837

Le soleil et la lune brillent de la même façon pendant une tempête de neige. Ils projettent les mêmes ombres aux contours lisses, pareilles à des aigrettes de pissenlits dans la brise. Marilla l'avait remarqué en voyant le traîneau de son père qui descendait la piste enneigée. *L'Almanach du fermier* avait prévu un hiver doux. Pourtant, le mois de février touchait à sa fin, et les congères ne faisaient que grossir. Du haut de ses treize ans, Marilla se demandait même si le printemps allait revenir un jour ; il était difficile d'imaginer les pommiers en fleur sous cet immense tapis d'ombres et de blancheur.

Elle regardait par la fenêtre du nouveau salon. Pièce la plus grande de la maison, elle avait autrefois été la chambre à coucher des quatre Cuthbert : Marilla, sa mère Clara, son père Hugh et son grand frère Matthew, ainsi que Skunk, un chat bondissant, blanc avec une bande noire. Clara l'avait trouvé sur un sac en toile de jute au bord du ruisseau qui serpentait à travers les bois, derrière l'étable. Quelqu'un avait essayé de se débarrasser du pauvre animal. Marilla et Clara, elles, s'étaient bien occupées de lui, avec du lait chaud et des sardines, jusqu'à ce que son pelage brille comme de la glace. Il avait toujours peur des inconnus. Normal, selon Marilla.

Juste avant l'arrivée de la neige, son père avait terminé la dernière partie de l'agrandissement de leur ferme : les chambres à pignons et les dépendances des employés au premier étage, même s'ils n'embauchaient encore personne. À vingt et un ans, Matthew travaillait pour leur père depuis avant même que Marilla s'en souvienne. Avec ses modestes champs, son étable et sa maisonnette d'une seule pièce, leur domaine ne payait pas de mine, si bien que la plupart des habitants d'Avonlea disaient juste « là-bas chez les Cuthbert ». Pourtant, tout allait changer avec le retour du printemps, quand ils verraient les Pignons avec toutes ses extensions. Si jamais le printemps revenait un jour.

Hugh avait construit les fondations à près de cinq cents mètres de la route principale d'Avonlea, à la grande consternation de Clara.

— Comme ça on aura largement le temps de verrouiller la porte quand les filles Pye viendront nous rendre visite, l'avait-il taquinée.

Son commentaire lui avait même valu un gloussement de la part de Matthew qui avait trop honte de rire aux éclats, à cause d'une dent de devant de travers.

Les Pye étaient « fièrement acariâtres », comme Marilla l'avait entendu dire par une des dames de l'église. Personnellement, elle n'avait jamais aperçu plus que la cape de la vieille veuve Pye qui claquait derrière elle comme les ailes d'un corbeau. Elle imaginait le pire.

— Mais qu'est-ce que je vais faire si je dois emprunter une bobine de fil ou un bocal de confiture ? s'était plainte Clara. Il va me falloir marcher des heures pour arriver chez une amie !

— Mieux vaut ne manquer de rien, alors.

D'une timidité maladive, Hugh cultivait des principes religieux stricts. Sa maison constituait son sanctuaire privé. Il laissait la Bible sur la table du salon et lisait un verset à sa famille tous les soirs avant que Clara lui apporte son thé et son whisky. Il se rendait à l'église de mauvaise grâce, pas à cause du sermon, qu'il appréciait beaucoup au contraire, mais à cause des paroissiens qui se rassemblaient après la messe entre lui et sa carriole. Pour ça, Matthew tenait de son père, et les deux s'entendaient pour disparaître au moment du verre de l'amitié. Pour Clara, c'était la meilleure partie.

Marilla adorait rester auprès de sa mère pour écouter les ragots de la semaine. C'était presque aussi intéressant que le magazine *Godey's Lady's Book* que lui donnait M. Blair, le propriétaire du magasin de la ville, et qu'elle cachait sous son matelas. Ses parents ne perdaient pas leur temps à des loisirs futiles et la lecture, pour eux, constituait un loisir futile. S'il arrivait à Marilla d'avoir une minute à elle, Clara lui demandait de coudre une autre paire de mitaines, on n'en avait jamais trop, ou d'avancer les châles de prière que leur École du dimanche offrait tous les ans aux orphelins de la Nouvelle-Écosse. « Afin que, unis dans l'amour, ils soient encouragés dans leur cœur », citait Clara, et Marilla ne pouvait rien objecter aux Colossiens de la Bible.

Pourtant, certains jours, Marilla n'avait pas envie de coudre à côté de sa mère, ni de suivre son frère dans leur jardin à la lisière du pâturage. Certains jours, aussi immoral que cela pût être, Marilla voulait profiter de la journée comme il lui plaisait. Quand elle parvenait à se libérer, elle courait dans les bois de sapins baumiers avec ses magazines et suivait le ruisseau vers l'endroit où il se jetait dans une petite mare séparée en deux par un érable qui poussait en plein milieu. Elle s'asseyait sur son île avec l'eau qui clapotait autour d'elle et lisait jusqu'à ce que le soleil commence à filtrer à travers les arbres. Ensuite, elle rentrait chez elle, veillant à rapporter à sa mère un panier d'oseille pour la soupe.

— Ce n'est jamais facile d'en trouver en quantité, se justifiait-elle.

Ce n'était pas entièrement faux. Les lapins en raffolaient et en grignotaient la plus grande partie.

À cet instant, penser à la fraîcheur citronnée des herbes la fit saliver. Depuis des semaines, ils ne mangeaient plus que les navets du cellier et des légumes marinés.

Les nuages bas donnaient l'impression d'être minuit, à midi. Le cheval de Hugh et son traîneau avançaient mollement contre le vent.

— Maman, appela Marilla. Papa arrive avec elle.

Dans la cuisine, Clara préparait des petits choux pour accueillir leur invitée. À cette annonce, elle essuya la farine sur son menton, mais elle mit un moment à dénouer la ficelle de son tablier attachée autour de son gros ventre.

— Je ne comprends pas comment j'ai réussi à l'attacher, grommela-t-elle, en luttant avec le nœud rebelle.

Marilla ! finit-elle par crier à contrecœur. Viens aider ta mère. Je suis empêtrée.

Clara s'appuya contre le rebord de la fenêtre. Le froid lui procura un soulagement immédiat. Des gouttes de sueur perlaient sur son front à cause de l'effort. Le Dr Spencer l'avait mise en garde : elle devait se ménager. Avant de mettre Marilla au monde, elle avait fait deux fausses couches, et une autre encore avant que cette grossesse ne prenne. Les bébés étaient partis si tôt après leur conception qu'ils n'avaient rien eu à enterrer que les fleurs de saison, toujours au printemps. Le révérend Patterson disait que Dieu voit tous les cœurs, même ceux que nous ne voyons pas. Ils avaient donc planté des croix du souvenir derrière l'étable, au sommet d'un monticule avec vue sur la mer. Le Dr Spencer pratiquait la médecine moderne. Il lui avait conseillé d'écouter son corps, peut-être ne pouvait-il pas porter plus de deux enfants, et encore, beaucoup de femmes qu'il connaissait n'avaient pas bénéficié de cette chance. Seulement Clara se souvenait bien du temps où Hugh lui faisait la cour. Il lui avait dit qu'il aimerait au moins la moitié du nombre d'enfants d'Abraham pour labourer ses terres. Ils étaient jeunes et naïfs à l'époque, mais les rêves durent toute une vie. Elle éprouvait une profonde déception d'avoir donné naissance à si peu de bébés. Hugh ne le lui reprochait jamais, mais il ne parlait pas beaucoup.

Marilla arriva aussitôt pour lui dénouer le tablier et le plier soigneusement.

Un parfum de beurre grillé embaumait l'air, les choux risquaient de brûler d'une minute à l'autre. Clara ouvrit la bouche pour demander à Marilla de s'en occuper, mais cette dernière était déjà penchée sur le four pour retirer la grille du feu avec la force d'une adulte. Clara caressa son ventre. Elle avait grandi si vite !

— Est-ce que je les fourre de confiture de prune ou de compote de pomme ? demanda Marilla.

Ce serait la première fois qu'elle rencontrerait tante Elizabeth – Izzy, comme l'appelait sa mère. Ou du moins, elle ne se souvenait pas de l'avoir déjà rencontrée. Izzy était partie dans le Haut-Canada quand Marilla avait quatre ans et n'avait plus remis les pieds sur l'île du Prince-Édouard depuis. Quand Marilla lui avait demandé pourquoi, Clara s'était contentée de hausser les épaules.

— Chacun sa vie.

Cette raison se tenait autant qu'une autre.

Pourtant, à présent, avec le bébé à venir, Izzy venait aider sa sœur pour la naissance. Elle l'avait aussi fait pour Matthew et Marilla.

— Juste du beurre doux, répondit Clara. Ta tante aime les pâtisseries simples et préparées avec soin.

Marilla fronça les sourcils. Un chou sans garniture ? Quelle étrange idée ! Un chou vide ? Elle posa le beurrier à côté des confitures de prune sur une serviette amidonnée. Malgré son impatience, elle se sentait nerveuse à l'idée de rencontrer sa tante. Elle avait beau être de la famille, c'était avant tout une invitée et une inconnue.

— Ça ne les dérange pas, ses enfants et son mari, qu'elle s'absente aussi longtemps ? demanda Marilla.

Les Cuthbert n'avaient pas beaucoup discuté de son arrivée. Hugh et Clara la connaissaient bien et Matthew avait vécu auprès d'elle jusqu'à ce qu'elle parte pour le Nord-Ouest. Ainsi, le sujet ne méritait pas qu'on s'y attarde : tout le monde savait déjà tout ce qu'il y avait à savoir, sauf Marilla.

— Elle n'a ni mari ni enfants, tu n'as pas oublié, ma chérie ?

Bien sûr. Clara le lui avait déjà dit. Pourtant, Marilla avait du mal à se représenter une femme adulte vivant seule. Dans tout Avonlea, jamais elle n'avait croisé de femme de l'âge de sa mère sans enfants ni mari. Même les veuves avaient des enfants. Et les femmes sans enfants avaient des maris. Qu'Izzy n'eût ni l'un ni l'autre la rendait suspecte aux yeux de Marilla. Qu'est-ce qui ne tournait pas rond chez elle ?

— C'est une couturière de talent à Saint Catharines. Elle a beaucoup de succès, affirma Clara en rajustant sa robe vichy, légèrement de travers sur ses épaules. Elle pourra peut-être nous aider à nous confectionner de nouvelles tenues pour le printemps.

Clara ne se débrouillait pas très bien avec un fil et une aiguille. Marilla ne l'avouerait jamais, mais elle reprenait les robes que cousait sa mère : elle retouchait les ourlets, consolidait les boutons, et nouait une ceinture autour de la taille pour les cintrer. Quelques petites réparations discrètes pour éviter de heurter la susceptibilité de sa mère.

Marilla se disait que si sa mère appartenait au règne de la nature, elle serait un papillon, voletant joyeusement dans les champs, belle et légère. Malheureusement, une petite main pourrait l'écraser. Marilla s'imaginait en chenille, longue et fine et toujours en mouvement. Son père et Matthew seraient des pommiers. Des soutiens solides, portant en silence le poids de chaque saison. Elle s'abandonnait de plus en plus à ces rêveries.

Son maître à l'école, M. Murdock, disait qu'un esprit vagabond est un esprit vicié. D'un autre côté, elle avait entendu son père dire à sa mère en privé que M. Murdock sortait d'une université prétentieuse de York et prenait tout le monde de haut à Avonlea. Hugh parlait si peu. Quand il prenait la parole, Marilla se souvenait de tous les mots qu'il prononçait. Plus jamais elle n'avait fait aveuglément confiance à M. Murdock après cela, même son $2+2=4$, elle ne l'avait cru qu'après l'avoir vérifié par elle-même.

À cet instant, la porte de la cuisine qui donnait sur la terrasse de derrière s'ouvrit. Une bourrasque de neige s'insinua à l'intérieur et, réchauffée par l'air ambiant, fondit directement sur le sol.

— Papa et Jericho descendent le sentier, annonça Matthew, les bras chargés de bois sec.

Il tapa des pieds pour débarrasser ses bottes de la glace qui s'y accrochait.

— J'ai pensé qu'il vaudrait mieux que je démarre le feu, avant de faire entrer Jericho dans l'écurie. Il fait vraiment froid dehors.

— Merci, mon fils, dit Clara en s'étirant le dos, une main sur le côté de son ventre.

— Tu as encore mal ? demanda Marilla.

Même si sa mère affichait une expression sereine, Marilla voyait bien les cernes noirs sous ses yeux.

— De petits lancements. C'est à cause du froid. Je suppose que le bébé n'aime pas cela.

Marilla ferma la porte et remua le tisonnier dans le poêle pour attiser les braises. Elle ferait du thé pour accompagner les choux vides. Il n'était que midi et demi, mais par une journée pareille, le thé pouvait être servi à n'importe quelle heure, la lumière dehors ne donnait aucune indication.

— Assieds-toi devant le feu, dans le salon, dit-elle à sa mère. Je vais préparer le thé. Tante Izzy n'a rien contre le thé, j'espère ? se demanda-t-elle ensuite tout haut.

M. Murdock disait que certains Canadiens à la frontière avec les États-Unis avaient renoncé définitivement à cette boisson après la Boston Tea Party, où des coffres de thé avaient été jetés sur le port. Trois cent quarante-deux. Marilla avait une affection pour les chiffres et elle avait toujours trouvé celui-ci intéressant. Deux après quatre après trois. M. Murdock qualifiait ses méthodes mnémotechniques de « moyen original de se souvenir des événements, en partant de la fin ». Il s'agissait sans doute du plus grand compliment qu'il lui eût jamais fait. Depuis ses sept ans, elle allait à l'école, mais pour le moment elle étudiait à la maison. Après la naissance du bébé, elle espérait retourner en classe pour terminer sa scolarité. Elle n'avait plus que deux niveaux à suivre pour passer les examens de fin d'études.

— Bien sûr qu'elle n'a rien contre le thé ! affirma Clara en riant. Marilla, tu ne devrais pas te soucier à ce point de plaire aux gens. Tante Izzy t'aime, et elle t'aimera encore plus quand elle verra la belle jeune fille que tu es devenue.

Elle embrassa sa fille sur le front, lui laissant sur la peau son odeur douce et lactée.

Marilla n'avait pas pensé à plaire, elle n'avait juste pas envie de contrarier sa tante.

Elle remplit la bouilloire à la citerne de la cuisine et la posa sur le poêle avec un léger claquement. Elle lui tourna le dos pour attendre que l'eau chauffe.

Seule avec ses pensées, Marilla s'agaçait que tous les membres de sa famille connaissent cette inconnue mieux qu'elle. Et maintenant Izzy allait rester chez eux pendant des mois. Jamais ils n'avaient eu d'invité si longtemps. En fait, ils n'avaient jamais eu d'invité du tout. Les chambres à pignons venaient d'être construites, seuls des fermiers avaient dormi chez eux, et dans l'étable uniquement. Izzy était la première à s'installer officiellement sous leur toit et, à part Marilla, tout le monde semblait ravi.

- 2 -

Tante Izzy est une surprise

Le tintement du harnais de Jericho résonna une minute avant que la porte ne s'ouvre, ce qui donna à Marilla assez de temps pour verser l'eau bouillante sur les feuilles parfumées et poser la théière sur le plateau pour laisser infuser. Depuis la cuisine, elle entendit sa tante avant de la voir.

— Clara ! Ma sœur ! Oh, regarde-toi, plus ronde qu'une citrouille !

Elle parlait d'une voix forte et joyeuse, très différente de ce dont Marilla avait l'habitude à Avonlea.

Clara rit et grommela :

— Je dirais plutôt grosse comme une truie dans la boue !

Marilla grimaça. Une truie dans la boue, c'était vraiment la dernière image que sa mère aurait pu lui évoquer. Les bras et les jambes de Clara étaient si fins et fragiles qu'on aurait dit les tiges des glands.

— Je suis si heureuse que tu sois venue, Iz.

— Ça m'a pris des siècles ! Le voyage en calèche était un cauchemar. J'étais coincée entre un homme qui buvait une gorgée d'huile de foie de morue froide toutes les heures et une femme avec deux bébés en couche. Imagine la puanteur. En arrivant au ferry pour l'île, l'air marin m'a semblé plus merveilleux qu'une bouteille d'eau de Cologne. Si seulement cette tempête de neige avait attendu encore un jour ! J'étais vraiment désolée que Hugh doive braver les éléments pour venir me chercher.

— Pas de problème, objecta Hugh. Je suis content que tu sois avec nous. Clara se sent bien seule, cela fait trop longtemps qu'on ne t'a pas vue, Izzy.

Marilla n'avait pas osé sortir de la cuisine, de peur d'interrompre leurs retrouvailles. Pour la première fois, elle eut l'impression d'être une étrangère chez elle.

— Trop longtemps, concéda Izzy en soupirant.

Un peu trop théâtrale, selon Marilla.

— Mais je suis ici, maintenant. Alors ? Où sont mon neveu et ma nièce ?

Marilla s'empourpra aussitôt. Elle lissa les plis de sa robe et s'assura qu'aucune mèche ne cachait son front.

Mais avant qu'elle ne fît un pas, Izzy s'écria :

— Mon adorable Matthew ! Plus aussi petit. Un homme désormais, et beau comme le diable !

Quelles sottises ! Marilla n'avait peut-être jamais quitté l'île du Prince-Édouard, mais elle avait vu assez de garçons pour savoir que Matthew n'était ni particulièrement beau, ni particulièrement diabolique. Il affichait un air sérieux et allait à l'église tous les dimanches comme tout le monde sur l'île.

— Marilla ? appela sa mère gentiment. Marilla, ma chérie, viens ici, que tante Izzy puisse t'admirer.

Qu'elle puisse m'admirer ? Elle la prenait pour quoi ? Un animal de cirque ? Non pas qu'elle en eût déjà vu, mais M. Murdock leur apportait autant de journaux qu'il pouvait, y compris le *London Evening Standard,* qui avait présenté dans un de ses numéros la foire de la Saint-Barthélemy. On y exhibait des singes dansants, des bêtes sauvages, des hommes qui marchaient sur les mains, des femmes qui dansaient sous l'eau, et de vrais cracheurs de feu. Marilla trouvait ces spectacles terrifiants et merveilleux à la fois. Elle avait entendu dire qu'à chaque coin de rue des artistes se produisaient dans Saint Catharines, à cause de la proximité de la ville avec la station thermale américaine à la mode des chutes du Niagara.

Peut-être qu'Izzy avait l'habitude de ces divertissements.

Marilla décida alors de prouver à sa tante que les filles de l'île du Prince-Édouard étaient aussi bien élevées que les princesses d'Angleterre. Elle redressa les épaules, leva la tête bien haut, posa les deux mains sur la taille et avança avec autant d'assurance qu'elle pouvait en rassembler.

La pièce qui abritait aisément les quatre Cuthbert lui parut soudain surpeuplée. Le feu de cheminée flambait vivement, dégageant un peu trop de fumée et brouillant la vue.

— Voici notre Marilla, lança Clara avant de s'écarter pour révéler Izzy, toujours emmitouflée dans sa cape bleue.

En voyant sa nièce, Izzy retira la capuche de sa tête, un sourire aux lèvres.

Marilla poussa un cri en sursautant, les mains sur le cœur. Elle faillit faire tomber la boîte de laine dans laquelle Skunk faisait la sieste. Il fit un bond pour éviter sa botte et, en crachant, partit se cacher dans un coin plus paisible. Marilla aurait voulu le suivre.

— Marilla, mon enfant, qu'est-ce qui te prend ? demanda Clara, les sourcils froncés.

Elle prit la main de sa sœur pour lui témoigner son soutien. Épaule contre épaule, les deux femmes dévisagèrent Marilla.

Même si Izzy avait une avalanche de torsades d'une teinte légèrement plus caramel que les cheveux de Clara, son visage était le miroir de celui de sa mère. Identique, à l'exception du rouge et de la poudre qui réhaussaient ses traits.

Marilla agita un doigt entre les deux.

— Vous… vous.

Les deux sœurs échangèrent un regard, esquissant la même grimace. Marilla réprima un sanglot de terreur.

Heureusement, Matthew se racla la gorge.

— Je me demande si Marilla a déjà vu des jumelles dans sa vie.

En effet, c'était la première fois. Pourtant, elle en avait déjà entendu parler : la cousine de Mme Barry à Kingsport avait des jumeaux. Marilla n'était pas une péquenaude. Si on l'avait juste avertie qu'Izzy et Clara étaient jumelles, elle n'aurait pas réagi ainsi.

Les deux femmes éclatèrent de rire en chœur. Leurs yeux à toutes les deux pétillaient de malice. Marilla aurait sûrement moins bien supporté l'indignation du moment si elle n'avait pas remarqué que, là où les joues de sa mère restaient lisses, Izzy avait, elle, une immense fossette qui se creusait quand elle riait. Ce détail lui apporta un certain soulagement.

— Manifestement, je n'en ai jamais parlé. Je pensais que tout le monde le savait ! expliqua Clara.

Izzy écarta une boucle qui s'était échappée sur sa tempe.

— Ma pauvre, quel choc !

Marilla se ressaisit du mieux qu'elle put. La gêne enflammait son visage.

Hugh fit un petit signe à Matthew.

— Rentrons Jericho dans l'étable, cette neige n'est pas près de s'arrêter. Mesdames, mettez-vous à l'aise.

— Du thé et des amuse-bouche vous attendent, leur promit Clara.

Hugh adressa un clin d'œil à Clara, et Marilla rougit de plus belle. Son amour pour elle…

Les hommes quittèrent alors la pièce.

— Déshabille-toi, tu es ici pour y rester, dit Clara en enlevant la cape humide des épaules de sa sœur et en allant la faire sécher devant le feu.

Izzy portait une robe en calicot avec des pensées mauves. De la gaze était cousue avec soin sur son corsage, des coudes aux poignets, et un tissu similaire couvrait les épaules. À l'inverse de la robe d'intérieur de Clara, la toilette d'Izzy épousait étroitement sa taille fine, et dans son dos les plis dessinaient un bustier très élégant. Ce n'était ni osé ni frivole, au contraire. Cette tenue était cousue de façon si géométrique qu'elle évoquait à Marilla les clochers des églises. Pas un centimètre de tissu gâché, tout avait une fonction dans la structure générale. En comparaison, la robe de sa mère donnait l'effet d'un fatras d'étoffe incohérent. Comme Clara était enceinte, il fallait laisser de la place.

— Tu as faim après ce voyage ? demanda cette dernière.

— Je suis affamée.

— Oh, mon Dieu. Marilla t'a préparé des petits choux.

Pas entièrement vrai. Marilla avait façonné la pâte pour sa mère et avait ensuite mis les boules au four et les en avait sorties. Rien de plus.

— Des choux ! s'exclama Izzy en français.

— Avec du beurre doux, fourni par la plus belle de tout Avonlea, notre vache Darling.

Clara partit dans la cuisine. Marilla ouvrit la bouche pour lui dire qu'elle avait tout posé sur le plateau, afin qu'elle n'eût pas d'effort à faire. Pourtant, sa langue resta vissée à son palais de se retrouver seule en compagnie d'une personne inconnue.

Izzy s'étira en face du feu en bâillant ouvertement.

— Est-ce qu'il s'agit de la vache Darling dont tu m'avais parlé il y a trois printemps ? Celle que tu as reçue des Blythe ? Leur bétail est vraiment le meilleur de l'île. C'était déjà le cas quand nous étions enfants. C'est évident, la graine fait le fruit, le fruit fait la graine.

Marilla ne comprenait pas un traître mot de ce que lui disait Izzy. Des fruits, des graines ? Quel était ce charabia ? Elle confondait les animaux avec les plantes ? Peut-être qu'elle avait vécu dans la ville depuis si longtemps qu'elle avait oublié comment fonctionnait la nature. D'un autre côté, si elle avait déjà entendu parler de Darling et des Blythe, elle ne devait rien ignorer sur leurs vies. Alors que Marilla ne savait même pas que sa mère avait sa copie conforme !

Izzy fit volte-face.

— Mari-lla, lâcha-t-elle en trillant comme un oiseau. Tu es devenue très jolie. Grande, élégante. Je l'avais dit à ta mère, n'est-ce pas, Clara ?

Elle cria en direction de la cuisine à un volume jamais atteint à l'intérieur par aucun Cuthbert.

— Je lui ai dit : « Ma sœur, ne t'inquiète pas. C'est peut-être une petite chose sombre et quelconque pour l'instant, mais comme tous les bébés. » Tu aurais dû voir Matthew ! « Attends et tu verras », lui ai-je dit. « Je le vois dans ses yeux. Cette lueur. Elle sera charmante. » Ta mère m'a alors demandé comment on devrait t'appeler, et j'ai répondu « Marilla ». Ça vient de l'amaryllis, une plante tenace d'une beauté envoûtante.

Marilla n'appréciait pas particulièrement d'être qualifiée de bébé quelconque, mais ce qui la choquait davantage encore, c'était que sa tante lui eût trouvé son nom. *D'une beauté envoûtante ?* Sûrement pas. Tout le monde savait que Marilla venait de Mary. *Tenace ?* Les Cuthbert se vantaient d'être des membres fidèles des « dociles bénis ». Les presbytériens.

Izzy s'installa sur le canapé et tapota le coussin à côté d'elle. Marilla obéit sans se faire prier, malgré le commentaire de sa tante sur son prénom. Assise si près d'elle, la jeune fille sentait le parfum de la poudre sur sa peau. Du lilas et une touche de cuivre à cause du froid.

— Désolée de t'avoir effrayée.

— Personne ne m'avait dit que ma mère et toi étiez jumelles, expliqua Marilla, s'exprimant enfin de façon cohérente et veillant à ce que sa voix ne tremble pas.

— Ta mère est l'être le plus doux et le plus gracieux de cette planète. Elle l'a toujours été, assura Izzy en lui adressant un clin d'œil. Tu tiens d'elle.

Et soudain, sans crier gare, Izzy l'embrassa sur la joue. Marilla se figea pendant et après le baiser, de peur que le rouge à lèvres de sa tante ne tachât sa peau.

Une cuillère tomba dans la cuisine.

— Marilla ! appela Clara.

Marilla bondit aussitôt, Izzy sur les talons. Elles trouvèrent Clara, amusée, qui essayait de regarder par-dessus son gros ventre pour retrouver la cuillère tombée. Elle avança de deux pas, recula d'autant, se pencha à droite, à gauche et fit un tour sur elle-même, comme si elle dansait le quadrille écossais. La cuillère s'évertuait à rester dans un angle mort.

— Je pensais que je pouvais… commença Clara avant de manquer de souffle et de s'appuyer sur Marilla tandis qu'Izzy ramassait la cuillère.

— C'était pour qui, de toute façon ? Tu sais que je ne prends pas de sucre dans mon thé. Verse-le simplement dans la tasse.

— Je sais, mais je me suis dit que tu aurais pu changer, se justifia Clara.

— Pas moi, ma chère sœur. Qui je suis, ce que je fais, c'est aussi figé que les saisons. En revanche, où je vais, comment je me débrouille, c'est fluctuant.

Elle prit un chou dans le moule, plus léger qu'un nuage, et le coupa en deux. Avec la cuillère tombée, elle le remplit de beurre et le mit dans sa bouche.

— Délicieux !

Elle recommença avec un autre chou qu'elle tendit à Marilla. Et un troisième pour Clara.

— Je ne suis pas une invitée dans cette maison, alors ne me traitez pas avec des pincettes. Je fais partie de la famille et je suis venue pour m'occuper de toi.

Elle pointa un doigt vers les deux femmes. Quand elle vit le beurre à son extrémité, elle le lécha et baissa les yeux vers le plateau.

— Allons-nous le boire, ce thé ?

Clara s'appuyait plus fermement sur les épaules de Marilla et lui pinçait la peau, mais Marilla ne bougeait pas.

— Nous sommes si contents de t'avoir chez nous, lança Clara dans un soupir avant de croquer dans son chou beurré.

Marilla hocha la tête et l'imita. Elle pensait toujours qu'ils auraient été bien meilleurs fourrés avec de la confiture de prune, et n'arrivait pas encore à se forger une opinion sur Izzy. Elle était en tout cas ravie d'avoir une aide. De jour en jour, sa mère peinait davantage et Marilla craignait secrètement la suite des événements. Les dames de l'église ne discutaient pas volontiers de naissance, et dans ses magazines elle n'avait jamais rien lu sur le sujet. Tout ce qu'elle en avait vu, c'était au printemps dernier, quand elle avait aidé son père à la mise-bas de Darling parce que Matthew s'était trouvé dans les champs à ce moment-là.

Le nouveau-né était bien trop grand pour sa mère. Ses pattes de devant sortaient déjà du ventre, mais sa tête était coincée. Pour sauver les deux bêtes, Hugh avait plongé le bras à l'intérieur de sa vache et en avait tiré le veau. Marilla s'était vu assigner le rôle de maintenir Darling stable. Elle lui avait caressé la tête et chanté des berceuses du mieux qu'elle avait pu, mais elle était allée vomir derrière le foin en voyant son père couvert de sang et d'un liquide poisseux. Hugh n'en avait pas été offensé. Il avait mis au monde un veau en bonne santé. Heureuse, Darling se reposait tranquillement. Seule Marilla était bouleversée.

Clara avait réprimandé son mari pour avoir infligé à sa fille les lois de la nature trop tôt. Qu'est-ce qu'il aurait pu faire d'autre ?

Près d'un an plus tard, Marilla s'inquiétait secrètement que quelqu'un doive glisser la main à l'intérieur de sa mère pour en tirer le nouveau bébé. Elle ne voulait surtout pas qu'on lui confie cette tâche et elle était soulagée qu'Izzy soit là pour s'en charger.

- 3 -

Recette de famille

Le lendemain matin, le soleil étira ses longs rayons ensommeillés sur le golfe du Saint-Laurent et réveilla Marilla en même temps que les rires et le claquement des casseroles. On aurait dit qu'un groupe de gitans avait élu domicile aux Pignons. Les Cuthbert étaient des gens silencieux, surtout le matin. Son père ne faisait pas plus que chuchoter avant midi, et son frère pouvait passer tout le souper sans sortir un seul mot.

Derrière la fenêtre, Matthew conduisait déjà les vaches laitières de l'étable dans les pâturages. Marilla était restée à dormir. Sa mère ne l'avait pas appelée pour qu'elle l'aide à préparer le petit déjeuner des hommes. Affolée par ce chamboulement dans les habitudes des Cuthbert, Marilla jeta ses couvertures au sol. Avec sa chemise de nuit entortillée autour d'elle comme une rose, elle dévala l'escalier vers la cuisine.

— Marilla, la salua Clara. Bonjour, ma chérie.

Toujours dans sa robe de chambre, Clara sirotait du thé à la petite table en bois qu'elles utilisaient pour couper des légumes. À côté d'elle se trouvait le sac de groseilles séchées qu'elles avaient cueillies en juillet et qu'elles avaient laissées se ratatiner sous le soleil. Elles les avaient gardées pour les scones de Pâques, mais visiblement sa tante avait d'autres projets.

Au milieu de la cuisine, Izzy virevoltait dans une robe d'intérieur rayée comme un sucre d'orge. Ses cheveux étaient coiffés en boucles gonflées et symétriques autour de son visage. La ressemblance entre les deux sœurs était toujours aussi déconcertante, mais on ne pouvait pas les confondre. Clara était la lune douce, Izzy, le soleil éclatant.

En voyant sa nièce, Izzy souleva la casserole en fer et la frappa d'un coup de cuillère en bois. Elle vibra comme une cloche, provoquant chez Marilla un début de migraine.

— Ma jolie fleur !

« Jolie fleur », c'est ça, songea Marilla en tapant ses pieds nus sur le sol froid pour faire du bruit à son tour, mais sans beaucoup d'effet. Elle trouvait les surnoms condescendants. Elle s'appelait Marilla et elle était une fille, pas une fleur. Elle ignora donc sa tante, avec tout le respect qu'elle lui devait, et s'approcha de Clara.

— Bonjour, maman, dit-elle en lui embrassant la joue. Pourquoi ne m'as-tu pas réveillée ?

— Nous avons estimé que tu méritais bien ce petit repos supplémentaire.

Qui ça, *nous* ? Et pourquoi aurait-elle plus besoin de dormir que les autres jours ?

— Je prépare toujours le petit déjeuner de papa et de Matthew…

Elle ne se souvenait pas d'un seul jour où elle n'avait pas cassé un œuf dans la poêle avant l'aube.

— Ta tante est ici pour m'aider, désormais. Elle a cuisiné un succulent porridge avec du sirop d'érable. Nous t'avons gardé le meilleur bol.

Izzy sourit et s'inclina, flattée par le compliment. Marilla ne se laissa pas impressionner. Elle aussi, elle leur aurait fait du porridge s'ils le lui avaient demandé.

— Une jeune fille a besoin du plus de temps possible pour rêver, déclara Izzy. Rapidement, tu seras adulte et tu seras constamment dans l'action !

Marilla fronça les sourcils. Pour l'instant, de la bouche d'Izzy elle n'avait entendu que sornettes, balivernes et bêtises. Sa migraine s'intensifia et elle se dit que, d'ici la naissance du bébé et le départ de sa tante, elle aurait complètement perdu la tête.

— J'aime l'action, répliqua Marilla.

Izzy posa la casserole et sourit.

— Alors qu'est-ce que tu fiches plantée là ? Va t'habiller et reviens prête pour l'action.

Elle pivota sans laisser le temps à Marilla de répondre et remplit la casserole de l'eau de la citerne.

Clara tapota la main de Marilla.

— Va faire ce que te dit ta tante.

C'était exaspérant d'obéir à une femme qu'elle venait à peine de rencontrer et qui se sacrait elle-même nouvelle reine du foyer. Cependant, Marilla décida de se montrer au-dessus des attentes médiocres que sa tante semblait avoir pour elle. Elle se redressa donc, ajusta les manchettes de sa chemise de nuit et retourna dans sa chambre. Elle se lava le visage avec de l'eau froide et enfila une robe propre. Elle l'avait elle-même repassée sévèrement, si bien que les manches ressortaient des épaules telles des poutres. Elle s'entortilla les cheveux au-dessus du crâne, alors qu'un jour normal elle les aurait laissés détachés, et consolida le chignon avec un peigne pointu en corne. La coiffure qui tirait sur les tempes lui soulageait la migraine.

S'examinant dans le miroir, elle conclut qu'elle pouvait facilement passer pour une fille mature de seize ans, plutôt que la gamine de treize ans qu'elle était. En repartant dans la cuisine, elle en éprouva une profonde satisfaction. Malheureusement trop occupées à discuter la prochaine étape de leur recette, Izzy et sa mère la remarquèrent à peine.

— On doit dissoudre le sucre dans de l'eau bouillante et ensuite ajouter les groseilles.

— Je crois me souvenir que maman les écrasait, riposta Clara.

— Oui, mais elle le faisait avec des groseilles fraîches. Là, elles sont sèches. Maman n'en prenait pas des sèches, mais Mamó Flora si.

— Ah oui, c'est vrai. J'oublie tout depuis quelque temps. Je monte à l'étage chercher quelque chose et quand j'arrive, je ne sais plus du tout ce que je suis venue faire là !

Clara éclata de rire et posa le front contre celui de sa sœur.

Visiblement, elle avait aussi oublié sa fille unique. Marilla se racla la gorge pour leur signaler sa présence, mais c'est Izzy qui réagit en premier.

— Oh, très bien, Marilla. On a besoin de toi. Prends ton petit déjeuner et nous allons commencer. Il faut que tu apprennes notre recette de famille secrète.

Clara posa le bol de porridge sur la table. Du sirop d'érable chaud perlait sur les flocons d'avoine. Marilla devait bien le reconnaître, mais pour elle seulement : un régal !

— Quelle recette secrète ? demanda-t-elle entre deux cuillerées.

Clara cuisinait comme elle cousait : juste passable. Elle avait enseigné à Marilla toutes les recettes qu'elle connaissait, parce que le résultat était invariablement deux fois meilleur quand la jeune fille préparait à manger. Marilla s'acquittait de cette tâche de façon naturelle et elle ne comprenait pas pourquoi elle réussissait là où sa mère pataugeait laborieusement.

— Elle a un don, avait dit Clara à Hugh.

À l'instar du soleil qui a le pouvoir de donner de la couleur aux pommes et la retirer du linge, certaines choses ne s'expliquent pas, elles sont et c'est tout.

— Le vin de groseille des Johnson, bien sûr, répondit Izzy avec un clin d'œil. Transmis par les femmes de la famille et une tradition vénérée pour chaque baptême d'un nouveau-né. Il faut le conserver dans le garde-manger au moins trois mois pour qu'il ait du goût.

— Si on ne le prépare pas maintenant, il ne sera jamais prêt pour la naissance, ajouta Clara en caressant son ventre.

Alors que Hugh buvait un verre de whisky tous les soirs, Clara ne se permettait du vin qu'à Noël ou les jours de communions spéciales servi par le pasteur après l'office. Marilla avait toujours pensé que le vin était une boisson sacramentelle. Trop coûteux et ecclésiastique pour qu'on le concocte dans sa cuisine. Ce ne pouvait être que le révérend Patterson et ses acolytes, dans la cave de l'église presbytérienne, qui avaient cet honneur. Ensuite, ils préservaient le résultat dans des fûts sacrés en attendant la bénédiction sainte. Elle s'était imaginé que les bouteilles dans leur garde-manger provenaient des tonneaux de l'église.

Encore une fois, avec l'arrivée d'Izzy, toutes ses certitudes se voyaient démenties.

— Quel âge avions-nous, la première fois que nous avons fait du vin de groseille, Iz ?

— Nous étions un peu plus jeunes que Marilla, je dirais.

Izzy leva les yeux vers le plafond pour calculer.

— 1807 ou 8 ? Je ne m'en souviens pas. C'était l'année de la naissance du petit Jonah Tremblay...

— L'année de l'invasion de scarabées.

— Alors, quel âge avait-on ?

— Douze ans... non, non, onze.

— Exactement. Parce que nous avions deux chiffres pleins, le zéro n'étant pas vraiment un chiffre. Maman a jugé qu'il était temps, puisque nous aurions deux chiffres pleins jusqu'à ce qu'on atteigne cent onze ans, ce qui faisait trop loin. C'était le cadeau de baptême pour les Tremblay, que Dieu les bénisse. Et nous avions sans doute fait le pire vin de groseille de toute la création ! Je me rappelle en avoir pris une gorgée et l'avoir tout de suite recrachée dans la cour. Je n'en ai plus bu avant mes dix-sept ans, largement.

— J'ai perdu l'ongle de mon pouce avec ce premier essai, avoua Clara.

— Clara ! lâcha Izzy, sidérée.

Clara enchaîna avec un débit effréné.

— Il s'est pris accidentellement dans le presse-purée. Je ne l'ai jamais confié à personne ! J'avais trop honte de dire que j'avais gâché notre préparation après tous les efforts qu'on y avait mis. J'ai prié tous les jours de la fermentation que Dieu le fasse disparaître. Et comme par miracle, quand maman a versé le vin du fût, on n'a retrouvé aucun bout d'ongle.

Les trois femmes éclatèrent de rire. Même Marilla ne réussit pas à se retenir.

— C'est fou que j'arrive à me souvenir de cela, alors que je ne sais même plus où j'ai rangé mon tambour de couture, hier.

Clara s'essuya la larme de joie au coin de son œil.

— Si Hugh entrait maintenant, il nous croirait soûles, plaisanta Izzy.

Ce commentaire calma aussitôt Marilla. *Soûles.* Elle n'avait entendu ce mot qu'une seule fois auparavant… quand Matthew était rentré tard, un soir. Il était allé à un bal avec un groupe d'amis de l'école et, manifestement, le goût de leur punch avait été relevé par plus que de la citronnade. Les Pignons n'étaient qu'à moitié construits à l'époque. Les Cuthbert dormaient tous dans le salon, si bien que Matthew n'avait pas pu cacher sa démarche titubante. Il avait essayé d'allumer une lampe de la cuisine pour y voir clair, mais l'huile s'était renversée et le feu avait pris.

— Faites-le sortir d'ici… il est soûl ! hurlait Hugh en étouffant les flammes.

C'était la première fois de sa vie qu'elle avait ressenti le danger, et cela la tracassait particulièrement qu'ils l'aient encouru à cause d'une personne de confiance. Elle avait conclu que ce n'était pas *son* Matthew ce soir-là, mais « le soûl ». Résultat, un tapis tressé avait été jeté à la poubelle, le plancher en dessous en avait gardé une marque de brûlure, ainsi que la jambe de Matthew dont la peau ressemblait désormais à de l'eau ondulant dans une mare. Une cicatrice qu'il ne montrait à personne. Le souvenir fit tressauter ses tempes, et elle posa les doigts sur les spasmes pour les arrêter.

— Tu as mal à la tête ? demanda Izzy qui l'observait, inquiète.

— Un peu, répondit Marilla pour ne pas mentir.

Izzy saupoudra de sel le porridge de Marilla.

— Tu as besoin d'un peu de minéraux dans ton alimentation. Tu es trop mince, mange et tu te sentiras mieux.

Marilla termina son bol et, comme l'avait dit Izzy, sa migraine disparut. Juste à temps : le sucre avait fondu pour les groseilles. Le sac était trop lourd pour qu'elles le soulèvent sans renverser les fruits sur le sol de la cuisine, elles prirent donc chacune à tour de rôle une tasse pour les ajouter à l'eau sucrée.

— Un, compta Clara.

— Deux, enchaîna Izzy.

— Trois, continua Marilla.

Elle adorait donner la cadence avec sa mère et sa tante. C'était un peu comme réciter une formule magique.

— Quatre.

— Cinq.

— Six.

— Je pense qu'il faut en ajouter une. Cela nous portera chance. À toi l'honneur, Marilla.

Marilla s'exécuta avec précision et versa les groseilles dans la casserole.

— Sept.

Clara mélangea la potion, provoquant un tourbillon rouge.

— J'ai le sentiment que ce sera le meilleur vin qu'on aura préparé depuis des années.

— Le meilleur tout court, je parie, corrigea Izzy en se tournant vers Marilla. Referme le couvercle. Nous allons le laisser infuser pendant une heure avant de le filtrer et de le mettre en bouteille. C'est là que la magie se produit.

— La magie ?

— Oui, l'eau se transforme en vin ! Techniquement, il s'agit de fermentation. Sans ce procédé, nous aurions un bon jus de groseille, ce qui est parfait comme boisson de tous les jours, mais la naissance d'un bébé est une occasion spéciale, ne penses-tu pas ?

— Si. Absolument.

C'était la première fois que Marilla était d'accord avec sa tante depuis qu'elle avait mis les pieds chez eux la veille.

Elles passèrent l'heure suivante à éplucher des pommes de terre et à baratter du beurre pour le souper. Les corvées domestiques s'accomplissaient deux fois plus vite avec Izzy. Elle conservait les épluchures de pommes de terre parce qu'une de ses clientes dans son magasin de robes, une actrice américaine, lui avait donné un conseil de beauté. Laisser tremper les peaux dans du jus de citron juste avant de se les appliquer sur le visage pour la nuit procure un teint d'albâtre. Marilla ne s'était jamais préoccupée de son apparence, mais c'était une bonne façon de recycler ces détritus. Clara trouva l'idée excellente pour effacer les lignes qui gribouillaient son ventre, et Izzy promit de lui en étaler plus tard.

Izzy avait également apporté un recueil de comptines écrites par les sœurs Jane et Ann Taylor.

— Oh, Iz ! s'exclama Clara. Cela fait des années que je ne les avais plus revues.

— Veux-tu que je te lise « La petite fille qui frappait sa sœur » ?

Les deux femmes se prirent dans les bras en riant.

Marilla n'avait jamais entendu parler de cette comptine ni d'aucune autre du livre. Clara ne leur en avait pas lu, préférant les Saintes Écritures de Hugh à ce genre de fantaisie.

— Et pourquoi pas « L'Étoile » plutôt ?

Izzy s'éclaircit la voix.

— *Brille, brille, petite étoile, comme j'aimerais savoir qui tu es ! Si haut au-dessus du monde, comme un diamant dans le ciel*[1]…

Clara adressa un regard aimant à Izzy et se caressa le ventre, comme si elle encourageait le bébé à écouter.

— *Même si je ne sais pas qui tu es, brille, brille, petite étoile*[2], conclut Izzy en souriant.

Marilla se surprit à sourire elle aussi, même si elle ne l'avait pas décidé. Izzy tourna les pages pour lire une autre comptine et l'heure fila. Rapidement, elles se retrouvèrent à contempler la casserole qui refroidissait. À l'intérieur, les groseilles étaient devenues aussi grosses que des rubis.

— Comme c'est son premier vin de groseille officiel, c'est à notre chef du jour que revient l'honneur de goûter, déclara Izzy en tendant avec cérémonie une cuillère que Marilla accepta.

Clara et Izzy patientèrent des deux côtés de la jeune fille, qu'elle trempe ses lèvres dans la préparation. Le liquide était plus sucré que toutes les baies qu'elle avait mangées dans sa vie, et le petit arôme aigre lui donna envie d'en avaler plus encore.

---

1. « *Twinkle, twinkle, little star, how I wonder what you are. Up above the world so high, like a diamond in the sky…* »

2. « *Though I know not what you are. Twinkle, twinkle, little star.* »

— C'est bon, affirma Marilla. Très !

Izzy tapa dans les mains, pendant que Clara s'emparait de la cuillère pour vérifier.

— Je dois bien reconnaître que c'est meilleur qu'avec des groseilles fraîches.

— Ce ne sont peut-être pas les groseilles, mais la cuisinière qui a amélioré la recette, félicita Izzy en posant sa main sur l'épaule de sa nièce. Il ne reste plus qu'à attendre et tourner régulièrement les bouteilles. Nous avons passé le flambeau : le vin de groseille des Johnson est désormais le vin de groseille de Marilla Cuthbert !

— On célébrera ce grand événement quand le bébé arrivera. Et si c'est une fille, nous lui enseignerons également la recette, le moment venu, ajouta Clara.

Marilla se réjouit de cette perspective. Elle avait un frère mais pas de sœur. Debout entre sa tante et sa mère, elle ne pouvait plus s'empêcher de leur sourire. Elle tentait de les imaginer à son âge. Sûrement les meilleures amies du monde. Marilla n'avait aucune vraie amie à Avonlea. Cela ne lui manquait pas, elle avait déjà sa mère, son frère et son père. Pourtant, maintenant qu'elle voyait le lien qui unissait Clara et Izzy, elle se dit qu'une sœur dans sa vie…

- 4 -

Apprendre l'histoire d'Izzy

Tout le sucre, jusqu'au dernier grain, avait été utilisé pour le vin de groseille. Les femmes avaient décidé de se rendre ce samedi-là au magasin des Blair pour se réapprovisionner, mais Clara ne se sentait pas bien. Izzy proposa alors de faire la course. Fidèle à sa parole, Izzy était une femme d'action. Elle avait fait une liste de tout ce qu'elle avait l'intention d'accomplir aux Pignons, les préparatifs nécessaires pour la naissance du bébé, et ce qu'elle appelait ses « séances de couture quotidiennes ». Elle brodait constamment des motifs sur son tambour, tricotait avec des écheveaux de laine, ou reproduisait les boucles en dentelle de son catalogue.

— Il faut s'exercer régulièrement pour affûter son savoir-faire ! avait-elle expliqué, laissant ses aiguilles cliqueter pendant la lecture des Saintes Écritures par Hugh.

Sans demander son avis à Marilla, elle avait commencé à lui enseigner l'art de coudre des robes.

— Les femmes qui viennent dans ma boutique sont éduquées et financièrement aisées, mais elles sont incapables de s'habiller. Je ne veux pas que notre fille soit aussi démunie, n'est-ce pas, Clara ?

À la grande surprise de Marilla, Clara avait acquiescé.

— Tu dois être en mesure de t'occuper de toi-même, Marilla.

Marilla savait repriser une chaussette comme personne et, avec sa maîtrise du crochet, elle avait confectionné de magnifiques châles pour les orphelins de Hopetown, mais encore jamais de vraies tenues. Elle portait essentiellement les robes que ses amies de l'église offraient à Clara lorsqu'elles étaient devenues trop petites pour leurs propres filles. Les seuls habits que Clara avait cousus elle-même étaient taillés dans de vieux draps et des tissus en promotion, en général des robes d'intérieur avec des coutures solides et irrégulières. Elle ne les mettait jamais en public. Marilla éprouvait une vive excitation à l'idée de réaliser une robe comme celles d'Izzy, si bien coupées et élégantes. Izzy allait choisir du tissu chez les Blair pour faire au bébé un vêtement pour l'été. Elles commenceraient par cela avant de se lancer dans une tenue d'adulte. Marilla imaginait une étoffe jaune et verte, pareille aux sabots-de-Vénus, la fleur préférée de Clara. En rose, elles poussaient partout sur l'île, mais ce n'était qu'autour de leur ferme qu'on en trouvait de plus jaunes que le soleil.

— Je déteste vous gâcher votre plaisir, se lamenta Clara depuis le salon où elle était assise, ses pieds gonflés trempant dans une bassine d'eau agrémentée de sel d'Epsom. La journée est si belle !

Le ciel était d'un bleu limpide comme Marilla ne l'avait plus vu depuis des mois. Il se mariait si parfaitement avec l'horizon marin que l'on ne percevait plus la frontière entre le ciel et l'océan. La neige fondue vibrait en dégoulinant tels des carillons. On avait presque l'impression d'entendre le printemps annoncer son arrivée dans un murmure.

Marilla était impatiente de se rendre en ville, mais bien évidemment Izzy pouvait faire les courses sans elle. Elle s'empara donc de son panier de laine et reprit son ouvrage au crochet, là où elle l'avait laissé.

— Il vaut mieux que tu te reposes, ma chère sœur, confirma Izzy. Ne t'inquiète de rien, Marilla et moi nous occupons de tout.

Elle tira son écharpe du portemanteau et l'enroula autour de son cou.

Marilla se sentit perdue et ravie à la fois. D'un côté, elle se réjouissait qu'elles partent toutes les deux, mais d'un autre sa mère restait à la maison. Marilla n'avait jamais été une enfant collante, elle savait apprécier une excursion solitaire, pourtant, se retrouver seule avec Izzy la rendait nerveuse, à présent. Même si elle avait un peu appris à la connaître, après une semaine, sa tante était encore pour elle une étrangère.

— Allez, viens, appela Izzy. Prends tes mitaines chaudes, ce n'est pas sans raison qu'on nomme cet endroit l'île du vent.

Marilla savait bien comment s'habiller pour se protéger des intempéries sur cette île. Elle était chez elle, ici, après tout, et pas Izzy. Elle boutonna son manteau, enfonça sur sa tête son bonnet en laine et se chaussa de ses bottes en fourrure. Il faudrait marcher un moment jusqu'à Avonlea et elle jugeait bien trop légères les dentelles à la mode que portait Izzy.

Avant même qu'elle n'imprimât la marque de ses pas dans la cour enneigée, Izzy arriva en faisant claquer un fouet dans l'air. Elle avait harnaché Jericho au traîneau et trônait à la place du cocher, les deux rênes dans une main.

— Monte, ma fille ! J'ai promis à ta mère que nous serions de retour avant que Hugh et Matthew rentrent de Carmody.

Les hommes étaient partis négocier le prix des graines de printemps. Hugh voulait planter une nouvelle récolte de pommes de terre cette année.

Marilla ne se fit pas prier et s'installa rapidement à côté d'Izzy ; celle-ci donna une petite secousse dans les rênes et elles s'élancèrent aussitôt.

Marilla n'était montée sur le traîneau qu'avec Matthew et Hugh qui voyageaient toujours à un rythme mesuré. Là, en revanche, Izzy lâchait pratiquement la bride, si bien que Jericho pouvait galoper à cœur joie. Quand la capuche de sa cape bleue tomba en arrière, Izzy ne la remit pas en place, elle laissa au contraire le vent ébouriffer ses boucles et libérer sa chevelure. Les épingles du chignon de Marilla se détachèrent également et volèrent dans son champ de vision telles des algues dans la baie. Elle aurait juré qu'elle les voyait nager, emportées par le courant. Elle dut retenir sa respiration et fermer les yeux pour supporter le souffle glacé.

Elles s'arrêtèrent à la lisière d'Avonlea, devant les premières rangées de maisons, là où la route enneigée se transformait en chaussée déblayée.

— Tout doux, mon beau, ordonna Izzy. Je pense que nous avons offert à Jericho son exercice pour la journée. Il a bien gagné son morceau de sucre.

Elle le fit rester sur place le temps qu'il reprît son souffle.

— Lorsque nous étions jeunes, ta mère et moi, nous nous sauvions certaines journées d'hiver, quand nous n'avions rien d'autre à faire à l'intérieur que regarder nos ongles pousser et attendre que la neige fonde. Nous montions sur le traîneau et nous partions au galop. Une fois, nous sommes allées jusque chez les Stanley à côté de Hope River, est-ce que tu vois où c'est ?

Marilla hocha la tête. Elle y avait traversé le pont à plusieurs reprises.

— Nous avions laissé le cheval et le traîneau pour marcher sur les rives gelées. Pour nous, ce n'était pas la baie mais une mer enchantée, grouillant de baleines. Pour en attraper une, il fallait jeter une pierre magique. Si elle traversait la glace, tout ce que tu souhaitais pour ton avenir se réaliserait. Nous passions une heure à lancer des pierres. Elles s'alignaient sur la surface, pareilles à des prunes sur le nappage d'un gâteau, et nous finissions par transpercer la glace.

— Qu'est-ce que tu as demandé pour ton avenir ?

Izzy sourit, sortit un ruban de sa poche et attacha ses boucles folles pour révéler un pendentif en quartz autour de son cou. Pas assez mauve pour être de l'améthyste, la pierre était si pâle qu'elle semblait presque bleue. Izzy la caressa de ses doigts.

— Je faisais le même souhait à chaque nouveau lancer, partir quelque part, réaliser des prouesses. Je voyais plus grand, pas juste couper du bois pour l'hiver, cueillir des pois l'été et servir d'épouse soumise à un mari et son foyer. Nous n'avons qu'une seule vie, Marilla.

Son regard s'attarda sur la ville, pourtant elle gardait toujours Jericho immobile.

— C'est s'oublier complètement que de prendre ce qu'on te donne sans même savoir si c'est ce que tu veux vraiment. Depuis que j'ai été en âge d'avoir des souvenirs, j'ai aspiré à plus. Certains appellent cela de l'égoïsme, moi, je trouve cela totalement juste si je remplis ce besoin par mes propres moyens et si je n'attends pas que quelqu'un le remplisse pour moi. Tu comprends ce que je veux dire ?

Marilla comprenait, mais elle ne pouvait imaginer qu'on quittât l'île pour toujours. C'était l'endroit le plus parfait sur terre. Que pouvait-on demander de plus ? Bien sûr, elle n'avait jamais été ailleurs, mais d'après ce qu'elle lisait dans les journaux, le reste du monde souffrait d'inlassables disputes et querelles. Des guerres et des morts depuis le Texas jusqu'au sud du Brésil, au Canada d'est en ouest des récoltes désastreuses et des familles de fermiers affamées.

Alors au lieu de répondre, elle l'interrogea à son tour.

— Donc ton souhait s'est réalisé, n'est-ce pas ?
— D'une certaine façon, oui, mais pas entièrement.
— Mais tu es partie à Saint Catharines.

Pour Marilla, Saint Catharines et Tombouctou revenaient un peu au même. M. Murdock leur avait montré la ville sur un planisphère accroché sur toute la surface du tableau noir. La ville se situait à la frontière avec les États-Unis, à côté des chutes du Niagara. Il leur avait dit qu'il avait visité l'hôtel Saint Catharines, où vous receviez une clé en or et des oreillers en soie. Marilla n'arrivait pas à se représenter un tel luxe. Une clé en or, à quoi bon si une simple clé en fer peut ouvrir une porte ? Des oreillers en soie sur lesquels on dort ? Si au moins on était réveillé pour les apprécier. N'importe quoi. Pourtant, alors même qu'elle condamnait ces excentricités en pensée, ses doigts la démangeaient.

Qu'est-ce qu'on devait ressentir une clé en or dans la main ? Un oreiller en soie sous la joue ? Elle se demandait si Izzy en avait chez elle. Clara lui avait raconté qu'elle habillait toutes les femmes de la ville avec des chapeaux surmontés de plumes de paon et des boutons en perle. Totalement superflu...

— Saint Catharines n'est pas si différente d'Avonlea, assura Izzy. Plus tu vieillis, plus tu vois la réalité. Les prouesses peuvent être réalisées n'importe où, tu n'as pas besoin de grandeur. Les prouesses s'accomplissent dans le quotidien. Peut-être même plus qu'ailleurs. Ne l'oublie pas, Marilla.

Izzy poussa un soupir que Marilla trouva très triste. Avait-elle trouvé ce qu'elle cherchait à Saint Catharines ? Ou portait-elle encore le fardeau des souhaits jamais exaucés ?

Izzy claqua la langue et Jericho se remit en marche sur l'artère principale. Le vieux Fletcher vendait des marrons chauds devant le bureau de poste d'Avonlea.

— Dites-moi donc, mais ce n'est pas Elizabeth Johnson que je vois là ? J'ai failli te confondre avec Clara ! la salua M. Fletcher.

— Ce ne serait pas la première fois et sûrement pas la dernière !

— Bienvenue à la maison ! Je te l'offre.

Il lui tendit un cône de papier de journal avec des marrons.

— Je n'ai jamais rien mangé de plus doux.

De l'autre côté de la rue, les cinq garçons de la famille Cotton sortaient de chez le barbier, avec l'allure d'épis de maïs fraîchement épluchés.

— Izzy Johnson, c'est bien toi ? demanda Mme Cotton derrière sa nichée.

Mme Cotton était allée à l'école avec Izzy et Clara. À l'époque où elles n'étaient que des gamines qui lançaient des pierres sur la glace à Hope River.

— Ça fait plaisir de te voir, ma chère amie. Clara m'avait dit que tu avais épousé un Cotton.

Mme Cotton hocha la tête et tendit les bras vers les cinq petites têtes gominées.

— Les garçons Cotton. De beaux spécimens !

Izzy offrit à chacun d'eux un marron fumant.

— Soyez sages avec votre maman, les garçons. Elle m'a appris à écrire « Armageddon ». Grâce à elle, j'ai gagné le premier prix d'orthographe de la région !

Le plus jeune des enfants se tourna vers son grand frère.

— Arma-quoi ?

Un autre lui donna une tape derrière la tête, et l'aîné les menaça de les frapper s'ils ne se taisaient pas.

— A-R-M-A-G-E-D-D-O-N, épela Mme Cotton pour rétablir l'ordre. Quelle ironie !

Izzy éclata de rire. Marilla n'y comprenait rien. Elle avait entendu le révérend parler d'Armageddon avec une passion furieuse, tapant sur son pupitre et délogeant les pigeons de leurs poutres. C'était à l'évidence quelque chose à éviter.

— C'est bon de te revoir parmi nous, affirma Mme Cotton.

Ses yeux se posèrent rapidement sur le magasin des Blair et revinrent vers Izzy en souriant. Elle prit congé avec un salut de la main et ses enfants l'imitèrent, du plus petit au plus grand.

Izzy attacha Jericho à un poteau devant le magasin. C'était un petit dépôt d'une seule pièce qui avait autrefois servi de salon à M. et Mme Blair. Ils n'avaient jamais pensé se lancer dans le commerce, ils avaient juste commencé en vendant des balais, des savons et des mouchoirs, pour éviter aux épouses du coin de faire la route jusqu'à Carmody, mais de fil en aiguille on leur avait passé des commandes pour absolument tout. Par conséquent, M. Blair avait transformé le rez-de-chaussée en petit magasin et ils avaient élu domicile à l'étage. Ils ne stockaient pas beaucoup de marchandises, mais c'était amplement suffisant pour que leur cloche retentît à toute heure de la journée.

— Grands dieux, je viens de voir un fantôme ! s'écria Mme Blair.

Hissée sur son tabouret, elle descendait de l'étagère une bobine de bourre pour Mme Copp.

Cette dernière pivota sur elle-même pour regarder et ses sourcils se soulevèrent.

— Voyez-moi ça. Elizabeth Johnson, lâcha-t-elle avec un soupir.

Contrairement aux femmes, M. Blair abandonna son client à la caisse, le billet dans la main, pour accueillir Izzy. Il la prit dans ses bras comme s'il revoyait sa propre fille après des années.

— Izzy !

Mme Blair le rejoignit, hésitante.

— Bonjour, Izzy. Ça fait un sacré moment qu'on ne vous avait plus revue. Depuis au moins... je ne m'en souviens même pas.

— Oui, ça fait longtemps. Je suis désolée, je n'ai pas eu l'occasion de revenir plus tôt, mais c'est sûrement mieux ainsi.

— Sûrement, concéda Mme Blair du bout des lèvres.

Dans l'espace entre Izzy et Mme Blair, les températures avaient chuté, et Marilla sentait bien qu'on ne pouvait pas le reprocher à l'hiver. Même si Mme Blair était plutôt réservée, elle n'avait pas l'habitude de se montrer désagréable.

— Je suis venue aider Clara avant l'arrivée du bébé.

M. Blair lui adressa un hochement de tête entendu.

— Je suis sûr qu'elle est ravie de vous avoir. Vous avez vu où ils ont construit la maison ?

Un changement de sujet bienvenu.

— Comment ne l'aurait-elle pas vu ? Marilla est avec elle, non ? remarqua Mme Blair.

M. Blair retourna encaisser son client, laissant Mme Blair continuer.

— C'est si loin de la route ! Clara était tellement sociable, et maintenant on ne la voit presque plus depuis que Hugh s'est installé dans cet endroit perdu.

Le père de Marilla venait de finir les Pignons le mois précédent, alors pourquoi déjà tant d'histoires ? Clara était trop enceinte pour aller en ville et c'était l'hiver ! La neige et le vent retenaient pratiquement tout le monde devant la cheminée.

— Mais c'est un petit bijou, intervint M. Blair. Hugh Cuthbert savait ce qu'il faisait quand il a acheté ce lot. J'ai toujours considéré que c'était le lieu le plus beau de toute l'île : il offre une vue sur la forêt et sur la mer.

Il termina sa transaction et le client partit, un doigt sur son chapeau.

— Bienvenue, mademoiselle Johnson.

— Merci, c'est gentil, Hiram. S'il te plaît, dis à ta mère que ses gâteaux à la courge me manquent.

— Je le ferai. Elle a emménagé chez ma cousine pour l'aider avec les petits.

— Ta cousine a eu des enfants ? s'écria Izzy. Mais ce n'est qu'une enfant elle-même ! Les choses ont tellement changé ici depuis mon départ. Salue-les tous pour moi, s'il te plaît.

L'homme esquissa une nouvelle courbette, se racla la gorge en guise d'au revoir et sortit.

Visiblement, Izzy connaissait absolument tout le monde à Avonlea, et tout le monde connaissait Izzy, mieux même que Marilla.

— Alors, qu'est-ce qu'on peut faire pour vous ? Je doute que vous soyez venue faire une visite de courtoisie, commenta Mme Blair.

— Nous sommes venues acheter du sucre blanc et chercher du tissu pour une robe, répondit Izzy en entourant les épaules de Marilla de son bras.

Mme Blair lui fit signe de la suivre dans sa réserve de mousseline et de popeline.

— Nous n'avons pas toutes les fanfreluches de la grande ville, la mit-elle en garde. Mais je m'efforce de toujours avoir une douzaine de rouleaux différents.

— Nous avons besoin de quelque chose de très simple. C'est pour le petit frère ou la petite sœur de Marilla.

— Avez-vous une couleur en tête ?

— Je pense jaune, répondit Marilla. Ainsi, cela conviendra aussi bien à une fille qu'à un garçon.

Izzy sourit.

— Très judicieux, ma chérie.

— Uni, fleuri ou écossais ?

Marilla passa un doigt sur une étoffe en coton tressé : jaune pâle avec des feuilles vertes. Comme un grand broc de citronnade à la menthe, le tissu lui donna l'eau à la bouche et sa peau picota d'envie d'être en été.

— Magnifique, confirma Izzy. Trois mètres, s'il vous plaît, madame Blair. Cela devrait suffire pour un habit de bébé et je ne sais quoi encore, dit-elle en adressant un clin d'œil à Marilla. Nous allons prendre la mousseline ivoire également. Des cols, des manchettes ou des serviettes de table, on peut tout en faire. Elle offre toute une palette de possibilités.

Marilla n'avait considéré la mousseline incolore autrement que comme de la mousseline incolore. La voir à travers les yeux d'Izzy lui fit comprendre comment la banalité pouvait devenir extraordinaire si seulement on s'en donnait la peine.

M. Blair mesura le sucre tandis que Mme Blair découpait le tissu. Le couple emballa chaque paquet dans du papier marron attaché avec de la ficelle.

— Je n'ai plus de magazines *Godey*, mais je vous promets de vous les mettre de côté dès que j'en recevrai, murmura M. Blair quand Mme Blair partit débattre avec une cliente de seigle et d'avoine.

L'avoine était un demi-cent moins cher, mais elle ne pouvait pas garantir qu'on obtenait le même résultat à la cuisson.

— J'hésite. Je détesterais rater mon pain noir. Mais c'est un prix tellement attrayant pour l'avoine... grommela la cliente.

Marilla ne pouvait pas comprendre les gens qui avaient absolument besoin de dire tout haut tout ce qui leur passait par la tête. La femme parlait comme si elle était seule dans la pièce et qu'elle mendiait une réponse. À qui pensait-elle s'adresser ? Hugh appelait cela la maladie de l'indiscrétion. Certaines personnes ne pouvaient pas se retenir, tout comme on ne peut pas prévenir une fièvre. Ils en étaient atteints. Involontaires ou pas, ces grommellements intempestifs mettaient Marilla mal à l'aise. Elle se concentra sur le bocal de bonbons à la menthe poivrée sur le comptoir. Elle adorait cette friandise depuis qu'elle y avait goûté, et comme cette herbe ne poussait pas dans leur jardin, elle n'en était que plus précieuse.

En suivant le regard de sa nièce, Izzy ouvrit le bocal et offrit un bonbon à Marilla. Elle en prit un autre pour elle.

— Je me suis permis, lança-t-elle en direction de Mme Blair. La menthe poivrée est irrésistible. Je ferme les yeux pour mieux la savourer. Ça vous donne l'impression de briller de l'intérieur, comme si vous avaliez une étoile d'hiver. Ne trouves-tu pas, Marilla ?

Marilla n'y avait jamais songé ainsi. Elle ferma les yeux avec le bonbon sur la langue. Izzy avait parfaitement raison, elle aurait juré qu'elle voyait des étoiles dans le noir.

— Ajoutez cela à notre note.

— Pas question, lança M. Blair. Mme Blair en prépare deux fois par semaine, c'est la sucrerie préférée de William, vous savez.

Sa voix se cassa et il appuya sur une touche de sa caisse pour couvrir sa défaillance.

Izzy fouilla dans son sac à main et se racla la gorge.

— Comment va William ?

M. Blair jeta un regard à sa femme, occupée de l'autre côté du magasin, avant de répondre tout bas :

— Il va bien. Il est marié, à présent. Lottie, c'est le nom de son épouse. Elle vient d'Écosse. Ils partent emménager à Carmody au printemps et attendent la naissance de leur premier enfant d'un jour à l'autre.

En faisant claquer ses pièces sur le comptoir, Izzy finit de faire l'appoint.

— Apparemment, les enfants sont aussi nombreux que les flocons de neige, à Avonlea.

Elle lui adressa un sourire tendu. Sa fossette qui apparaissait toujours resta cachée.

— S'il vous plaît, transmettez mes félicitations à William et Lottie. J'ai entendu dire que c'était une femme d'une grande gentillesse.

— Et robuste avec ça, confirma M. Blair en posant une main réconfortante sur celle d'Izzy. Toutes choses concourent au bien.

D'après les Romains, reconnut Marilla. Un des versets de la Bible que Hugh affectionnait le plus.

M. Blair donna à Marilla le sac de sucre et à Izzy le paquet avec le tissu.

— Si vous et Clara aimez la couture, on vient d'inaugurer le cercle des couturières d'Avonlea, continua-t-il. N'est-ce pas, madame Blair ?

Son épouse pesait l'avoine.

— Pardon ?

— Je parlais à Izzy et Marilla du cercle des couturières qui se réunit une fois par semaine chez les White.

Mme Blair éternua à cause de la poussière d'avoine.

— Je ne peux pas dire que j'en connaisse les détails. Ce sont surtout des jeunes filles et des épouses au foyer qui y assistent. Nous autres n'avons pas le temps pour ce genre de distractions. Mais vu l'augmentation des ventes de dés à coudre et de fil, j'imagine que c'est la dernière tendance dictée par les magazines pour dames frivoles.

M. Blair l'ignora.

— Mme White est venue hier me demander de faire passer le mot. On ne peut pas mettre en place un cercle de couturières sans un cercle de dames, sinon, c'est une ligne droite.

— Je ne sais pas... commença Izzy, mais M. Blair insista.

— Vous leur rendriez un fier service en leur enseignant les nouveaux points à la mode dans la grande ville. Les White viennent d'East Grafton et ne connaissent pas bien encore les habitants du coin.

Il ponctua son propos d'un clin d'œil.

— Cela me permettrait de m'exercer, concéda Izzy. Je voudrais enseigner à ma nièce toutes mes meilleures astuces.

Même si Marilla était parvenue à maîtriser le crochet, elle était bien loin de pouvoir intégrer un cercle officiel de couturières.

— Rachel, la fille des White, a l'âge de Marilla environ, intervint Mme Blair. Et elle sait déjà faire des points noués, à ce qu'on m'a dit.

Marilla grimaça. Elle ne savait même pas ce qu'était un point noué.

— Je vais écrire rapidement à Mme White, dans ce cas, affirma Izzy. Merci, monsieur Blair, je suis sûre que Clara se joindra à nous si elle se sent assez bien.

Marilla savait bien que sa mère était encore moins douée qu'elle avec une aiguille et un fil. Elle s'en inquiéta sur tout le chemin de retour, pour finalement décider qu'elle affronterait le cercle, c'était la seule issue possible. Perdue dans ses pensées, ce ne fut que lorsqu'elles retirèrent le harnais qu'elle se souvint.

— Nous n'avons pas donné son morceau de sucre à Jericho !

Izzy sortit le bonbon à la menthe de sa poche.

— Il peut avoir le mien.

Sans même le mâcher, Jericho avala la friandise et poussa un hennissement satisfait. Marilla se demanda alors si les animaux aussi rêvaient d'étoiles d'hiver et de prouesses plus grandes qu'eux.

- 5 -

Présentation de Rachel White

Le mardi suivant, en route vers Carmody où il partait acheter une nouvelle presse à fromage, Matthew déposa Marilla et Izzy chez les White. Leur vieille presse en bois s'était fendue à la base, et Clara affirmait que le bébé raffolait de fromage. Après une semaine sans, elle rêvait de montagnes de fromage, d'oreillers de lait caillé et de ruisseaux de crème fraîche, tandis que le bébé cognait avidement. Elle était persuadée qu'elle ne tiendrait pas un jour de plus sans presse à fromage. Matthew avait donc été chargé de cette mission.

Le même matin, Clara s'était réveillée en toussant.

— Je voudrais que Marilla y aille, cela fait trop longtemps qu'elle est terrée ici. Une jeune fille doit sortir dans le monde. Montre-lui, s'il te plaît, ma chère sœur.

Elles s'armèrent de leurs tambours de couture, de leurs fils colorés et d'une de leurs bouteilles de vin de groseille. Izzy venait de tourner chacune d'un demi-tour dans le sens des aiguilles d'une montre.

— On doit toujours apporter un cadeau à son hôtesse, expliqua Izzy.

Elle coinça la bouteille soigneusement dans son panier, ce qui évoqua à Marilla le bébé Moïse flottant sur le Nil.

Marilla se sentait plus nerveuse qu'un bourdon sur un gâteau de miel quand Matthew l'aida à descendre du traîneau.

— Tu vas bien t'en sortir, lui murmura-t-il à l'oreille. Respire profondément et entre dans le cercle la tête haute. Cherche le bon et c'est le bon que tu trouveras.

Il reprenait le proverbe que Hugh leur avait lu la veille. « Celui qui cherche le bien s'attire de la faveur. »

Elle hocha la tête. Difficile de lutter avec la Bible. Pourtant, cela l'effrayait de se livrer aux regards critiques de ces femmes. Elle voulait les impressionner. Matthew s'éloigna sur le chemin, tandis qu'Izzy attendait la jeune fille devant le portail.

— Viens, ma fille. Elles vont commencer sans nous.

Les White habitaient dans une maison de bardeaux avec des volets couleur pêche et une rose trémière géante qui poussait à côté du tuyau d'écoulement, comme le haricot magique de Jack. Elle se trouvait si près du centre-ville que quand la cloche de l'église sonnait l'heure toute la terrasse tremblait.

— Comment allez-vous, mademoiselle Johnson, mademoiselle Cuthbert ? les salua Mme White devant la porte. Je suis ravie que vous ayez pu vous joindre à nous.

Elle leur ouvrit grand, et l'odeur de la vanille les accueillit.

— Ces dames prennent le thé avec une part de gâteau avant que nous commencions.

Malgré ses dentelles délicates et ses perles, Mme White était une femme plantureuse avec de grands yeux marron, des mains solides et une expression décidée, quoi qu'elle fût en train de faire.

— Laissez-moi vous débarrasser de vos manteaux. Entrez. Ella, notre domestique, va vous servir une tasse, cela vous évitera de prendre froid. J'aimerais déjà me réveiller et voir que le printemps a enfin eu le cran d'arriver.

Elle les conduisit dans le salon, où huit femmes étaient réunies en cercle. Elles mangeaient toutes des parts de gâteau glacé servies dans des assiettes en verre.

— Mlle Elizabeth Johnson et Mlle Marilla Cuthbert, annonça la domestique en passant dans la pièce pour aller ranger leurs affaires dans le placard sous l'escalier.

Ella était une jeune Française, à peine plus âgée que Marilla.

— Puis-je vous apporter quelque chose à boire et à manger, mesdemoiselles ?

C'était la première fois que Marilla entrait dans une maison avec une domestique. Elle n'arrivait pas à s'imaginer ce qu'on devait ressentir de vivre avec une étrangère sous son toit. Elle ne pensait pas qu'elle aimerait cela. Elle parvenait à peine à supporter la présence d'Izzy, qui faisait pourtant partie de la famille. Une domestique connaîtrait toutes leurs petites histoires personnelles, toutes leurs discussions et leurs secrets, rien ne l'empêcherait de colporter des ragots ou de chaparder.

Non, Marilla n'aimerait vraiment pas un tel envahissement, même si la domestique reprisait toutes les chaussettes du foyer et préparait des centaines de gâteaux. Elle préférait encore le faire toute seule.

— Il a l'air succulent ! As-tu déjà vu autant de petites figurines en sucre sur un gâteau ? Je le dis sincèrement, celui qui a réalisé un tel chef-d'œuvre est un artiste, félicita Izzy, faisant rougir Ella qui présenta la part latéralement, pour faire apparaître les couches de confiture de fraise, bien roses.

— La première est pour toi, Marilla, insista Izzy.

Marilla prit l'assiette et s'installa timidement sur le côté, ne sachant si les places étaient assignées. Les dames parlaient toutes par deux entre deux bouchées de glaçage à la vanille. Mme White revint en frappant des mains de façon autoritaire.

— Mesdames, maintenant que nous sommes au complet, bienvenue à l'assemblée officielle du cercle des couturières d'Avonlea !

Des fourchettes cliquetèrent sur les assiettes en guise d'applaudissements.

— Régalez-vous, nous commencerons nos ouvrages au quart.

Mme White dirigeait la réunion, ainsi que sa maison, comme du papier à musique, avec une précision diabolique, sans une minute pour lambiner. Elle se dirigea droit vers Marilla.

— Viens par ici, ma fille. Tu dois rencontrer ma Rachel.

Même si elle n'avait aucune intention de désobéir, ses pieds restèrent plantés dans le sol. Izzy lui donna une petite tape dans le dos.

Assise sous une grande fougère aux branches étendues comme les ailes d'un aigle, Rachel avait déjà piqué son aiguille au centre de son tambour. Elle était aussi ravissante qu'élégante. Des nattes blondes roulaient sagement en boucles derrière ses oreilles, et de petites anglaises pendaient autour de son cou tel du muguet. Elle avait les joues et les bras bien plus remplis et rebondis que Marilla. On aurait presque dit une poupée.

— Marilla, je te présente ma fille Rachel. Rachel, voici Marilla Cuthbert, la nièce de Mlle Johnson.

Rachel se pencha poliment.

— Comment allez-vous ?

Elles se sentaient comme des poissons rouges dans un bocal, tous les yeux sur elles pour savoir qui nagerait en premier.

— Très bien et vous ?

— Aussi bien qu'on peut l'être avec un estomac rempli de gâteau et sans crème glacée pour le digérer, affirma Rachel.

Mme White poussa un soupir bruyant.

— La prochaine fois, oublie le gâteau. Rien ne vaut l'abstinence.

L'assiette de Rachel ne contenait plus une seule miette. Manifestement, elle aimait les sucreries.

— Alors... peut-être un peu de thé pour aider à faire passer, concéda la jeune fille.

— Excellente idée, confirma sa mère. Et si Marilla et toi alliez en rapporter avant de commencer ? Marilla, posez votre assiette à côté de celle de Rachel, ce siège est pour vous.

Marilla pensait qu'on la placerait à côté d'Izzy. Elle espérait qu'ainsi personne ne remarquerait ses nœuds trop lâches et ses lignes de travers. N'ayant d'autre choix, elle fit ce que Mme White lui demandait et Rachel l'emporta par le coude vers la table sur laquelle attendait la théière.

— Ma mère nous ferait boire à toutes du tonic et manger des carottes, s'il n'en tenait qu'à elle. Mon oncle Theodore a emmené ma tante Luanne dans une station thermale à Vichy, c'est en France, si tu l'ignores, et elle en est revenue plus décharnée que Lady Godiva. Elle a dit qu'ils l'avaient mise au régime strict de tonic et légumes pour améliorer sa circulation féminine. Tu imagines ? Pour moi, ça sonne comme une torture, mais ma mère a décidé de l'appliquer à la lettre. Elle n'a pas goûté au gâteau qu'Ella s'est épuisée à préparer toute la journée d'hier. Papa lui a expliqué que les transformations chez tante Luanne ont tout à voir avec la station thermale et à l'air pur, mais elle est convaincue du contraire.

Rachel lâcha un « tss-tss » exaspéré avant de continuer.

— Est-ce qu'il t'arrive parfois de te sentir comme la seule au monde à voir des évidences que personne d'autre ne saisit ?

Bien trop souvent, c'était le contraire que Marilla ressentait : elle était aveugle aux réalités que les autres percevaient. Elle ne répondit rien, mais Rachel ne s'en soucia pas.

— Les Cuthbert sont assis au quatrième rang, sur la gauche de l'église. Ma famille, au septième rang, à droite, ce qui explique pourquoi on s'est ratées. Il aurait fallu que tu sois tout le temps tournée.

Le calcul plut à Marilla. Et elle apprécia également que Rachel l'ait remarquée.

— Et tu ne m'as pas vue à l'école, à Avonlea. J'ai souffert d'une méchante varicelle, il y a deux hivers. Cela m'a fait perdre un temps infini dans mes études. Il a donc été décidé que je rattrape mon retard avec un tuteur privé avant de pouvoir reprendre la classe avec les autres.

— Et tu n'as toujours pas réussi ?

Rachel versa les dernières gouttes du thé, veillant à ne pas faire tomber les feuilles dans la tasse.

— J'ai des difficultés avec mes lettres. Parfois.

Elle s'éclaircit la voix.

— Elles s'embrouillent entre la page et mes yeux. Le Dr Spencer dit que j'ai besoin de lunettes, mais je n'ai jamais vu personne de notre âge avec des lunettes sur le nez. Grands dieux, non ! C'est un accessoire pour vieilles filles, si je commence à en porter maintenant, je ne trouverai jamais de mari. Tiens…

Elle tendit la tasse à Marilla.

— Je t'offre la dernière tasse.

— C'est très gentil, la remercia Marilla en souriant.

Rien que d'écouter la jeune fille, elle se sentait assoiffée. Le débit de parole de Rachel était usant. Sûrement le sucre dans le gâteau, songea Marilla.

Les couturières terminèrent de manger et se rassemblèrent au centre de la pièce pour montrer leurs projets et discuter des prochains. Toutes les dames s'émerveillèrent devant les ouvrages d'Izzy.

— C'est du gros point de Venise pour les cols, expliqua-t-elle.

— On réalise de telles beautés à Saint Catharines.

— Tellement joli.

— Pourriez-vous nous l'enseigner ?

Elles complimentèrent Izzy les unes après les autres.

— Alors, ta tante est revenue, murmura Rachel à Marilla qui dégustait son thé. J'ai entendu dire par les dames de l'École du dimanche qu'elle n'a pu remettre les pieds sur l'île que parce que M. William Blair est désormais marié. Ils étaient fiancés, tu sais, mais avant qu'il soit possible de prononcer « saperlipopette », elle avait changé d'avis et pris un train pour Saint Catharines sans donner d'explications à qui que ce soit. Audacieuse sans scrupules ! Mais Mme Blair a dit à Mme Barry qui l'a dit à ma mère que même si son attitude était scandaleuse, elle n'était pas surprenante. Des deux filles Johnson, tout le monde savait sans l'ombre d'un doute que ta mère était la plus fiable. Elizabeth avait un esprit fougueux et Mme Blair avait averti William dès le début qu'elle n'adopterait jamais le rôle d'épouse comme Clara. Il valait mieux qu'elle soit partie plus tôt que plus tard. William a trouvé un meilleur parti, à ce qu'on dit.

Marilla toussota dans son thé et se rappela ce que lui avait expliqué Izzy avant d'entrer dans la boutique des Blair. Elle comprenait à présent sous une autre lumière ce que sa tante avait voulu lui dire. Selon la jeune fille, il fallait beaucoup de courage pour se fiancer et encore plus pour rompre son engagement. Izzy se révélait déjà bien plus admirable que Marilla ne l'avait pensé au départ.

— Mon Dieu, est-ce que tu vas bien? demanda Rachel, inquiète, en tendant sa serviette à Marilla. S'il te plaît, ne meurs pas alors qu'on commençait juste à devenir amies…

Amies. Marilla n'avait pas d'amis. Elle ne voulait pas que Rachel le sache, elle ravala donc la boule qui s'était formée dans sa gorge et se tamponna les lèvres avec la serviette.

— Je n'avais jamais entendu l'histoire de tante Izzy et M. Blair.

Rachel se détendit.

— Je suis désolée. S'il te plaît, n'en prends pas offense. Maman dit que je suis trop directe, peut-être que c'est parce que je n'ai pas grand monde à qui parler. Alors quand l'occasion se présente, je sors tout ce que j'ai dans la tête. Je n'aurais pas dû te raconter tout cela sur ta tante.

— Elle est revenue pour nous aider avec le bébé.

Rachel hocha la tête.

— Bien sûr. Je ne crois pas un mot de ces vieilles commères.

Mme White frappa de nouveau dans ses mains pour attirer l'attention de son audience.

— À vos places, mesdames ! Il est l'heure !

Rachel ramena Marilla vers les chaises.

— Je suis si contente d'avoir quelqu'un de mon âge à qui parler pendant qu'on coud. J'ai une boîte de fils de toutes les couleurs de l'arc-en-ciel. Tu peux les utiliser si tu veux. Je ne suis peut-être pas très douée pour lire, mais mes yeux se débrouillent très bien pour la couture. Tante Luanne m'a rapporté de France un catalogue de modèles, j'en ai trouvé un que je meurs d'envie d'essayer. Une gerbe d'amaryllis rouges. Ce serait joli sur un corsage ou une manche. Mais alors, il faudrait en coudre deux pour que les deux bras soient assortis. Peut-être que tu pourrais en faire un et moi l'autre. Ou peut-être travailles-tu déjà sur un autre projet ?

— Je voudrais confectionner un vêtement de bébé avec tante Izzy. Mais nous n'avons pas encore commencé, nous venons d'acheter le tissu chez Mme Blair.

Marilla songea aux bonbons à la menthe et à ce que M. Blair avait dit sur William. Comme il était étrange de songer qu'Izzy aurait pu faire partie de leur famille : Izzy Blair. Marilla fronça les sourcils. Cela ressemblait plutôt à une maladie à traiter

— Tu ne penses pas pouvoir faire les deux ? On se relaierait pour porter la robe une fois qu'on l'aurait finie.

Elle se tordit les mains, excitée.

— Je serais vraiment heureuse d'avoir un peu d'aide et de compagnie.

Marilla accepta avec enthousiasme. Rachel lui plaisait bien. C'était agréable de se retrouver avec quelqu'un qui ne s'attendait pas à ce que vous lisiez dans ses pensées. Pour le meilleur et pour le pire, Marilla appréciait cette qualité.

— Oui, mais je te préviens, je ne suis pas très forte. Une manche pourrait devenir une branche en fleur et l'autre, une sorte de moignon défraîchi.

Rachel éclata de rire et s'écroula sur sa chaise, oubliant qu'elle y avait posé son tambour de couture. Son hilarité se transforma aussitôt en douleur. Avec un cri, elle bondit en s'agrippant le derrière à deux mains.

— Bon Dieu !

La pointe de l'aiguille coupable scintillait. Alarmées, toutes les dames se tournèrent vers Rachel.

— Qu'est-ce qui te prend, Rachel ? demanda Mme White.

Rachel lâcha ses jupes et grommela dans sa barbe, ce qui agaça Mme White plus encore que l'emportement de sa fille.

— Eh bien, parle ! Je ne supporte pas qu'on grommelle.

Aussitôt Marilla vint au secours de son amie.

— Je crois qu'elle s'est fait piquer par quelque chose.

Marilla ne précisa pas qu'il s'agissait de sa propre aiguille, mais elle ne mentait pas.

— Oh ma chère, c'est terrible ! compatit Mme White en se radoucissant.

Les femmes se mirent toutes à s'agiter et à secouer leurs jupes.

— Une guêpe ? Une abeille ?

— D'où a-t-elle pu venir ?

— M. et Mme Gillis ont dû démonter leur abri de jardin à cause d'abeilles charpentières qui avaient creusé leur nid dans les murs en bois.

— J'en ai la chair de poule. Des abeilles charpentières !

La panique s'installa dans la pièce. Les dames tirèrent sur leurs cols, s'écartèrent des murs et remuèrent comme une ruche en ébullition.

— Mesdames, s'il vous plaît, s'il vous plaît…

Mme White tentait de les calmer tout en inspectant les corniches et Ella s'empara d'un balai pour se protéger.

Au milieu de ce chahut, seules Rachel et Marilla ne bougeaient pas, évitant de se regarder pour ne pas éclater de rire.

— Peut-être que nous pourrions revenir après que M. White aura fait inspecter la maison ? proposa Izzy en agitant la main pour chasser un essaim invisible.

— Excellente idée, mademoiselle Johnson. Ma pauvre Rachel a été piquée, je ne voudrais pas qu'on ait à déplorer une autre victime. Ella, les affaires de ces dames, je vous prie !

Ella arriva sous une montagne de manteaux et d'accessoires tricotés. Les femmes se jetèrent sur elle, enfilant le premier vêtement qui leur tombait sous la main et se précipitèrent vers la porte.

— Une invasion d'abeilles charpentières chez les White !

Izzy et Marilla furent les dernières à partir.

— Nous vous avons apporté un petit cadeau, annonça Izzy en tendant la bouteille à Mme White. Il faut encore la tourner pendant quelques mois avant de la boire. Mais si vous en avez besoin pour surmonter…

Elle boutonna sa cape tout en étudiant les murs avec méfiance.

— Ouvrez-la quand vous voudrez.

— C'est une bonne idée, concéda Mme White en s'emparant de la bouteille.

Izzy sortit pour attendre Marilla. Les deux filles furent enfin seules dans l'entrée.

— On ne devra jamais le leur dire… commença Rachel avant de regarder par-dessus son épaule sa mère qui avait troqué le vin de groseille contre le balai d'Ella et frottait le plafond avec vigueur. Ce sera notre secret.

Marilla sourit. Elle n'avait jamais partagé de secret avec une amie.

Rachel se couvrit la bouche pour rire avant de lever la main.

— Fais-tu le serment de ne jamais en parler à qui que ce soit tant que tu vivras et respireras ?

Marilla lui prit la main et se dit qu'elle n'en avait jamais vu de plus délicate, à l'exception de celles de sa mère.

— Tant que je vivrai et respirerai.

Rachel resserra son emprise, avant de libérer Marilla.

— Je vais aider maman, elle est dans un état désastreux. Tu reviendras ? Pour qu'on travaille sur les amaryllis ?

Marilla hocha la tête.

— Rachel ! appela Mme White. T'es-tu fait piquer à côté de cette chaise ?

Elle frappa le siège avec son balai jusqu'à le renverser.

— À bientôt, salua Rachel en étouffant un gloussement.

— À bientôt, répondit Marilla.

Le soleil brillait. La neige fondait doucement dans les plis des feuilles et sur les arbres, mais le sol restait aussi dur que de la glace, ce qui arrangeait bien Marilla pour rentrer chez elle.

— J'ai l'impression que tu t'es fait une amie, aujourd'hui, commenta Izzy.

— Je pense, oui.

Izzy lui adressa un clin d'œil et lui prit la main. La jeune fille repensa alors au serment qu'elle avait échangé avec Rachel et aux vœux qu'Izzy n'avait pas échangés avec M. Blair. Marilla n'en revenait toujours pas qu'Izzy ait failli devenir Mme Blair, la belle-fille des tenanciers du magasin de la ville. Manifestement, elle ignorait beaucoup de choses concernant sa famille et sa ville.

- 6 -

Présentation de John Blythe

Au mois d'avril, Marilla et Rachel en étaient à la moitié de leurs manches cousues d'amaryllis. Elles avaient mis plus de temps que prévu parce que Mme White ne leur permettait de coudre les fleurs qu'après avoir travaillé sur au moins dix rangées du projet du cercle des couturières d'Avonlea : des châles de prière pour les orphelins de Hopetown. Sept des dix femmes appartenaient également à l'École du dimanche, elles avaient par conséquent remporté le vote à la majorité. Le cercle s'était reformé après le passage de l'inspecteur du comté qui avait garanti n'avoir trouvé ni abeille ni guêpe ni libellule ni rien de semblable dans le domaine des White. L'inspecteur ajouta que de toute façon l'insecte responsable de la piqûre était certainement mort après avoir enfoncé son dard dans les fesses de Rachel.

— Madame White, votre maison est impeccable, avait conclu l'inspecteur en cochant toutes les cases sur sa liste.

Avant son arrivée, Mme White et Ella avaient récuré la maison du sol au plafond. Mme White était si fière du résultat qu'elle répétait à toutes celles qui passaient le seuil de sa porte :

— « Impeccable », c'est ce qu'a dit l'inspecteur. Officiellement.

La neige avait fondu et la pluie était arrivée, rendant tout à Avonlea poisseux, paysage comme habitants. L'eau semblait couler de partout, laissant de grosses flaques sur le sol. On ne pouvait faire un pas sans se retrouver entièrement trempé.

Marilla avait couru chez Rachel alors qu'une tempête se déplaçait vers Terre-Neuve et qu'une autre approchait depuis Nouveau-Brunswick. Elle venait à peine d'atteindre la maison quand les nuages se déversèrent de nouveau. Depuis la terrasse où elle s'était abritée, elle contempla Avonlea : le golfe au loin grondait, le vent charriait l'odeur de la glace fondue et soufflait sur les arbres comme s'ils n'étaient que de vulgaires tiges de varech, la pluie tombait de plus en plus dru, donnant l'impression qu'un voile gris recouvrait l'île. Elle reconnaissait à peine sa ville. Depuis le palier de quelqu'un d'autre, on ne voyait plus les choses de la même façon.

— Entre vite, avant de te faire mouiller ! lança Rachel en l'attirant à l'intérieur. J'ai réussi ! Regarde un peu : j'ai amélioré la rosette. De Paris à Londres, toutes les robes de mariées l'arborent. On dit que la princesse Victoria en aura au moins dix mille cousues sur sa robe de couronnement. Je n'arrive même pas à l'imaginer !

Rachel brandit fièrement son tambour pour que Marilla l'admire. Le motif ne lui parut pas sensiblement différent de celui qu'elle connaissait, mais elle ne dit rien.

— C'est extrêmement difficile. Je peux t'apprendre, proposa Rachel. Mais ne te décourage pas si tu n'y arrives pas aussi rapidement que moi. Ça peut prendre des années si on n'a pas le tour de main divin.

Rachel avait conclu dès leur deuxième rencontre que Marilla n'avait pas le « tour de main divin », mais que son travail présentait un réel potentiel, si seulement Marilla s'appliquait.

— Je serais ravie d'apprendre, répondit Marilla.

— Finissons-en d'abord avec les châles de prière. Maman a compté mes rangées avant de partir à White Sands avec papa, affirma Rachel en prenant dans le panier la bobine de laine épaisse et floconneuse.

Elle se mit sur-le-champ à manier son crochet. Marilla se joignit à elle, prenant le châle par l'autre bout.

— La varicelle est la pire des maladies, continua Rachel en prenant un air maternel. Maman m'a enveloppé les doigts dans du coton pour que je ne me gratte pas. Sa mère avait fait la même chose pour elle. Tu peux avoir des cicatrices à vie si tu n'y prends pas garde. Moi, j'ai guéri sans la moindre séquelle. J'ai lu une fois dans un magazine l'histoire d'une jolie jeune fille avec un trou en plein milieu du front. On aurait dit qu'elle avait été consacrée avec une blessure céleste. C'est ce qu'il disait dans l'article : « consacrée avec une blessure sainte ». J'ai trouvé la métaphore vraiment charmante. J'ai commencé à dessiner des petites cicatrices sur mon front avec un pinceau trempé dans des pétales de carmin broyés. Quand ma mère m'a fait avouer ce que je fabriquais avec son maquillage, elle a décrété que c'était la chose la plus bête et la plus insensée qu'elle eût jamais entendue de sa vie. Elle m'a emmenée voir un des petits Français qui habitait sur les quais. Le pauvre avait des marques sur tout le visage ! On aurait dit un épi de maïs. J'ai eu tellement honte ! Je n'ai plus jamais regretté ma peau lisse, dit-elle en secouant la tête. Tu as eu la varicelle ?

Marilla hocha la tête.

— Matthew avait neuf ans et moi, un an. Maman a dit que je n'ai jamais été aussi malade. J'étais trop jeune pour me souvenir de la fièvre ou des démangeaisons. Mais Matthew et moi avons des cicatrices qui se ressemblent, alors il faut bien se rendre à l'évidence que je l'ai eue.

— Tu as vraiment des cicatrices ? demanda Rachel en posant son ouvrage.

Marilla trouvait étrange la fascination morbide de son amie. Il s'agissait juste d'une marque de varicelle, aussi commune qu'une tache de rousseur et disgracieuse qu'un grain de beauté. Elle ne comprenait pas pourquoi Rachel en faisait toute une histoire. D'un autre côté, étant enfant unique, Rachel devait avoir une imagination débridée qui rendait l'inconnu immense et effrayant. Ainsi, elle connaissait au moins une chose que Rachel ignorait.

— Juste ici, dit Marilla en retroussant sa manche pour révéler l'intérieur de son coude, lisse et blanc sous le tissu.

Dans un petit creux se cachait une marque de la taille d'une larme, à peine plus grande qu'une des rosettes de Rachel.

— C'est la cicatrice de varicelle la plus belle que j'aie jamais vue ! Si ça peut te consoler.

— Matthew en a une dans le creux de son coude droit, expliqua Marilla. Maman dit que c'est souvent ce qui se passe dans les fratries : la douleur que ressent l'un, l'autre l'éprouve également. Quand tu as partagé le même ventre que quelqu'un d'autre, il est naturel que tu partages sa vie.

— Et si tu n'as pas de frère et sœur ? demanda Rachel, attristée.

Marilla descendit sa manche. Elle avait blessé Rachel sans le vouloir.

— Je suppose que c'est pour cela que Dieu nous donne des amis.

Rachel cligna des yeux plusieurs fois et sourit.

— Oui. Le révérend Patterson a prononcé un joli sermon sur ce sujet, la semaine dernière. C'est un proverbe : « Celui qui a beaucoup d'amis les a pour son malheur, mais il n'est tel ami plus attaché qu'un frère. » Ou qu'une sœur en l'occurrence, n'est-ce pas ?

Marilla hocha la tête.

— Peut-être que je n'ai pas de cicatrice sur le coude comme toi, mais j'en ai une au milieu d'une de mes tu-sais-quoi après m'être assise sur mon aiguille le mois dernier ! dit-elle avec un rire. Tu m'as évité l'humiliation éternelle, Marilla Cuthbert. Je te suis à jamais reconnaissante.

Marilla ne considérait cet incident en aucun cas digne d'humiliation ou de gratitude. Cependant, elle avait bien compris que sa conception du monde pouvait différer complètement de celle des autres.

Ella interrompit leur couture.

— Mademoiselle Rachel, M. Blythe est venu pour un échange.

Rachel pencha la tête et fronça les sourcils.

— Maman et papa ne m'ont pas prévenue.

— Moi non plus. C'est M. John Blythe, précisa Ella. Il dit qu'il vient de la part de son père au sujet d'un fusil.

— Un fusil ?

Rachel enroula la laine autour de son écheveau.

— Papa a dû s'entretenir avec M. Blythe à la réunion de la mairie lundi dernier.

Elle rangea son matériel dans le panier.

— Informez-le que mes parents sont absents et demandez-lui de revenir plus tard.

Ella hocha la tête à contrecœur.

— Je suppose que... mais il a fait toute cette route sous l'averse. Pensez-vous que nous pourrions lui offrir une boisson chaude ? L'occasion de se sécher ? Cela me paraît charitable, non ?

Rachel se tourna vers Marilla qui haussa les épaules. Elle n'avait jamais rencontré John Blythe, mais elle avait senti la force de la pluie. Une averse aussi puissante peut vous trancher le nez. Lui offrir l'hospitalité avant de le renvoyer affronter les éléments semblait en effet raisonnable.

— Très bien, lâcha Rachel en se levant.

Elle lissa ses jupes et se pinça les joues. Geste étrange et superflu, selon Marilla, qui avait depuis longtemps renoncé à se préoccuper de son apparence. De Hugh, elle avait hérité les pommettes anguleuses qui prenaient trop le soleil. Sa peau n'avait par conséquent jamais le teint d'albâtre à la mode, mais un bronzage éclatant. S'appliquer du fard et se pincer les joues ne faisait que lui marbrer le visage de taches rouges. Elle se voulait au naturel, cela ne la dérangeait pas d'être simple. Et de toute façon, John n'était que le fils du producteur de lait.

À l'école d'Avonlea, John Blythe se trouvait deux niveaux au-dessus d'elle. Il n'avait aucune fille avec lui, dans sa rangée. La plupart ne venaient plus en classe pour s'occuper de leurs petits frères et sœurs et accomplir les corvées ménagères. Au mieux, elles étudiaient à la maison comme Rachel. Ainsi, John Blythe ne représentait pour elle qu'une autre tête hirsute dans la foule des garçons. Cependant, Rachel avait totalement changé d'attitude depuis qu'Ella l'avait fait entrer par la porte de la cuisine. Il semblait faire de l'effet à Ella également. Elle ne parlait plus sur le même ton. Son inflexion d'ordinaire si plate était devenue chantante.

— Veuillez entrer, monsieur Blythe. Vous devez être frigorifié. Laissez-moi suspendre votre manteau au-dessus du poêle. Je vais préparer une tasse de thé, Mlle Rachel et son amie vous attendent dans le salon.

— C'est très gentil, merci.

Marilla trouva sa voix agréable.

En entendant ses pas dans le hall, Rachel libéra une boucle sur son front. Marilla se gratta la nuque.

L'écho de ses bottes vibra d'abord dans le couloir avant qu'apparaisse tout son corps. Il était grand et athlétique, la pluie avait plaqué sa chemise contre son corps telle une seconde peau, révélant les contours de son torse, de ses bras et de son dos. Ses boucles noires et trempées pendaient sur son front, donnant à ses yeux marron un éclat presque doré dans l'éclairage du salon. Quand il posa son regard sur les deux filles à tour de rôle, elles eurent l'impression d'être successivement dans l'ombre et dans la lumière.

— Bonjour, Rachel.

— Bonjour, John Blythe. Je te présente mon amie, Marilla Cuthbert.

— Je connais ton frère, Matthew, répliqua-t-il en hochant la tête. Nous étions à l'école ensemble, avant qu'il parte travailler pour ton père. Enchanté.

Il sourit et ses yeux scintillèrent davantage.

Marilla dut détourner la tête. C'était presque douloureux, comme contempler le soleil.

— Enchantée.

— Comme te l'a dit Ella, mes parents ne sont pas à la maison, expliqua-t-elle, une main sur la courbe de sa hanche. Ils sont partis rendre visite à mes cousins aux Quatre Vents. Voulais-tu les entretenir d'un sujet urgent ?

Une goutte glissa sur sa tempe pour atterrir sur le tapis. John repoussa ses cheveux en arrière et Marilla réprima une exclamation de surprise en voyant la marque de varicelle sur sa tempe gauche. Si petite. Personne ne devait la remarquer... mais elles venaient d'en parler. *Consacré*, avait dit Rachel. Un frisson parcourut le dos de Marilla.

— Je vous prie de m'excuser pour cette interruption. Nous ignorions qu'ils s'absentaient aujourd'hui, se justifia John. Nous nous étions mis d'accord pour échanger une de nos jersiaises contre un Ferguson que M. White a acquis auprès des exportateurs londoniens l'an passé. Mon père m'a envoyé vérifier l'état du fusil avant de vous apporter la génisse.

Rachel pencha la tête.

— Je me souviens de cette arme. Papa a dit que c'était du gâchis, il ne l'a même jamais chargée. À Avonlea, on ne trouve pas grand-chose d'autre que des lapins et des oiseaux pour s'entraîner au tir. Papa n'a ni le temps ni suffisamment le goût du sang pour s'adonner à un tel loisir.

— C'est en effet ce qu'il a confié à mon père.
— Alors je t'en prie, inspecte-le. Il le range juste là.

Elle les conduisit vers l'armoire dans le couloir et montra l'étagère du haut.

— Presque neuf. Toujours dans sa boîte.
— Puis-je ? demanda John.
— Bien sûr. Je détesterais penser que tu as fait toute cette route sous la pluie pour rien.

John descendit la boîte. Ses biceps se bandèrent sous le coton humide. Les trois jeunes gens se retrouvèrent trop proches les uns des autres dans l'espace étroit. Marilla sentait le parfum âcre du cuir mouillé et les embruns sur sa peau. Il ouvrit la boîte et ils admirèrent tous les trois le long canon en bois poli.

— J'avais oublié comme il était beau, remarqua Rachel en passant un doigt sur la détente en métal brillant. Presque aussi majestueux qu'un sceptre royal.

— Un sceptre dangereux, ajouta John.

Rachel leva le menton.

— Tout dépend de comment on l'utilise. Si le tireur ne touche que le bleu du ciel, ce fusil pourrait aussi bien être un sceptre.

Elle rit et le son léger résonna dans le hall carrelé.

Marilla n'avait jamais vu une arme d'aussi près. Elle ne savait même pas si son père en possédait une. La poudre était déjà bien trop chère, alors un fusil… Et comme l'avait dit M. White, on n'en avait pas vraiment l'usage à Avonlea. C'était une ville civilisée sur une île civilisée. Ils ne connaissaient pas de plus grands dangers qu'un petit prédateur s'attaquant à leur bétail, mais contre cette menace-là, une fourche faisait amplement l'affaire. M. White avait à l'évidence acheté ce fusil sur un coup de tête. Pourtant, John lui en proposait en échange une vache onéreuse et Marilla se demandait quelle en était la raison.

— Pourquoi les Blythe auraient-ils besoin d'un fusil comme celui-ci ? s'enquit-elle.

John se tourna vers la jeune fille, dont les joues s'empourprèrent aussitôt.

— Pour se protéger.

— Se protéger ? gloussa Rachel.

— Nous n'avons aucun ennemi ici, objecta Marilla. Ni loups ni ours, c'est une île.

— « Aucun homme n'est une île, un tout, complet en soi. Tout homme est un fragment du continent, une partie de l'ensemble. »

M. Murdock leur avait lu ce passage. Le nom de son auteur dansait sur le bout de sa langue…

— John Donne ! s'exclama enfin Marilla.

— Tu es futée, la complimenta John en souriant.

Marilla sentit un courant grossir en elle, telle la marée les soirs de pleine lune.

— Bien sûr que c'est une île, insista Rachel. Tu te crois très intelligent parce que ton père te laisse étudier toute la journée, mais ma mère dit que la vie est bien plus riche que ce qu'on lit dans les livres.

Elle referma le couvercle.

— Tu as vu le fusil. Maintenant, tu peux rentrer chez toi et le dire à ton père.

Un rictus se dessina sur les lèvres de John.

— Je te suis reconnaissant de m'avoir permis d'accomplir la mission qui m'a été assignée. Je ne suis qu'un humble fermier, mademoiselle White.

Il esquissa une révérence digne d'un vassal.

— N'essaie pas de m'amadouer avec tes manières, je suis immunisée contre les sornettes creuses.

Rachel claqua sa jupe et repartit dans le salon.

Marilla se tourna pour la suivre, mais John lui barra la route.

— On parle d'insurrection, confessa-t-il.

Le cœur de Marilla se mit à battre la chamade.

— Menée par qui ?

— Des fermiers canadiens, des gens de la ville et des marchands contre les aristocrates corrompus. La Clique du Château et le Pacte de Famille.

Marilla connaissait les guerres civiles américaines, mais ce genre de conflits n'était pas canadien. Les Canadiens étaient des gens pacifiques, ou du moins c'est ce qu'elle voulait croire. La voyant déconcertée, John posa une main sur le coude de la jeune fille. Ses doigts entourèrent l'endroit précis qu'elle avait montré une heure plus tôt à Rachel. Elle sentait presque sa peau à travers sa manche en mousseline.

— Ne t'inquiète pas, Marilla. Tu seras en sécurité.

Marilla osa croiser son regard.

— Ah oui ?

— Bien sûr. Je suis certain que Matthew et ton père prennent les mesures de précaution qui s'imposent. Tout le monde le fait. Enfin…

Il jeta un coup d'œil dans la direction du salon, où Rachel était partie se réfugier.

— … la plupart des insulaires en tout cas. M. White a dit à mon père qu'il n'échangeait ce fusil que parce qu'il s'en est procuré un autre. Un mousquet plus adapté aux cibles proches.

Marilla sentit que ses paumes devenaient soudain moites à l'évocation de ce danger imminent.

— Du thé ? demanda Ella en portant le plateau.

John lâcha le bras de Marilla.

— Merci, mais je ferais mieux de partir.

Ella ne cacha pas sa déception. Elle repartit vers la cuisine, le dos courbé.

— Je ne manquerai pas de certifier à mon père que le fusil est en excellente condition, promit John en direction de Rachel. Je suis désolé de vous avoir dérangées, mademoiselle White. J'espère que vous pourrez reprendre votre couture où je l'ai interrompue.

— Tu es insupportable, monsieur Blythe ! s'écria Rachel, mais Marilla perçut le rire dans sa voix.

Et John aussi.

— Au revoir, Rachel.

Cette dernière poussa un petit soupir en guise de réponse.

— Au revoir, Marilla.

Il lui adressa un clin d'œil, et elle trouva le geste affreusement effronté pour une première rencontre. Plus même que de la prendre par le coude.

— Transmets mes salutations à ton frère. Cela fait longtemps que je ne suis pas retourné chez les Cuthbert. Je le devrais sans doute.

Les trois filles regardèrent John s'éloigner sur son cheval, dont les sabots piétinaient les flaques fraîches. La pluie avait cessé et le ciel offrait le spectacle d'un coucher de soleil rose et chatoyant.

— Il a la beauté du diable, commenta Ella en laissant échapper un soupir.

Rachel tourna une boucle sur son doigt.

— J'ai déjà vu plus beau. Et de toute façon, il n'a fait d'effort pour se montrer civil qu'avec Marilla.

— Parce qu'il connaît Matthew, se défendit Marilla.

Rachel souleva un sourcil.

— Vous auriez déjà dû vous rencontrer si ton frère et lui étaient si proches.

La vérité était que Matthew avait peu de temps à consacrer à des amis. Lui et leur père étaient bien trop occupés par les travaux de la ferme. Et après avoir mis le feu à la maison, il ne sortait presque plus à des événements mondains. Marilla se demanda si John avait assisté à la fête ce soir-là. Sans doute que non, se dit-elle. Matthew avait vingt et un ans et John, seulement seize. Trop éloigné en âge pour avoir les mêmes camarades de classe. Alors pourquoi John semblait-il soudain si intéressé de rendre visite à son frère ?

Rachel termina sa rangée sur le châle de prière.

— Ce n'est pas mon type, mais il est plaisant à regarder. N'es-tu pas de cet avis, Marilla ?

— La beauté n'a aucune valeur. Ce qui compte, c'est ce que la personne a à dire.

Il était déjà tard. Clara et Izzy devaient avoir préparé le souper, alors Marilla rangea ses affaires de couture. Ella alluma les lampes à huile tandis que Rachel raccompagnait son amie sur la terrasse. À l'approche de la nuit, l'air sentait bon la terre fraîche et la nature.

— Alors dis-moi la vérité, Marilla. Que ferais-tu si John Blythe se présentait à la porte de tes Pignons ?

— Je l'accueillerais. Tout comme je le ferais pour toi et n'importe lequel de mes amis à Avonlea.

— Sois prudente en rentrant. La lumière baisse rapidement et je ne voudrais pas que tu tombes dans un fossé de boue.

Sur tout le chemin, Marilla pensa à la cicatrice de varicelle sur la tempe de John. Elle n'arrivait pas à imaginer qu'il était né sans. Une toute petite marque. Un défaut pour la plupart des gens, pourtant, pour elle, c'était une des parties les plus intéressantes de son être. Toute une histoire se cachait derrière cette cicatrice, et elle comprit pourquoi Rachel aurait désiré arborer une telle *blessure sainte*.

- 7 -

Tante Izzy donne une leçon

Les marchands et fermiers s'étaient rassemblés à Carmody pour discuter le prix des graines oléagineuses du printemps qui avait flambé. L'hiver avait été rude dans tout le Canada et la crise économique affectait sévèrement les paysans du continent. La réunion se tiendrait sur trois jours, par conséquent il revenait à Matthew de s'occuper de la ferme tandis qu'Izzy veillerait sur Clara. Hugh était tout de même inquiet à l'idée de s'absenter. Le bébé devait pointer le bout de son nez dans moins d'un mois, et Clara souffrait désormais chaque fois qu'elle se tenait debout. Le Dr Spencer insistait pour qu'elle reste au lit.

— Tu dois y aller, sinon nous n'aurons pas de récolte pour nous nourrir, affirmait Clara. C'est une question de quelques jours seulement, le petit a encore besoin de plusieurs semaines pour se développer. Et en plus, j'ai Izzy, Matthew et Marilla avec moi. Je suis plus inquiète de te savoir seul sur les routes, tu pourrais te faire attaquer par des voleurs rebelles !

— Les seuls voleurs rebelles sur l'île sont les tamias qui dérobent nos graines si coûteuses, grommela Hugh. Et si le bébé arrive plus tôt ?

— Alors tu manqueras les braillements, le taquina Clara. Je ne commencerai à pousser que si tu es à mes côtés. Ce bébé ne verra pas d'autre visage que celui de son père en premier, je te le promets.

Il lui embrassa la main.

Marilla et Matthew attendaient à l'extérieur de la chambre. Après l'avertissement de John, la peur d'une révolte semblait plus réelle que jamais.

— Il ne craint rien sur la route, n'est-ce pas, Matthew ?

Un sillon se creusa sur le front de son frère.

— Bien sûr que non, pourquoi cette question ?

— J'ai entendu des bruits, expliqua Marilla en haussant les épaules.

— Raconte.

Elle se demanda si elle devait citer ses sources. Pourtant, c'était à son frère qu'elle s'adressait. Elle ne lui avait jamais rien caché jusque-là.

— J'ai parlé avec John Blythe. Son père l'a envoyé chez les White pour faire une course. Échanger un fusil. John nous a confié, à Rachel et à moi, que c'était pour se protéger. Il a dit que le peuple devait prendre les armes dans le cas d'une rébellion.

Matthew se pinça les lèvres et détourna le regard vers sa mère qui conseillait à leur père de prendre un maillot de corps de plus. Elle trouvait le vent très froid.

— Est-ce vrai ? insista Marilla.

Il la dévisagea un moment.

— Oui, je suppose que oui.

Marilla fut envahie d'une vague d'angoisse.

Matthew posa une main sur son épaule.

— Tu ne dois pas t'en faire. Aucun danger ne frappera les Pignons, tu es protégée ici.

— C'est ce que John Blythe dit aussi.

— C'est un bon gars, confirma Matthew. Tu ferais bien de l'écouter.

— C'est toi que j'écoute.

Matthew sourit.

— Je dois harnacher Jericho pour papa, il est temps qu'il parte.

Il sortit, suivi aussitôt par Hugh, son baluchon à la main.

— Prends soin de ta mère, lança-t-il avant de lui embrasser le haut du crâne.

Quand ils furent partis, Marilla entra dans la chambre de sa mère.

— Viens t'allonger près de moi une minute, l'appela Clara.

Marilla monta sur le lit, ravie de partager ce moment avec elle. Moelleuse, Clara sentait bon le miel et le lait. Elle plaça son bras autour de sa fille, et Marilla souhaita que la journée suive son cours pendant qu'elles restaient là, tranquillement.

— Quand tu étais petite, je m'allongeais avec toi et, pendant des heures, je te racontais toutes les tâches que j'avais accomplies.

Quand Clara parlait, son gros ventre se soulevait et se rabaissait de façon ostensible.

— Ce n'est pas si mal quand on a de la compagnie, mais quand on est seule, le temps traîne affreusement.

— Alors je ne te laisserai pas seule.

— Ma douce Marilla, même si cela me ferait une joie infinie, tu ne pourras pas rester ici pour toujours, il faudra que tu grandisses et que tu partes vivre ta propre vie.

Marilla appuya son visage plus près encore de celui de sa mère et respira profondément son parfum. Une culpabilité sourde la torturait : elle désirait autant rester auprès d'elle que voler de ses propres ailes. Elle ne supportait pas que son cœur fût ainsi divisé.

Clara lui caressa les cheveux.

— L'enfance passe bien trop vite. Tu verras : une minute, un bébé est un tendre bourgeon et la minute suivante, il devient une grande fleur magnifique prête à conquérir le monde.

— Je ne suis ni si grande ni si magnifique, murmura Marilla.

Clara baissa le menton et croisa le regard de sa fille.

— Bien sûr que si ! Et très bientôt tu trouveras un homme du même avis. Tu tomberas amoureuse, tu l'épouseras et vous construirez votre propre famille.

Marilla tourna la tête pour l'enfouir dans l'épaule douillette de sa mère.

— Comment as-tu su que tu étais amoureuse de papa ?

Clara retint un instant sa respiration avant de répondre.

— Je l'ai su parce que nous avons grandi côte à côte, mais je ne l'ai remarqué que lorsque le bon moment est arrivé. Et alors j'ai eu l'impression qu'il était le nouvel astre chatoyant de l'univers. Tu comprends ce qu'est l'amour… quand tu ne peux pas tourner le dos au destin.

Marilla repensa au regard de John Blythe. Un feu s'alluma dans sa poitrine, pas vraiment inconfortable, mais elle était trop jeune pour tomber amoureuse. Aux yeux de John, elle n'était rien d'autre que la petite sœur de Matthew. D'une certaine façon, cela la rassura, elle pouvait encore se prélasser avec joie dans les bras de sa mère. Un bourgeon encore bien fermé.

Comme l'avait prédit Clara, l'hiver fit sa dernière apparition ce soir-là. Une neige d'avril avait réuni Matthew et Marilla autour du feu de cheminée dans le salon. Izzy venait de rapporter de la chambre de Clara un bol de bonne soupe crémeuse et elle lavait la vaisselle dans la cuisine. Matthew lisait la *Royal Gazette* tandis que Marilla finissait l'ourlet de la tenue de bébé qu'Izzy et elle avaient découpée dans le tissu jaune décoré de lierre. Marilla était très fière du résultat. Elle n'avait peut-être pas le talent de Rachel pour les broderies, mais elle cousait aussi bien que sa tante. Avec ses coutures assez robustes pour tenir des années, le vêtement était merveilleusement bien taillé. Sans chichi ni fioriture, sobre et raisonnable, comme elle aimait.

Elle leva les yeux de son ouvrage et lut les gros titres du journal de son frère : « Au Canada, les Noirs accèdent au droit de vote ».

— Je pensais que tout le monde avait le droit de vote.

— Eh bien tu te trompais, répliqua Matthew. C'est une bonne chose. Bientôt ce sera à votre tour également, à vous les femmes.

— Les femmes n'ont pas le droit de vote ? demanda-t-elle, sidérée.

Elle n'aurait jamais imaginé que ce ne fût pas le cas.

Matthew secoua la tête.

— Ce sont les mêmes lois que pour faire la cour : une femme ne peut pas entrer dans une pièce et choisir son cavalier pour danser, elle doit attendre qu'il l'invite.

— C'est la plus grande ineptie qu'il me soit arrivé d'entendre, riposta Marilla en fronçant les sourcils. Et pourquoi pas ?

— Parce que c'est ainsi, répondit Matthew en riant. Je ne dis pas que je suis d'accord avec cet état de fait, c'est juste de cette façon que vont les choses.

Marilla réfléchit un long moment, avant d'oser demander :

— Tu as déjà fait la cour ?

— Pas que je sache.

Marilla termina l'ourlet, fit un nœud et le coupa avec ses dents.

— Comment est-ce possible que tu ne le saches pas ?

Matthew plia son journal.

— C'est sûrement que je ne l'ai jamais fait. Ce qui ne veut pas dire que j'en ignore les règles.

Marilla éclata de rire.

— C'est n'importe quoi, Matthew Cuthbert. Tu me dis que si je suis à un bal et que je veux danser le quadrille, je ne peux pas choisir mon partenaire ?

— Exactement.

— Balivernes ! affirma Marilla en secouant la tête.

En entendant leur discussion, Izzy sortit de la cuisine avec Skunk qui ronronnait dans ses bras. Il ne laissait jamais personne d'autre qu'Izzy le porter. Sûrement parce qu'elle lui donnait des sardines fumées quand tout le monde avait le dos tourné, se disait Marilla. Clara en avait acheté à un marchand ambulant quelque temps plus tôt, mais personne n'en supportait l'odeur, et encore moins le goût.

— Quelles balivernes ? demanda-t-elle.

— C'est Matthew qui essaie de me faire croire n'importe quelle sornette. Il m'explique comment on doit faire la cour, alors qu'il ne l'a jamais faite lui-même.

Matthew rougit derrière sa barbe de quelques jours.

— Tu n'as jamais eu d'amoureuse, Matthew ? Dis la vérité. Tu auras des cloques supplémentaires en enfer si tu mens à un membre de ta famille, affirma Izzy en lui adressant un clin d'œil. Tu n'as pas de honte à avoir, nous avons le même sang.

Matthew rassembla son courage et déglutit.

— Je n'en ai jamais eu ni le loisir ni l'envie.

Izzi s'installa dans la chaise en rotin.

— Pas le temps, je te crois volontiers. Mais l'envie...

Elle caressa Skunk.

— Il me semble que je t'ai vu regarder l'une des filles Andrews très attentivement pendant le verre de l'amitié à l'église, la semaine dernière.

Les joues de Matthew s'empourprèrent encore plus. Il ouvrit la bouche pour objecter, mais la referma sans prononcer un mot.

— Laquelle ? s'enquit Marilla.

— Demande à ton frère, plutôt.

Elles dévisagèrent Matthew avec un air entendu, le contraignant à avouer.

— Très bien ! s'écria-t-il en jetant son journal par terre et en se levant. Johanna.

Izzy poussa un hululement.

— C'est la plus jolie, concéda Marilla.

Les quatre filles Andrews, Catherine, Eliza, Franny et Johanna, étaient assez quelconques. Johanna, avec de beaux cheveux noirs, des lèvres roses et des petites taches de rousseur sur le nez, sortait un peu du lot.

— Elle ne sait même pas que j'existe, déclara Matthew.

— Alors fais-le-lui savoir, répliqua Izzy.

— Mais comment ?

Izzy posa Skunk sur le sol et il se frotta à ses jambes.

— C'est sûrement quelque chose que ton père et ta mère devraient te dire eux-mêmes, mais vu les circonstances.

Elle poussa un soupir.

— En tous les cas, c'est toujours mieux que cela vienne d'un membre de la famille.

Matthew s'assit, sa curiosité éveillée.

— De mon peu d'expérience... commença Izzy en s'éclaircissant la voix. Eh bien, c'est relativement simple, vraiment...

Elle s'interrompit de nouveau.

Le feu crépitait dans l'âtre, elle se leva pour remuer les bûches avec le tisonnier. Une fois qu'elles furent ravivées, elle se tourna vers son neveu et sa nièce.

— D'accord, commençons par le début. Matthew, Johanna te plaît, n'est-ce pas ?

Matthew esquissa un sourire timide.

— Très bien. Marilla, imagine que tu rencontres un garçon qui te fait tourner la tête.

Elle pensa à John Blythe, uniquement dans le but d'avoir un exemple tangible.

— Maintenant, levez-vous, tous les deux.

Ils obéirent.

— Alors invite ta dulcinée à marcher avec toi. Pas forcément très loin, n'importe où, cela n'a pas d'importance. Mais juste toi et elle. Il faut que tu prennes le bras de la jeune fille pour le placer dans le creux du tien, comme cela.

Elle lui dirigea la main pour qu'il prenne celle de Marilla et la passe autour de son coude.

— Et Marilla, laisse faire le jeune homme et garde ton bras à cet endroit, vous voyez ?

— Et maintenant ? demanda Matthew.

— Eh bien, tu mets un pied devant l'autre et tu marches. Allez-y ! ordonna Izzy. Promenez-vous dans le salon.

Marilla gloussa. Cela lui semblait ridicule, mais Matthew l'entraîna vers le couloir puis ils revinrent.

— Parfait ! les félicita Izzy en tapant dans ses mains. Mais il ne faut pas oublier de parler. Vous ne pouvez pas juste marcher en silence, cela ne convient absolument pas. C'est l'occasion d'engager une conversation intime.

À cette remarque, Matthew lâcha le bras de sa sœur.

— Une conversation intime ? s'offusqua-t-il. Je ne sais pas…

Matthew était si timide. Il pouvait trouver le courage de passer à l'action, mais lui demander de parler en plus rendait pour lui la tâche insurmontable.

— C'est facile, assura Marilla pour lui venir en aide.

Elle lui reprit le bras.

— Monsieur Cuthbert, comment se portent les récoltes de votre famille cette année ?

— Très bien, grommela-t-il.

— Pose-moi des questions sur ma famille, murmura Marilla.

— Mais c'est toi, ma famille ! répliqua Matthew en chuchotant lui aussi.

Marilla secoua la tête.

— Joue le jeu, fais comme si j'étais Johanna et je ferai comme si tu étais… enfin, tu es toi, pour l'instant.

Elle avala sa salive, honteuse. Elle avait failli dire le nom de John.

— Pose-moi des questions que tu poserais à Johanna.

— Marilla a raison, encouragea Izzy.

Matthew prit une inspiration et se racla la gorge.

— J'ai entendu dire que votre père avait acheté une calèche à Charlottetown.

— Bien… très bien ! félicita Marilla avant de se fondre dans son personnage. Eh bien, oui, en effet. C'est une très jolie calèche.

Matthew se mit à bredouiller, ne sachant comment enchaîner.

— Demande-moi à quoi elle ressemble.

Matthew leva les mains au ciel.

— Oh, je ne sais pas y faire !

— C'est pour cela que nous répétons, le réconforta Izzy. Il n'existe aucune règle. Ne vois pas ta prestation comme bonne ou mauvaise : le but de la cour est simplement de mieux connaître la personne. Et chaque fois que tu te promèneras avec elle, tu apprendras quelque chose de nouveau.

— Comme dans un journal, où tu suis les événements jour après jour ? demanda Marilla.

— Exactement, répondit Izzy. La même curiosité que tu témoignes au journal que tu lis, témoigne-la à la femme qui te plaît.

Marilla comprenait parfaitement, mais Matthew restait perplexe.

— Je ne sais pas trop.

— C'est ce qui est merveilleux dans la cour, Matthew. Tu n'as pas besoin de savoir dès le début. Tu ne peux pas plus t'empêcher de tomber amoureux que tu ne peux t'empêcher de respirer. Cela vient naturellement, assura Izzy en souriant.

Marilla se demanda si Izzy avait fait la cour à William Blair. Qu'est-ce qui lui avait fait changer d'avis concernant son amour pour lui ? Ou peut-être qu'on arrêtait d'aimer aussi facilement qu'on tombait amoureux. Pourtant, elle n'osa pas l'interroger.

— Même le vieux Skunk a une chérie, affirma Izzy. Il s'est trouvé une Molly dans l'étable. Malheureusement, c'est une petite sauvage, cela m'étonnerait qu'elle reste jusqu'à l'été. Trop d'aventures à vivre dans ce vaste monde.

Marilla souleva Skunk pour le coincer contre son cou, ne tenant aucun compte de ses protestations.

— Peut-être que si tu lui offres du lait chaud et des sardines, elle restera.

— Tu as tout compris à comment faire la cour, Marilla !

— Je ne suis pas sûr que le lait et les sardines auraient l'effet escompté sur Johanna, déclara Matthew.

Ils éclatèrent de rire si fort que Clara se réveilla dans son lit à l'étage et sourit.

Ce dimanche, après que le révérend Patterson eut terminé son sermon et que la congrégation eut chanté les psaumes, ils sortirent dans l'enclos paroissial en gravier où des groupes de trois ou quatre se réunissaient pour boire le verre de l'amitié. À la grande surprise de Marilla, Matthew se dirigea droit vers les Andrews. Il serra la main de M. Andrews, hocha la tête vers son épouse, et enfin prononça quelques mots qui provoquèrent chez Johanna un clignement d'yeux précipité. Elle s'écarta de ses sœurs et Matthew lui prit la main pour la poser dans le creux de son bras, comme Izzy le leur avait montré. Quand le couple se tourna, Marilla vit qu'il rougissait légèrement, mais il gardait une démarche assurée et sa bouche se préparait déjà à parler.

— Voyez-vous cela, ponctua Izzy dans l'oreille de Marilla.

Toutes deux échangèrent un sourire qu'elles n'auraient pu réprimer même si elles avaient déployé tous les efforts du monde.

— Vas-y, Matthew, lâcha Marilla, alors que son frère entraînait Johanna vers l'aire de pique-nique de l'église, là où les érables à sucre exhibaient leurs feuilles vert chartreuse.

Elle aurait tant aimé connaître les secrets d'une telle promenade, et espéra qu'ils lui seraient révélés plus tôt que cela n'avait été le cas pour Matthew.

Cela fait longtemps que je ne suis pas retourné chez les Cuthbert. Je le devrais sans doute, avait dit John. À cet instant, Marilla pria le Seigneur qu'il le fît.

- 8 -

Marilla reçoit de la visite

Marilla finissait son châle de prière pour le projet du cercle des couturières. L'École du dimanche comptait au total cinquante châles. Avec le sien et celui de Rachel, cela faisait cinquante-deux. Mme White avait dit que dès qu'ils dépasseraient les cinquante elles auraient un nombre de châles suffisant à offrir à l'orphelinat de Hopetown. Marilla avait donc décidé de porter le sien à Mme White avant le souper, quand lui parvinrent le trot et les hennissements d'un cheval dehors.

Matthew et Hugh étaient occupés à entasser du foin dans l'étable, Clara se reposait et, armée d'un pinceau épais, des éclaboussures jaunes sur les joues, Izzy avait entrepris de repeindre la chaise en bois sur laquelle elle faisait la lecture à Clara.

— Cela apportera un peu de soleil dans la chambre de ta mère.

Elle s'était procuré un pot de peinture jaune chez M. Blair et avait transformé la cuisine en chantier.

— Quelqu'un appelle ! cria-t-elle par la fenêtre ouverte.

— J'ai entendu, répondit Marilla.

— Sûrement Mme Sloane. Elle m'a coincée à l'église pour me promettre de m'apporter son exemplaire des *Règles de bonne tenue*. Comme si j'avais besoin d'un rappel. Ces Sloane ne changent pas…

Izzy secoua la tête.

— Pourrais-tu, s'il te plaît, être un ange et récupérer le livre pour moi ? Dis-lui que je suis absente. Cela ne devrait pas prendre plus d'une minute.

Marilla accepta, mais quand elle ouvrit la porte, ce n'est pas Mme Sloane qu'elle trouva derrière, mais John Blythe.

— Bonjour, Marilla.

— Euh… bonjour, John, bégaya-t-elle.

Ses cheveux se déversaient en vagues sur ses épaules. Le ruban qui les attachait était tombé un peu plus tôt, et elle n'avait pas pris le soin de se recoiffer. Devant Skunk et ses écheveaux de laine, quelle importance ? Pourtant maintenant, sous le regard de John, elle se sentait soudain exposée et fébrile.

— Je suis venu voir ton frère, Matthew.

John portait un costume en lin, non plus les habits de paysan qu'il arborait à leur dernière rencontre. Un mardi et il venait tout endimanché.

— Entre, je t'en prie, l'invita Marilla. Matthew est dans l'étable avec papa. Je peux aller le chercher pour toi.

— Oui, merci.

Marilla pivota pour y aller, mais il la retint.

— Puis-je te demander un verre d'eau tout d'abord ? Le printemps est un compagnon capricieux. Un jour, il fait un froid de gueux, et le lendemain, le soleil a envie de te griller.

Des gouttes de sueur perlaient sur son front.

— Bien sûr, j'aurais dû te le proposer tout de suite.

Ils poussèrent tous les deux un soupir et échangèrent des sourires.

Marilla alla lui chercher un verre d'eau dans la cuisine. En la voyant à travers la fenêtre ouverte, Izzy se pencha, intriguée.

— Ce n'est pas Mme Sloane, chuchota Marilla. C'est John Blythe qui est venu voir Matthew.

— Le fils du producteur laitier ? interrogea Izzy.

Marilla hocha la tête.

— Alors pourquoi est-ce que tu murmures ?

Marilla se racla la gorge sans répondre et repartit dans le salon.

John but tout le verre.

— Merci bien, dit-il, ses lèvres un peu humides.

— Tu as obtenu ton fusil ?

Marilla repensa à la leçon d'Izzy quand on se retrouvait seule avec un garçon. C'était le moment idéal pour mettre en pratique les conversations intimes, comme le lui avait suggéré sa tante. Même s'il ne s'agissait pas officiellement de cour. En tout cas, elle ne le pensait pas, mais ce serait la première fois, et par conséquent elle ne pouvait pas être entièrement sûre.

— Oui, répondit-il, visiblement soulagé par le verre d'eau et la question. Mon père était ravi. Les White ont reçu notre meilleure génisse en échange. Tout s'est passé au mieux. Et comment avance ta couture avec Mlle White ?

— Très bien, merci. J'ai terminé le châle que je confectionnais pour les orphelins de Hopetown.

Elle montra le canapé où l'habit était soigneusement plié.

— En Nouvelle-Écosse, oui. Je pense que ma mère en a également réalisé un.

— Cela ne me surprendrait pas. Mme White dirige l'École du dimanche. Je pense qu'elle a fait faire des châles de prière à tout Avonlea.

— Ils ont bien de la chance, ces orphelins.

— Pas tant que cela, objecta Marilla en fronçant les sourcils. Un orphelin n'a ni toit ni famille.

— Oui, bien sûr. « Chance », ce n'était pas le mot.

John baissa les yeux sur son verre. Limpide. Marilla avait passé l'eau du puits dans le tamis le plus fin pour qu'il ne se dépose aucun résidu.

— Ce que je voulais dire, c'est qu'ils doivent être heureux que tellement d'inconnus pensent à eux.

Marilla n'avait pas voulu le contredire, mais juste être précise. Elle n'avait jamais été très à l'aise avec les mondanités. *Comment allez-vous ? Bien et vous ? Le temps est magnifique. En effet, Dieu donne le soleil et Dieu le reprend. Comment se porte votre mère ? Très bien, et la vôtre ? Bien, merci de poser la question.* Etc. Deux personnes pouvaient converser ainsi pendant des heures pour finalement ne rien dire du tout. Certains estimaient peut-être qu'il s'agissait d'un tête-à-tête intime, mais pour Marilla, cela ne représentait qu'effort vain et ennui profond. Elle aurait largement préféré que les gens se taisent s'ils n'avaient rien d'intéressant à dire.

— Mme White emporte les châles en Nouvelle-Écosse avant la fin du mois.

— Oui, mon père et M. White parlaient d'acheter de la poudre à canon quand ils seraient à Hopetown. M. Murdock a rapporté les dernières nouvelles du Bas-Canada. Le réformateur, Louis-Joseph Papineau, a mené une série d'assemblées de protestation dans tout le pays. Il reçoit un soutien grandissant parmi la population. M. Murdock pense que les troupes royales vont bientôt être expédiées pour faire régner l'ordre dans nos rangs.

Marilla se demanda ce que Hugh dirait, et s'il était déjà au courant de l'agitation politique. Matthew veillait à ne jamais laisser traîner ses journaux.

— Puis-je te demander pourquoi tu as quitté l'école ? s'enquit John.

Elle se sentit flattée qu'il l'ait remarqué et soulagée qu'il change de sujet.

— Ma mère va avoir un bébé. Elle a besoin d'aide.

Il hocha la tête.

— Mais ta tante est venue de Saint Catharines pour lui prêter main-forte, n'est-ce pas ?

Une nouvelle fois, elle s'étonna qu'il en sache autant sur elle et sur sa famille alors qu'elle ne connaissait pratiquement rien de lui.

— J'espère retourner à l'école cet automne.

— J'espère aussi. C'est ma dernière année avant l'examen final. Mon père insiste pour que je reçoive une éducation complète avant de travailler dans le commerce.

— Je n'imaginais pas qu'il fallait des bases de géométrie pour élever du bétail, lança-t-elle, taquine.

Elle détestait la géométrie. Tous ces diagrammes étalés sur le tableau noir. Il changea de position.

— Eh bien, pas directement, non, dit-il en fronçant les sourcils. Mais mon père estime qu'il vaut mieux avoir des connaissances que de ne pas en avoir. Dans pratiquement toutes les situations.

— Ton père est un homme sensé, affirma Marilla. À ce que j'ai constaté, être dépourvu de culture n'est pas du tout admirable.

— En effet.

Il posa son verre vide sur la table.

— C'est pour cette raison que j'ai pris la liberté de t'apporter les coupures de presse de l'école. M. Murdock m'a donné la permission, puisque nous les avons déjà lues. Je me disais que cela t'intéresserait de les feuilleter, ainsi que Matthew et M. Cuthbert.

Il sortit une pile de pages de journaux de son gilet.

— C'est très attentionné de ta part.

Quand Marilla voulut les prendre, son index frôla accidentellement celui de John. Une décharge inattendue lui traversa le bras, et elle retira la main sur-le-champ.

Elle n'aurait su dire si John l'avait remarqué. Elle avait baissé la tête pour contempler les lettres imprimées sur le papier.

« Les fermiers rebelles s'opposent aux politiques de hausse d'impôts sur la propriété et de hausse des prix. Les tories se tournent vers la monarchie et les réformistes réclament une nouvelle république. Attention, le changement approche ! »

Marilla plia le journal soigneusement.

— Je suis sûre que Matthew et mon père seront heureux de lire les nouvelles venues des provinces plus importantes. Merci, John Blythe.

— Pas de quoi, vraiment. Je me ferai un plaisir de t'apporter d'autres lectures de la classe, si tu le désires.

Elle croisa son gentil regard et osa s'exprimer pour elle-même.

— Cela me ferait très plaisir.

Dehors, sur la terrasse, Izzy laissa tomber son pinceau, attirant l'attention de Marilla.

— Je cours chercher Matthew.

— Non.

John avança la main comme pour la poser sur celle de la jeune fille, mais s'arrêta juste avant. Ils étaient si proches désormais qu'ils se touchaient presque.

— Il est occupé. Tu pourras leur donner ce que je suis venu leur apporter, expliqua-t-il en souriant. Dis à Matthew que je le chercherai à la prochaine réunion des fermiers. Si tu l'accompagnes, nous pourrons peut-être discuter les grands titres ensemble.

Elle ne voyait pas pourquoi elle viendrait. Seuls Hugh et Matthew assistaient à l'assemblée des fermiers. Peut-être, en revanche, qu'elle irait en ville se procurer plus de fil rouge chez Mme Blair. Si elle croisait John Blythe, ce serait bien.

Après qu'elle eut raccompagné John à la porte pour prendre congé de lui, Izzy arriva, toujours aussi barbouillée de peinture.

— Pourquoi le jeune M. Blythe est-il passé ?

Marilla montra le journal sur la table.

— Il est venu m'apporter certaines des lectures qu'ils ont consultées à l'école. Il pensait que Matthew et papa pourraient s'y intéresser.

Izzy consulta la première page.

— Hmm... une agitation dans la colonie ? Eh bien, voici quelque chose de bien plus important que les *Règles de bonne tenue* de Mme Sloane, tu ne trouves pas ?

Marilla sourit et rapporta le verre vide de John dans la cuisine, où elle hésita un instant avant d'essuyer la marque de ses lèvres sur le bord.

- 9 -

Marilla et Rachel partent pour la Nouvelle-Écosse

— Oh Marilla, je suis si contente que tu sois venue ! J'ai une merveilleuse nouvelle à t'annoncer ! s'exclama Rachel quand Marilla se présenta pour le dîner.

Mme White lui avait écrit personnellement avec son stylo en ivoire nacré : *Mlle Marilla Cuthbert est cordialement conviée à un dîner chez les White ce vendredi à dix-sept heures.* Marilla n'avait jamais reçu d'invitation officielle et se sentit soudain propulsée dans le monde des grands. Clara et Hugh lui avaient bien sûr donné leur bénédiction. Même si Marilla passait beaucoup de temps chez les White, ce serait son premier repas avec la famille. Un véritable honneur : d'ordinaire, ils n'organisaient de dîners que pour des adultes.

Izzy l'avait aidée à attacher un ruban bleu en satin autour de la taille de sa plus belle robe vichy. Cette petite touche transforma toute la tenue, et Marilla songea qu'elle ne s'était jamais vue aussi ravissante dans le miroir. D'accord, une des manchettes avait un accroc et le col avait été épinglé pour qu'il tienne en place, mais du moment que Marilla restait les mains serrées et ne tournait pas les épaules, personne ne risquait de le remarquer.

La tâche se révéla plus ardue que prévue, avec Rachel qui se jeta sur elle pour l'accueillir.

— Maman veut te le dire en premier, mais je ne supporte pas de garder le secret !

Elle attira Marilla dans l'office où était rangée la porcelaine et qui menait à la cuisine. Ella ne s'occupa pas d'elles, continuant à prendre les plats de service sur les étagères au-dessus de sa tête.

— Promets-moi que quand maman te le dira, tu joueras la surprise. Est-ce que tu es capable de feindre l'étonnement ?

Marilla fronça les sourcils. Elle n'avait aucun talent pour le théâtre et ne nourrissait aucune ambition dans le domaine.

— C'est facile, assura Rachel.

Elle ouvrit les yeux si grands que Marilla craignit qu'ils ne tombent et roulent sur le sol telles des billes. Ensuite, elle posa une main sur sa joue.

— Oh mon Dieu !

Quand elle fut convaincue que Marilla maîtrisait l'exercice, Rachel baissa la main et ses yeux reprirent leur proportion habituelle.

— Tu as bien compris, n'est-ce pas ?

— Mais tu ne m'as rien dit ! Ce ne sera pas difficile pour moi d'être surprise !

Rachel prit les mains de Marilla dans les siennes et les pressa en poussant de petits cris.

— On part à Hopetown ensemble !

— Hopetown ? En Nouvelle-Écosse ?

Marilla n'avait jamais quitté l'île du Prince-Édouard. Même si, pour les habitants d'Avonlea, c'était un voyage fréquent, pour elle ce serait une première. Plutôt que de se sentir exaltée à cette perspective, elle fut envahie d'un puissant mal de mer, une angoisse dévorante.

— Je ne sais pas si je devrais y aller... Ma mère risque d'accoucher d'un jour à l'autre...

— Oh, ne sois pas idiote, voyons ! insista Rachel. Maman a tout organisé, elle a déjà parlé avec tes parents et ils ont accepté. Après tout, ce n'est pas comme si nous y allions seules. Nous serons avec papa et maman, et ils ont l'intention de te le proposer de façon formelle pendant le dîner. Enfin, au moment du dessert. Ella a préparé un gâteau au caramel absolument succulent, exprès pour l'occasion !

Le col de Marilla s'était défait et l'épingle lui piquait la nuque. Elle l'écarta de sa peau avec son pouce.

— Hopetown est si loin. C'est une ville tellement gigantesque !

Rachel hocha la tête.

— Oui, nous y passerons trois jours. Papa a des affaires à y régler et nous devrons aider maman à distribuer les châles de prière à l'orphelinat.

Trois jours ! Cela lui paraissait une éternité. Elle n'avait jamais dormi ailleurs que chez elle. Même quand ses parents étaient partis à Charlottetown, Matthew était resté avec elle, à la ferme. Elle ne possédait ni sac de voyage ni manteau approprié, même si elle se doutait bien qu'Izzy pourrait lui prêter les siens. Elle devrait d'abord réparer les semelles de ses bottes, elles ne tiendraient jamais sur les rues pavées. Et il faudrait certainement un chapeau de circonstance, personne ne se rendait dans la grande ville sans chapeau.

— Quand doit-on partir ?
— Après-demain ! répondit Rachel en frappant dans ses mains.

L'épingle du col glissa sur son doigt et s'enfonça dans sa chair. Elle la retira et laissa le bout de tissu pendre à sa guise.

— Rachel ! Marilla ! appela Mme White depuis la salle à manger. Où êtes-vous, les filles ? Le dîner est servi.

— Viens, dit Rachel en prenant son amie par la main.

Juste avant d'entrer dans la pièce, Marilla réajusta son col du mieux qu'elle put. Rachel se pinça les joues. Elle le faisait tout le temps, Marilla avait l'habitude désormais.

— N'oublie pas d'avoir l'air surprise, murmura Rachel.

Main dans la main, elles pénétrèrent dans la salle à manger des White éclairée par le grand chandelier, où les attendaient sur la table des pintades rôties et des saladiers de haricots et maïs. Marilla regrettait de ne pouvoir profiter du bon repas, tant elle redoutait le moment du dessert et sa prestation d'actrice. Quand l'annonce arriva enfin, elle s'appliqua du mieux qu'elle put, mais M. et Mme White eurent plutôt l'impression qu'elle venait de s'étouffer avec une bouchée du gâteau au caramel.

Mme White la contempla, affolée. Rachel intervint aussitôt.

— Marilla est très surprise ! N'est-ce pas, Marilla ?

La jeune fille acquiesça d'un petit hochement de tête.

— Je vous suis très reconnaissante pour cette invitation, aussi bien pour ce dîner que pour la Nouvelle-Écosse.

— Excellent ! se réjouit Mme White. Une paire de mains supplémentaire ne sera pas de trop avec tous les châles. Et bien évidemment, Rachel adore ta compagnie.

— Papa nous a réservé des chambres à l'auberge Majesty en plein centre-ville, ajouta Rachel entre deux cuillerées de gâteau. C'est un endroit magnifique !

Marilla ne s'était jamais imaginé à quoi pouvait bien ressembler une auberge. L'idée de séjourner ailleurs que dans une maison avec des amis ou de la famille ne lui avait jamais traversé l'esprit.

— C'est l'établissement le plus respectable à égale distance entre les entreprises de ton père et l'orphelinat, expliqua Mme White à l'adresse de sa fille. L'auberge est pratique, avant tout. Et il se trouve également qu'elle est splendide.

M. White se racla la gorge comme s'il voulait parler, mais Mme White ne lui en laissa pas la chance.

— Nous sommes très heureux que tu acceptes de faire ce voyage avec nous, Marilla. Nous viendrons mardi matin te chercher en calèche. Veille à prendre un bon petit déjeuner. Le trajet prendra un certain temps, et une fois que nous serons partis, je préfère que nous le fassions sans interruption jusqu'à notre destination.

Quatre jours plus tard, Marilla prit congé de sa famille, avec la cape bleue d'Izzy sur le dos et son sac de voyage dans les mains.

— J'aurais aimé venir avec toi, lui confia sa tante avec un grand sourire.

— Rapporte-moi des tas d'histoires de la ville, demanda Clara en embrassant Marilla sur les deux joues.

— Prends garde aux calèches sur la chaussée, elles roulent comme des furies, la prévint Hugh.

— Amuse-toi bien, grande fille, dit simplement Matthew.

Le cœur de Marilla tambourinait déjà dans sa poitrine au moment où les White apparurent. Hugh, Matthew et Izzy restèrent sur la terrasse pour les saluer. Marilla dut ravaler son envie de pleurer. Elle avait toujours été celle qui reste, jamais celle qui part.

— On s'occupera bien d'elle ! garantit Mme White. À samedi soir.

Marilla était bien montée à bord de doris et de canots de pêche durant son enfance, mais c'était sa première traversée du détroit de Northumberland. Le ferry lui semblait aussi gros qu'une baleine et tout aussi terrifiant. Mme White augmenta encore un peu l'angoisse des deux filles en leur racontant l'histoire d'une famille balayée par une grosse vague.

— Ils sont tous morts noyés. Les sept. Sans autre forme de procès.

Elle leur conseilla alors de rester dans la cabine plutôt que sur le pont. Marilla et Rachel s'enfermèrent à l'intérieur, coincées entre M. et Mme White, alors que le bateau fendait l'épaisse brume matinale. Ils arrivèrent à bon port bien plus vite que ne l'avait craint Marilla, et comme l'annonçait déjà le commissaire de bord. C'est à peine si elle avait vu la moindre ondulation dans l'eau, alors une grosse vague…

Une calèche les attendait à la descente du ferry et ils entreprirent aussitôt leur périple d'une journée à travers la Nouvelle-Écosse. Le galop régulier des chevaux sur les routes boueuses avait plongé Marilla dans un demi-sommeil, jusqu'à ce que soudain Hopetown se profilât à l'horizon.

Marilla n'avait jamais rien vu de tel : une jungle de bâtiments dont s'échappaient des volutes de fumée. Au loin, un grondement résonnait pareil au vrombissement d'une ruche. Plus ils approchaient, plus le bruit grandissait, et enfin il se transforma en brouhaha de sabots, de cliquetis métalliques, de cris de vendeurs ambulants et de livreurs de journaux. Des sifflets répondaient à des martèlements, tandis que les gens et les chevaux se déplaçaient dans toutes les directions. Les odeurs de cuir se mêlaient à celles de la suie et de la boue. Pour retrouver la paix d'Avonlea, Marilla dut cacher son nez dans la cape d'Izzy et fermer les yeux.

— N'est-ce pas merveilleux ? s'écria Rachel. Papa dit qu'une nouvelle banque est en cours de construction là-bas. Et ici, un Opéra. Et oh ! Regardez cet homme qui vend des gaufrettes ! J'adore les gaufrettes ! Maman, pourrait-on avoir quelques gaufrettes ?

— Pas question que nous nous arrêtions avant le Majesty, grommela Mme White en guise de réponse. J'ai mal à la tête.

Marilla souffrait également de migraine, mais Rachel, au contraire, semblait survoltée par toute cette agitation. Elle était à moitié penchée hors de la fenêtre quand le cocher stationna devant l'auberge.

Ils s'enregistrèrent à l'accueil, et le portier emporta dans leurs chambres le sac de Marilla avec tous les bagages des White. Le hall du Majesty Inn était exactement comme l'avait décrit Rachel ; avec leurs sculptures en forme de branches et de boucles, les murs en bois sombre ressemblaient à la broderie sur laquelle Rachel avait travaillé. Des encens au jasmin brûlaient dans des lampes des mille et une nuits, si bien que Marilla se crut dans une sorte de jardin étrange fourré à l'intérieur d'une bouteille parfumée. Des bougies vives scintillaient à tous les coins. De jour comme de nuit, tout ici chatoyait. Le plus impressionnant demeurait l'immense plafond peint à l'image du paradis. Des chérubins roses et bleus volaient à travers une grande étendue de ciel striée de rayons du soleil. Les clients subjugués se percutaient sans s'excuser.

Ainsi, Marilla ne remarqua pas qu'on s'était approché d'elle et sursauta quand on lui prit le coude.

— C'est étonnant, n'est-ce pas ? interrogea une voix familière.

En se tournant trop rapidement, Marilla se prit le pied dans l'ourlet de sa cape.

John la rattrapa. Le menton de Marilla se posa sur son torse, où elle sentit la rassurante odeur d'Avonlea.

— Quel effet j'ai sur toi, chère mademoiselle Cuthbert, plaisanta John en l'aidant à se redresser.

Elle remonta sa cape sur ses épaules pour ne plus trébucher.

— John Blythe, que fais-tu ici ?

Les White s'affairaient à l'accueil, tandis que Rachel demandait en cuisine s'il était prévu d'offrir des gaufrettes aux clients.

— Je suis ici avec mon père, expliqua-t-il. Quand j'étais chez toi, l'autre jour, je pense t'en avoir parlé. M. White et lui font affaire ensemble.

Elle hocha la tête, se rappelant vaguement une histoire de poudre à canon.

— Tu dors ici, toi aussi ?

John sourit.

— Le Majesty Inn est le seul endroit qui offre un lit sans voisins encombrants : les puces, murmura-t-il à son oreille. Certains sont d'avis que leurs compagnons de voyage sont déjà bien assez exaspérants.

Mme White, un mouchoir sur le front, gémissait en montant l'escalier. M. White suivait, bougon.

Marilla se mordit la lèvre pour ne pas rire.

— Tu es une canaille, John Blythe.

— Marilla ! Des gaufrettes ! lança victorieusement Rachel, une assiette de friandises dans les mains. Oh… bonjour, John Blythe.

— Heureux de te revoir également, mademoiselle White.

Rachel mastiqua délicatement le reste de son biscuit.

— Malheureusement, il n'y en a pas suffisamment pour trois.

John se tint bien droit et parla à haute voix :

— Loin de moi l'idée de piller les gourmandises d'une jolie jeune femme sur un simple bonjour.

Rachel faillit s'étouffer et regarda autour d'elle pour s'assurer que personne n'avait entendu.

— John Blythe, tu es méchamment malsain !

Elle prit Marilla par la main et la tira rageusement vers l'escalier.

— Si tu nous vois souper dans la salle à manger, je te prierais de ne pas nous déranger. Quelle audace, celui-là ! gronda-t-elle en direction de Marilla.

— Oh, mais tu ne savais pas ? lança John derrière elles. Nos familles seront amenées à beaucoup se voir pendant ce séjour. En fait, ton père vient de me demander de vous accompagner à l'orphelinat demain.

— Bon sang ! siffla Rachel. Ce John me donne des envies de meurtre ! Et maintenant, nous allons devoir le supporter toute la journée de demain ?

Marilla détourna le visage pour que Rachel ne voie pas son sourire et elle croisa le regard de John qui les suivait des yeux depuis le rez-de-chaussée. Il posa une main sur son chapeau pour la saluer et une boucle de ses cheveux tomba sur sa marque de varicelle à la tempe. Marilla croisa ses bras pour appuyer sur sa cicatrice au coude. Elle ne voulait pas se montrer déloyale envers son amie, mais… elle était heureuse qu'il fût là.

- 10 -

L'orphelinat de Hopetown

Autour d'un petit déjeuner composé d'œufs à la coque, de fromage et de tranches de pomme, Mme White exposa à Rachel et Marilla leur programme du jour. M. White était déjà parti retrouver M. Blythe à la batterie d'armement sur le quai.

— Nous avons rendez-vous avec les Sœurs de la Charité à midi et demi pour présenter nos châles de prière au nom de toutes les chrétiennes d'Avonlea. Ce qui nous laisse la matinée libre. J'ai donc une surprise pour vous, les filles.

Elle s'éclaircit la voix et attendit d'avoir leur attention pleine et entière. Rachel avala ce qu'elle avait dans la bouche. Marilla posa la cuillère avec laquelle elle mangeait son œuf.

— Nous allons nous arrêter dans la chapellerie de Madame Stéphanie !

Rachel dévora une autre tranche de pomme.

— Des chapeaux ? s'étonna-t-elle entre deux mastications, et elle se tourna vers Marilla. Maman adore les chapeaux.

— Tu devrais apprécier d'avoir une mère au fait de la mode.

Les yeux de Mme White se posèrent tour à tour sur Rachel puis sur Marilla, et elle baissa enfin la tête pour siroter son thé cérémonieusement.

Marilla sentit ses joues s'embraser et recommença à mélanger le jaune dans la coquille.

— Je n'ai jamais trouvé de charlotte à mon goût, se lamenta Rachel. Elles me serrent sous le menton et m'empêchent d'y voir plus loin que le bout de mon nez. Rien de plus triste que d'être coincée sous son chapeau.

— Quelles bêtises, répliqua Mme White. Tu n'as simplement pas trouvé le bon. Marilla, tu aimes les chapeaux, n'est-ce pas ?

Le chapeau de paille qu'avait coiffé Marilla était tellement usé qu'il en devenait légèrement bancal. Cependant, il avait accompli sa mission, évitant à Marilla d'avoir le visage crasseux à la fin du voyage. Elle ne comprenait pas pourquoi on pouvait désirer un couvre-chef en soie ou en plumes : un trajet en calèche et il était détruit. Pourtant…

— Je les aime beaucoup, madame White, affirma-t-elle. Je trouve qu'ils vous permettent de jouir d'un espace privé, même au milieu de la foule.

Rachel lui décocha un regard assassin, comme si Judas venait de prendre la place de son amie, et poussa ses pépins de pomme sur le bord de son assiette.

— Nous essaierons des chapeaux de Londres et de Paris ! déclara Mme White. Je pense que j'en aimerais un serti d'émeraudes. À ce qu'il paraît, les émeraudes sont à la mode cette saison.

— Y a-t-il un marchand de glaces à côté du magasin ? s'enquit Rachel.

Mme White ignora sa fille.

— Oui, un chapeau serti d'émeraudes assorti au pendentif en émeraude de ma mère...

Elle ne s'adressait à personne d'autre qu'elle-même.

— Tout ce qui est *à la mode*[1] me ravirait, commenta Rachel avec un accent français exagéré. Surtout si j'ai la compagnie de ma plus chère amie. N'est-ce pas, mademoiselle Cuthbert ?

— Bien sûr, mademoiselle White, répliqua Marilla en riant.

Une demi-heure plus tard, elles entraient dans la chapellerie de Madame Stéphanie. Sur une étagère blanche, dans la vitrine, étaient exposés des chapeaux décorés de plumes d'aigrettes nacrées et de paillettes, à côté de couvre-chefs plus simples en coton blanc et dentelle, fleurs en soie et broderies. Marilla savait qu'Izzy apprécierait leur conception. Les coutures étaient parfaites. Elle n'avait jamais vu des points aussi minuscules, plus petits encore que ceux de sa tante.

La plupart des créations étaient grandioses comparées à ses chapeaux de paille, mais Marilla ne se sentait pas à l'aise dans le faste. Un seul sortait du lot, à ses yeux : un chapeau bordeaux en velours, qui s'attachait joliment sous le menton avec des lacets en satin. Une bande de soie le bordait pour se marier gracieusement avec tous les types de cheveux. Un accessoire raffiné, mais sans prétention.

---

1. En français dans le texte.

Mme White passa à côté de la vendeuse armée de quatre chapeaux. Voyant celui que Marilla avait dans la main, elle s'arrêta net.

— Charmant. Tu devrais l'essayer, Marilla !

Marilla le reposa aussitôt.

— Oh non, madame White. Je ne pourrais me permettre un tel luxe.

— Je ne t'ai pas demandé si tu pouvais te le permettre.

Tandis que la vendeuse arrangeait les miroirs, Mme White se pencha vers Marilla.

— Tu penses que je peux me permettre cette merveille à plumes de Motmot ? Bien sûr que non, M. White me pendrait. Mais qui nous empêche d'apprécier la beauté ? Il ne faut pas confondre l'admiration et la déraison, mon enfant.

Mme White prit le chapeau bordeaux sur son crochet.

— Marilla va essayer celui-ci, annonça-t-elle. Rachel, en as-tu trouvé un qui te plaise ? De préférence quelque chose qui allonge ton front ratatiné.

Rachel se servait dans le bocal de sucrerie de Madame Stéphanie. Comprenant qu'elle ne pourrait sortir de la boutique les mains vides, elle choisit un somptueux chapeau à bord large paré d'une profusion de dentelle. On aurait dit qu'une têtière de canapé était tombée dessus.

— Gros point de Venise ! affirma-t-elle, la bouche pleine.

Mme White le contempla perplexe, mais elle n'allait pas critiquer le seul choix de sa fille.

Devant les miroirs, toutes les trois se contemplèrent.

— C'est comme s'introduire dans un rêve italien, chantonna Rachel.

Ses tresses s'échappaient sous le voile en dentelle.

Mme White tourna le menton d'un côté et de l'autre. Les plumes de Motmot flottèrent glorieusement dans l'air. Après quelques minutes d'extase, elle le retira.

— Ces plumes pendaient devant mon visage telles des chaussettes en train de sécher sur une corde à linge.

Elle en enfonça un autre moins coûteux sur son crâne : des fleurs roses tissées sur un fond rose prudent.

La vendeuse aida Marilla avec le sien.

— Vous l'attachez sur le côté, ainsi.

Elle fit un nœud sous la joue de la jeune fille.

— Voyez-vous ?

Marilla reconnut à peine son reflet dans la glace. Une femme raffinée lui renvoyait son regard, pas la paysanne qu'elle avait vue devant sa coiffeuse le matin même. Un chapeau lui avait suffi pour grandir d'un seul coup. Elle avait attendu ce moment depuis si longtemps, et elle le trouvait sous ce chapeau en velours bordeaux.

— Magnifique. Il te va très bien.

Marilla rayonnait sous les plis.

— Je vais prendre celui-ci, conclut Mme White. Plus le gris et…

Elle s'interrompit et observa Rachel en fronçant les sourcils.

— Oh, maman, s'il te plaît ! supplia Rachel.

— Je pensais que tu détestais les chapeaux…

— Tu as dit que je n'avais pas encore trouvé le bon. Mais ça y est, je l'ai trouvé !

Abdiquant, Mme White agita une main.

— Très bien, mais madame, auriez-vous la gentillesse de réduire un peu la quantité de dentelle ? Je suppose que cela me coûtera un supplément.

— Oui, répondit Madame Stéphanie. Nous l'arrangerons à la perfection pour mademoiselle votre fille.

Elle disparut dans l'arrière-boutique avec ses ciseaux.

— S'il vous plaît, pas les fioritures devant les yeux, la rappela Rachel, c'est ce que je préfère !

Marilla s'assit sagement.

— Merci, madame White, mais je ne peux pas accepter un présent aussi onéreux, vous m'offrez déjà ce voyage…

Mme White plaça un doigt sous le menton de Marilla et le lui souleva pour la regarder dans les yeux.

— Bêtises. Ce chapeau a été fait pour toi, Marilla.

Elles quittèrent le magasin, toutes les trois coiffées des créations de Madame Stéphanie. Marilla ne s'était jamais sentie aussi splendide. Ses rubans en satin brillaient dans le soleil de l'après-midi, et tous ceux qui croisaient le trio s'arrêtaient pour le contempler.

John les attendait dans le hall de l'auberge. Il ne reconnut pas immédiatement les trois femmes avec leurs visages cachés derrière les franges des chapeaux, mais se tourna comme tout le monde pour les admirer. Et soudain, ses yeux se posèrent sur la cape bleue que Marilla avait empruntée à Izzy. Sa mâchoire en tomba et il adressa à la jeune fille un sourire lumineux.

Mme White rompit le charme :

— Le concierge m'a fait la faveur de garder nos châles dans son vestiaire. Vous seriez un amour d'aller les chercher pour nous, John.

— Il semblerait que j'accompagne les dames les plus élégantes de la Nouvelle-Écosse, les complimenta John en esquissant une petite révérence avant de partir vers l'accueil.

En s'approchant de Marilla, il lui murmura à l'oreille :

— J'adore le bordeaux sur toi, cette couleur te va à ravir.

Elle remercia les plis du chapeau. Sans eux, il l'aurait vue devenir écarlate.

L'orphelinat n'était qu'à quelques pas de l'auberge, trop près pour prendre une calèche dans la circulation dense de la ville. Il valait mieux s'y rendre à pied. Ainsi, Marilla, Rachel et Mme White se chargèrent d'un colis et empilèrent les quatre autres si haut dans les bras de John qu'il partit à l'aveuglette.

— Je n'ai pas besoin de voir le trottoir, il me suffit de suivre vos chapeaux. Quand je distinguerai un habit de nonne, je saurai que nous sommes arrivés.

Les Sœurs de la Charité recueillaient de pauvres orphelins de toute la province et même des États-Unis. Le bâtiment en briques rouges était modeste, sans corniches ni colonnes, et des fenêtres à croisée observaient la rue telles des paires d'yeux. De la fumée violette s'envolait de la cheminée et Marilla sentit l'odeur du chou. Dans la cuisine, on préparait un ragoût. La cour de devant en gravier était entourée d'une clôture en fer et les petites empreintes de pas avaient été ratissées. Un potager occupait la partie droite de l'espace et à gauche poussaient deux jeunes arbres. Des érables rouges, reconnut Marilla. De l'ombre bienvenue pour les enfants, et de la couleur en automne. Cela réjouit la jeune fille. Cet endroit avait besoin de gaieté.

— Bienvenue, mes chères amies, les salua la révérende mère à la porte.

Son visage rayonnant ressortait au milieu de ses cornettes blanches comme le jaune de l'œuf de Marilla au petit déjeuner.

— Nous sommes fières de représenter Avonlea, répondit Mme White.

— C'est un honneur de vous recevoir, madame White, affirma la révérende mère. Qui sont ces charmants jeunes gens qui vous accompagnent ?

— Ma fille Rachel et Mlle Marilla Cuthbert, présenta Mme White.

Elles firent toutes les deux une petite courbette.

— Quelles beautés, les complimenta la révérende mère en regardant derrière elles. Et ce porteur de paquets ?

— Oh ! John Blythe, se rappela Mme White. Un jeune gentleman d'Avonlea qui a bien voulu nous rendre ce service.

— C'est un plaisir, voyons ! lança John derrière son fardeau. Je retirerais bien ma casquette, mais il faudrait pour cela que j'abandonne ces magnifiques ouvrages sur la voie publique, aux chiens des rues, qui n'auraient que faire de ces beaux châles, je le crains.

La révérende mère rit de bon cœur.

— Vous avez tout à fait raison, jeune homme ! Entrez et déchargez-vous.

L'orphelinat avait été la demeure d'une riche veuve qui s'était liée d'amitié avec les nonnes à son arrivée à Hopetown. N'ayant pas d'héritiers, elle avait légué toutes ses possessions aux Sœurs de la Charité. Les sœurs avaient transformé le lieu en une résidence de plusieurs couchages. Ce qui avait autrefois été le salon était désormais un dortoir, avec au pied de chaque lit un petit jouet : ici une peluche de lapin, là un yo-yo, des balles, des osselets, et suffisamment de marionnettes en tissu pour constituer une armée entière. Ils attendaient tous patiemment que leur enfant vienne dormir. La salle à manger servait de salle de classe, avec des rangées de bureaux et un tableau noir posé devant. À cet instant, les enfants déjeunaient dehors. Trop nombreux, ils devaient se relayer autour des tables de pique-nique pour prendre leur repas. La moitié mangeait une bonne soupe de chou, pendant que les autres jouaient à la marelle et à la corde à sauter dans la cour. Les nonnes venaient de sonner la cloche pour faire l'échange quand les visiteurs d'Avonlea étaient arrivés.

Tels deux bancs de poissons qui se croisent, les enfants se mêlèrent pour se séparer de nouveau. Ceux qui venaient de terminer leur repas couraient jouer, les autres se réjouissaient à l'idée de se remplir le ventre. Les petits garçons portaient des culottes courtes, les petites filles, des tabliers. Ils semblaient venir de tous les horizons : Français et Britanniques, métis et Noirs, Canadiens et Américains. Tous orphelins.

— Ils sont si nombreux, murmura Marilla.

— Oui, acquiesça John.

Elle n'avait pas remarqué qu'il se tenait à côté d'elle, à cause du rebord de son chapeau qui limitait son champ de vision.

— C'est difficile de s'imaginer grandir sans rien connaître de ses origines, ajouta-t-il.

Marilla était du même avis. Née à Avonlea, elle n'avait aucune crainte d'y mourir un jour. C'était chez elle, elle ne voulait être Marilla Cuthbert de nulle part ailleurs.

En voyant qu'ils les observaient, un petit garçon murmura quelques mots à ses camarades de tablée et tous se tournèrent vers Marilla et John.

— Ils pensent que vous êtes un couple d'adoptants, expliqua la révérende mère.

Le cœur de Marilla s'emballa. La rumeur se propagea dans toute la cour, jusqu'à ce que pratiquement tous les enfants aient les yeux rivés sur eux. Ils imaginaient sûrement la vie douillette qu'ils pourraient avoir s'ils étaient choisis. Marilla s'éloigna de John. Ce n'était pas juste… pour les enfants.

La révérende mère les conduisit dans son bureau, où une table lilliputienne occupait un tout petit coin, laissant le reste de l'espace aux étagères encombrées des documents sur les orphelins. La pièce était si exiguë qu'elle ne pouvait accueillir que deux personnes. Marilla, Rachel et John restèrent donc à l'extérieur tandis que Mme White déballait ses présents.

Un groupe de fillettes, pas beaucoup plus jeunes que Marilla et Rachel, longèrent le couloir. L'une d'elles portait un livre de cantiques, une autre, une vieille guitare, et les deux autres débattaient avec passion de la berceuse que la révérende mère allait préférer qu'elles chantent aux petits le soir. Elles se turent en approchant et s'arrêtèrent devant le bureau pour attendre leur tour. Le silence s'installa.

Finalement, affreusement mal à l'aise, Rachel remonta le filet en dentelle de son chapeau.

— Nous chantons les mêmes cantiques, lança-t-elle en montrant le recueil que portait la jeune fille. *Amazing Grace* est mon préféré.

Elle s'éclaircit la voix et entonna :

— *Grâce étonnante, au son si doux*[1]…

Elle chantait particulièrement faux. Marilla retint sa respiration. La voix stridente de Rachel lui rappelait les miaulements de Skunk. Les orphelines ne cillèrent pas.

---

1. « *Amazing Grace, how sweet the sound…* »

— *... qui sauva le misérable que j'étais*[1].

Elle fit une pause pour respirer.

— Bon, mais vous connaissez aussi bien que moi.

— Très joli, la complimenta la fillette avec la guitare. Vous pourriez peut-être chanter avec nous, si vous restez.

Rachel tritura sa dentelle et posa une main sur sa gorge.

— Oh, j'aimerais tant, mais nous repartons tout de suite. Nous retrouvons mon père pour le dîner.

Se ressaisissant, elle sourit et remit son filet à sa place.

— J'aime beaucoup votre chapeau, déclara une autre en direction de Marilla.

La fille avait une peau couleur cannelle, avec des cheveux acajou attachés derrière la tête en épaisses tresses. Une cicatrice, manifestement pas de naissance, tailladait les taches de rousseur sur sa joue.

— Nous venons de les acheter aujourd'hui, commenta Rachel. Ne sont-ils pas charmants ?

La fille hocha la tête avec un tel enthousiasme qu'avant d'y réfléchir à deux fois Marilla dénoua ses rubans.

— Voulez-vous essayer le mien ?

Rachel se tourna brusquement vers son amie, mais Marilla gardait les yeux rivés sur l'orpheline.

— J'aimerais beaucoup, si vous me le permettez.

Marilla lui tendit son chapeau en velours.

La fillette s'en empara délicatement et le plaça sur sa tête.

---

1. « *... that saved a wretch like me.* »

— Nouez-le sur le côté. Attendez, je vais vous montrer.

Marilla fit le même geste que la vendeuse plus tôt avec elle.

L'orpheline se contempla dans la vitre. Son reflet tout en tulle lui sourit, et elle se tourna et se retourna pour s'admirer sous tous les angles, tout comme Marilla l'avait fait dans la boutique.

Mme White et la révérende mère sortirent alors du bureau.

— Les châles sont magnifiques. Nos filles vont les adorer. Quels généreux amis nous avons sur l'île du Prince-Édouard !

Persuadée qu'il s'agissait de Marilla sous le chapeau bordeaux, Mme White passa un bras autour des épaules de l'orpheline et l'autre autour de celles de Rachel.

— En effet, les dames d'Avonlea soutiendront éternellement la veuve et l'orphelin, comme le veulent les Saintes Écritures.

La fillette pivota et Mme White se rendit compte de sa confusion.

— Oh ! Je pensais que vous étiez Marilla.

— S'il vous plaît, madame, je ne voulais pas… bredouilla-t-elle en s'empêtrant avec les rubans, des larmes aux yeux.

— Non, non, intervint Marilla.

Elle prit la main de l'orpheline, douce et rose comme un bégonia.

— Madame White, je sais que vous m'avez offert ce magnifique présent, mais j'aimerais que ce soit…

Elles ne s'étaient même pas présentées.

— Juniper, mais tout le monde m'appelle Junie, murmura-t-elle, la tête baissée au point qu'on entendait à peine sa voix.

— ... Junie qui le porte, continua Marilla. Si vous êtes d'accord, bien sûr.

— Je... je... commença Mme White en lissant ses gants avec une main. Oui, évidemment. Si la révérende mère l'autorise.

— Un cœur charitable est le vrai reflet de notre Saint Père. Nos amis d'Avonlea sont pour nous une bénédiction sans limite.

Elle fit une révérence.

— Merci, mademoiselle Cuthbert.

Junie esquissa, elle aussi, une jolie courbette.

— Merci, mademoiselle Cuthbert. Je chérirai ce présent toute ma vie durant.

Marilla sentit son cœur se gonfler et se libérer. Elle n'aurait su dire s'il s'agissait de la joie pour Junie ou de sa propre tristesse. Malheureusement, un peu des deux certainement. On ne pouvait cacher à Dieu un esprit capricieux. Cependant, elle se réjouissait avant tout d'avoir offert ce magnifique chapeau. Elle possédait déjà tant : une maison, une famille, des gens qui lui étaient proches et pour lesquels elle comptait. Elle aurait d'autres occasions de se procurer un chapeau, mais peut-être pas Junie.

Rachel retira son chapeau en dentelle.

— Tenez, dit-elle en le tendant à la fille qui portait le livre de cantiques. Puisque je ne peux pas chanter avec vous...

— Je vous remercie infiniment, mademoiselle, répondit-elle en prenant le couvre-chef plus délicatement que si elle s'emparait d'un oiseau sur le point de s'envoler.

Ses amies lui adressèrent des regards envieux.

Mme White gardait son chapeau fermement fixé sur son crâne.

— Quelle journée bénie ! commenta-t-elle. Aussi bien pour celui qui donne que pour celui qui reçoit, comme l'a montré notre Seigneur, le Christ.

La révérende mère se signa et les quatre orphelines l'imitèrent prestement. Mme White dessina une espèce de croix bancale, déplaçant sa main d'une épaule à l'autre, avant de lâcher un amen que Marilla trouva étrange. Il n'avait rien de presbytérien.

— Maintenant que nous avons accompli notre mission, nous ne vous prendrons pas une minute de plus de votre temps. Vous avez fort à faire avec tous ces enfants.

— Revenez quand vous voulez. Vous serez toujours les bienvenus ici.

— Nous reviendrons sans faute. Les dames d'Avonlea travaillent déjà sur les prochains châles.

Rachel laissa échapper un grognement que seule Marilla entendit.

— Viens, Rachel, dit Mme White en poussant sa fille en avant.

Marilla et John les suivirent, restant quelques pas derrière elles, pour les laisser discuter.

— C'est très gentil ce que tu viens de faire, remarqua John.

— Je ne voulais pas causer des histoires. J'avais l'impression qu'il lui fallait un objet bien à elle.

— Je suis sûr que tu as raison. Tu as vu son visage ?

— Quelle affreuse cicatrice ! acquiesça Marilla.

— C'est la marque d'un propriétaire d'esclaves, expliqua John.

Marilla s'arrêta au milieu du couloir et regarda derrière elle. Rassemblées devant le bureau de la révérende mère, les orphelines les observaient. John lui prit la main pour l'entraîner vers la sortie.

— J'en ai déjà vu, sur les fugitifs venus d'Amérique. Leurs maîtres les défigurent afin de les identifier s'ils réessaient de s'enfuir.

— Tu penses que c'était une esclave ?

— Elle l'est toujours. Elle est trop jeune pour s'être affranchie de son maître. Elle n'aurait pas de cicatrice si elle était née libre.

— Où sont ses parents ?

John se pencha pour que personne ne les entende.

— On ne peut pas cacher d'adultes dans un orphelinat, Marilla. Si elle a encore des parents, ils ont bien fait de la laisser chez les Sœurs de la Charité, elles pourront lui trouver un foyer sûr. Et il y a les autres. Les as-tu vus autour des tables ?

Beaucoup de familles africaines étaient venues se réfugier dans les provinces maritimes. L'île du Prince-Édouard avait aboli l'esclavage quand Marilla était âgée d'un an. Puis, en 1834, le Parlement avait voté le décret pour l'abolition de l'esclavage, interdisant cette pratique dans l'ensemble des colonies britanniques. Hopetown avait une chapelle africaine d'un côté de la ville et l'école royale acadienne de l'autre. Par conséquent, même si elle avait vu les orphelins noirs, Marilla n'avait pas imaginé qu'ils étaient des fugitifs américains.

L'Église presbytérienne affirmait clairement que posséder un être humain pour des raisons de turpitude morale discréditait les lois divines. Comme pratiquement tout le monde à Avonlea faisait partie de la congrégation, l'esclavage était sans ambiguïté considéré comme un péché. En dehors de l'île, c'était un autre monde. Certains Canadiens toléraient ou, même pire, soutenaient les propriétaires d'esclaves. À cause d'eux, des chasseurs de primes ratissaient les provinces pour ramener qui bon leur semblait aux États-Unis. Les journaux diffusaient des descriptions complètes de fugitifs qui auraient très bien pu correspondre à n'importe quel Africain, esclave ou affranchi. Et les tribunaux étaient dirigés par l'élite, qui détournait volontiers les yeux, du moment que les coffres du comté étaient pleins. Pour eux, l'esclavage représentait un commerce et pas une transaction morale. Pourtant, ici, Marilla voyait la réalité devant ses yeux : ces orphelins de cœur et de patrie n'appartenaient à personne. Les nonnes leur procuraient bien plus que ce que l'on pouvait voir.

— Je ne peux pas vous remercier assez pour tout ce que vous avez fait, déclara la révérende mère en ouvrant le portail. Vous n'imaginez pas ce que vos dons représentent pour ces enfants.

Elle adressa un sourire à Marilla.

— Je me charge désormais d'habiller vos petits agneaux, assura Mme White. Nous reviendrons très bientôt.

— Toutes mes bénédictions. Je vous souhaite un bon voyage de retour, salua la révérende mère avant de verrouiller le cadenas avec un bruit métallique.

— Bien… lâcha Mme White en se tournant vers Marilla, intriguée. Peut-être que nos couturières devraient se lancer dans la confection de chapeaux en plus des châles. Merveilleuse idée, Marilla.

Elle s'éloigna sans un mot, tirant Rachel par le coude.

— Ne faisons pas attendre M. White. Et je suis sûre que M. Blythe sera heureux de revoir son fils.

Marilla et John marchèrent côte à côte. Leurs bras se frôlaient. Quand une flaque se présentait sur leur chemin, Mme White et Rachel la contournaient en s'écartant largement, mais John ne déviait pas de sa trajectoire. Il prenait Marilla par le coude pour l'aider à passer. Sa poigne lui semblait incroyablement ferme, comme s'il lui témoignait son soutien après tout ce qu'ils avaient vu et tout ce qu'elle ne pouvait pas mettre en mots. Quand l'auberge apparut, une nouvelle angoisse lui noua la gorge : elle ne voulait pas qu'il parte. Idiote, se gronda-t-elle, quand ils quittèrent la Nouvelle-Écosse pour se rendre au même endroit.

- 11 -

Une invitation

Le pique-nique annuel célébrait le printemps dans toute sa gloire. Le soleil avait pratiquement fait fondre les derniers vestiges du froid, à présent le bleu-vert marbré de l'horizon rencontrait le vert émeraude des forêts et les vastes champs de lupins roses et mauves. De gros sabots-de-Vénus bâillaient à gorge déployée pour boire la lumière. L'heureux lierre et la vigne épanouie croissaient de quelques centimètres tous les jours et les pommiers et les cerisiers ravissaient la vue de leurs fleurs blanches prometteuses.

Avant d'assigner de nouvelles tâches aux dames de son cercle de couturières et de son École du dimanche, Mme White attendait que les femmes d'Avonlea terminent leurs robes de pique-nique. La tradition voulait que tout le monde porte une tenue nouvelle et aussi éclatante que l'île.

Marilla se réveillait chaque matin, prête pour accueillir le bébé. Clara devait accoucher d'un moment à l'autre et tous dans la maison s'en réjouissaient. Son ventre rond était devenu aussi ferme qu'un melon et elle semblait avoir disparu derrière, plus blanche qu'un fantôme et plus faible qu'un brin d'herbe. Izzy avait achevé sa chaise jaune pour l'installer au chevet de Clara, où elle lisait et cousait pendant des heures.

Elle ne laissait sa sœur que pour aider Marilla à préparer les repas, mais elle mangeait à côté de Clara, partageant souvent son bol avec elle. Une cuillerée pour Clara, une cuillerée pour elle. Marilla la contemplait en se demandant comment on pouvait autant aimer et autant se dévouer. La culpabilité l'assaillait. Elle devait bien le confesser : elle était soulagée de ne pas être celle qui restait assise sur cette chaise à longueur de journée. Elle s'inquiétait que ces pensées fassent d'elle une mauvaise personne et elle priait pour le pardon.

Rachel et Marilla terminèrent leurs manches brodées d'amaryllis. La couture fut aussi délicate que les pétales qu'elles dessinaient. Une paire plus jolie que la leur, Marilla n'en avait jamais vu. Rachel insista pour que Marilla les garde, ce qui surprit beaucoup la jeune fille.

— Porte-les pour le pique-nique de mai. Ainsi, nous prouverons aux filles de l'école d'Avonlea que nous sommes officiellement membres du cercle des couturières. Nous ne nous contentons pas de coudre des boucles ridicules comme les autres gamines. Et de toute façon, maman m'a fait tailler une robe sur mesure dans un tissu fleuri, les manchettes n'iront pas du tout avec.

Pourtant, Rachel admira leur ouvrage avec un soupir, et Marilla comprit l'effort que cela lui coûtait de s'en séparer. Le cadeau n'en fut que plus précieux encore.

— Magnifique ! C'est toi qui les as faites ? s'émerveilla Izzy quand Marilla revint avec les broderies.

— J'en ai cousu une et Rachel l'autre.

Izzy étudia les deux.

— Elles sont toutes les deux très réussies. Je ne pourrais les distinguer l'une de l'autre. Regarde l'habileté de ta fille !

Clara esquissa un faible sourire sous ses couvertures et passa ses doigts fins sur les broderies comme si elle lisait un livre en braille.

— Très beau.

Marilla rayonnait.

— Je pensais… enfin, je me disais que je pourrais les porter pour le pique-nique de mai. Enfin, si vous voulez bien m'aider. Je n'ai jamais cousu de robe.

Demander une robe alors que sa tante devait s'occuper de sa mère semblait si futile et capricieux. Pourtant, elle espérait…

— Évidemment ! accepta Izzy. Nous venons de finir la lecture d'*Ivanhoé*, et il nous faut un nouveau projet pour nous occuper jusqu'à l'arrivée du bébé. N'est-ce pas, Clara ?

Clara hocha la tête et attrapa la main de Marilla.

— Nous te confectionnerons la plus belle des robes, ma chérie.

— J'ai justement le tissu assorti, affirma Izzy. Un brocart de Spitalfields que je réservais pour une occasion spéciale. Je l'ai apporté ici, dit-elle en adressant un clin d'œil à sa nièce. J'avais l'intuition qu'une occasion spéciale se présenterait. Il est dans mon coffre : entrelacs crème et rubans rouges sur un fond bleu pâle.

Elle partit vers sa chambre, les manches brodées d'amaryllis dans les mains.

— Viens t'asseoir près de moi, une minute, appela Clara. Ma petite fille, déjà si grande. Parle-moi encore de la côte.

Il avait fallu à Marilla deux journées entières pour raconter à Clara son voyage en Nouvelle-Écosse. Sa mère avait fermé les yeux en l'écoutant pour mieux se représenter tout ce qu'elle décrivait. Elle n'avait plus mis les pieds à Hopetown depuis que, jeune mariée, elle avait acheté suffisamment de cuillères et de fourchettes en étain pour tenir toute une vie. Marilla lui épargna l'épisode des beaux chapeaux et de l'esclave Juniper. Elle préféra se concentrer sur la terre ferme, la mer et tout ce qu'elle avait vu entre les deux.

Au retour, M. White avait convaincu Mme White de laisser les filles se promener sur le pont du ferry. Avec un ciel parfaitement limpide et une mer d'huile, elles ne risquaient rien. La traversée était la partie du récit de Marilla que Clara préférait. Les Cuthbert étaient peut-être des fermiers, mais sa famille à elle, les Johnson, étaient des marins écossais. Marilla comprenait à présent comment la mer pouvait envoûter un esprit. Alors elle lui répéta sans se lasser comme le vent sifflait une note plus claire encore que le ciel bleu. Comme les eaux glacées craquaient quand le bateau les fendait. Elle lui raconta les chocolats chauds qu'elles s'étaient achetés au bar du ferry, et le bonbon à la menthe que le serveur leur avait offert pour leur porter bonheur. Elle lui expliqua l'odeur des marées qu'elle sentait à chaque inspiration. Marilla se rendit compte que chaque fois qu'elle revenait sur son histoire, elle en découvrait plus même que lorsqu'elle l'avait vécue. Le souvenir devint l'arc-en-ciel flamboyant qui reliait le passé au présent.

— Parle-moi des plages rouges... demandait Clara, ses paupières se fermant de fatigue.

Contrairement aux côtes de la Nouvelle-Écosse riches en gisements d'huîtres, l'île du Prince-Édouard était cerclée d'une langue de sable rouge pareille aux pelures d'une pomme.

— Je ne savais pas que notre île était différente des autres.

— Abegweit, murmura Clara. C'est le nom d'origine donné à l'île par les Micmacs. La légende veut que le Dieu Glooscap ait créé notre île en mélangeant les couleurs de la terre et en peignant sur l'océan. *Abegweit* signifie « berceau sur les vagues ».

Elle posa une main sur son ventre.

— C'est un joli nom, n'est-ce pas ?

Marilla hocha la tête, même si elle ne connaissait personne nommé Abegweit. On aurait dit un nom de fée, un personnage issu d'un royaume imaginaire, alors peut-être qu'il s'intégrait bien dans l'histoire de l'île, en effet. La respiration de Clara se changea en un ronron paisible.

— Abegweit, murmura Marilla.

Elle embrassa le front chaud de sa mère et partit sur la pointe des pieds.

Dans sa chambre, Izzy avait déroulé sur son lit le tissu en brocart. Dessus, elle avait posé une de ses robes de fête en guise de patron, épinglant soigneusement les manchettes brodées d'amaryllis.

— Nous avons pratiquement la même taille, mais je peux raccourcir la jupe si tu la trouves trop longue. Aimes-tu le brocart ?

Marilla passa une main sur le magnifique tissu.

— Je n'en ai jamais vu de plus beau.

Au rez-de-chaussée, des pas de bottes précédèrent la voix de ténor de Matthew. Il était midi. Les hommes ne rentraient jamais à cette heure.

Izzy piqua son aiguille dans son coussin de couture.

— Matthew a-t-il de la compagnie ? s'étonna-t-elle. Ton père a pris Jericho dans le champ pour cueillir des pommes de terre, ils ne peuvent pas être déjà de retour.

— Un des bergers est peut-être venu demander un peu d'eau, hasarda Marilla. Je peux lui en apporter.

Cela ne fut pas nécessaire. Matthew et son compagnon étaient sortis sur la terrasse, à l'arrière de la maison. Sur la table de la cuisine, Marilla trouva un panier d'asperges si vertes qu'elle en fut éblouie. L'odeur du tabac planait dans l'air.

— C'est un fait. Le vent change… disait Matthew quand elle sortit. Marilla…

Il retira sa pipe de la bouche.

— Regarde qui est là.

John portait le même costume qu'à sa première visite aux Pignons, seulement cette fois il avait retiré sa veste. Ses manches, repliées jusqu'aux coudes, révélaient des bras musclés déjà bien bronzés grâce aux semailles de printemps.

— Ravie de te revoir, Marilla, dit-il en souriant. J'ai apporté quelques asperges.

— Je les ai vues. Merci, ma mère sera enchantée. Elle adore la soupe d'asperge. Je ne sais pas où tu plantes les tiennes pour qu'elles poussent si joliment, les nôtres ressemblent plus à des algues.

— Les vaches, voilà le secret. La bouse produit des miracles.

Matthew se racla la gorge et tapa sa pipe pour la nettoyer.

— Je ferais mieux de retourner travailler. Je te laisse te charger de ce que tu étais venu faire. Cela m'a fait plaisir de parler avec toi. Reviens quand tu veux fumer avec moi.

— Promis, répliqua John.

Marilla recula d'un pas, confuse. Elle avait pensé que John était là pour Matthew.

— Pourquoi es-tu venu ? demanda-t-elle sans préambule.

Matthew rit dans sa barbe. John attendit que le jeune homme s'éloigne vers l'étable.

— Je voulais te poser une question, mademoiselle Cuthbert.

Elle croisa les bras en l'entendant prononcer son nom. Elle n'était pas d'humeur pour ce genre de petit jeu. Il fallait préparer le souper et elle voulait aider Izzy à couper sa nouvelle robe.

— Alors ne reste pas planté là à attendre que je te supplie de savoir, dis ce que tu as en tête !

— Le pique-nique d'Avonlea a lieu dans quelques semaines. Mon père m'a proposé d'utiliser son cabriolet si je voulais emmener quelqu'un, et c'est le cas. Je veux t'emmener, toi. Est-ce que tu accepterais de m'y accompagner ?

L'invitation la surprit au point qu'elle ne sut comment réagir. Se rendre au pique-nique avec John Blythe dans le cabriolet de son père ? Les Cuthbert y allaient toujours tous ensemble. Qui tiendrait leur panier repas dans la calèche ? C'était son rôle depuis qu'elle pouvait s'en souvenir.

— J'y vais toujours avec ma famille...

Il hocha la tête.

— Eh bien, étant donné que Matthew va proposer à Johanna Andrews d'y aller avec lui, et que ton père et ta tante ont dit qu'ils ne laisseraient pas ta mère seule…

Elle n'aurait su dire ce qui la froissait le plus : qu'il en ait déjà parlé avec ses parents et son frère ou qu'il lui révèle des informations qu'elle ignorait. Et pour la première fois, elle cessa de se demander ce qu'une bonne fille-sœur-nièce ferait, et commença à réfléchir à ce qu'elle désirait, en tant que Marilla.

— Ce serait vraiment bien, oui. Vraiment.

Ce n'était pas comme s'ils convenaient d'un rendez-vous secret : ils partiraient ensemble à un événement organisé par la ville. Tout le monde serait là, et il importait peu de savoir qui roulerait dans le véhicule de qui. Pourtant, son estomac se nouait.

John passa une main dans ses cheveux et ce n'est qu'à cet instant qu'elle aperçut le léger éclat de transpiration sur son front.

— Je viendrai te chercher, alors.

- 12 -

Le pique-nique de mai

Deux semaines plus tard, le jour du pique-nique, Izzy aida Marilla à lacer son corset et à enfiler sa robe en brocart. Les sœurs avaient travaillé d'arrache-pied à sa confection. Izzy s'était chargée du plus gros de la coupe, tandis que Clara s'était concentrée sur les œillets avec un tel soin et une telle affection que Marilla aurait juré sentir les mains de sa mère dans son dos quand elle portait sa robe. Pour sa part, la jeune fille avait veillé à parfaire les coutures et les ourlets. Sur ses doigts, on voyait clairement les marques traîtresses des aiguilles. Pour Marilla, chacune en valait la peine. Elle n'avait jamais possédé de robe aussi magnifique, et n'en avait jamais vue d'aussi somptueuse sur personne. Après l'avoir habillée, Izzy lui coiffa les cheveux en deux boucles de tresses qui se rejoignaient au sommet de son crâne, rappelant le motif en serpentin de l'amaryllis. Ensuite, elle lui appliqua de la cire d'abeille sur les lèvres et les sourcils pour que son visage brille comme le miel.

Clara n'en revint pas quand elle entra dans la chambre.

— Ma fille chérie... commença-t-elle en luttant contre son ventre pour se redresser. Tu es une dame maintenant !

Elle en avait les larmes aux yeux.

— J'avais exactement ton âge quand j'ai commencé à fréquenter ton père.

Marilla baissa la tête.

— Maman, nous ne faisons que nous rendre au pique-nique ensemble.

— Oui, bien sûr, mais très bientôt, tu tomberas amoureuse et tu partiras vers d'autres pâturages, plus verts encore.

Une boule se forma dans la poitrine de Marilla. Le corset était trop serré. Elle ne voulait pas s'en aller dans d'autres pâturages. Les siens avaient la teinte de vert parfaite, exactement celle qui lui convenait.

— Je serai toujours ta Marilla.

Clara sourit et fit signe à Izzy de prendre la petite sacoche en velours sur le chevet.

— J'ai quelque chose pour toi.

Elle tourna la main de sa fille et déposa dans sa paume une broche ovale cerclée de pierres mauves pareilles aux pétales d'une fleur.

— De l'améthyste. Un cadeau d'un oncle marin. Il l'avait reçue d'une femme sainte, selon laquelle les pierres étaient bénites et protectrices. Elle est à toi, Marilla.

Marilla passa son doigt sur le bijou. L'améthyste scintilla. Elle avait vu sa mère porter cette broche à Pâques et aux fêtes religieuses. Le reste du temps, elle la gardait bien à l'abri dans son coffre avec sa robe de mariée, des boucles de cheveux de bébé et d'autres trésors.

— Ce sera son joyau, déclara Izzy.

Clara prit les joues de sa fille dans ses deux mains.

— Maintenant, pars et profite du plus agréable des pique-niques. Transmets mes amitiés à tout Avonlea. Je suis désolée de manquer cet événement et de ne pas pouvoir rencontrer ceux qui y participent.

— Promis, assura Marilla en embrassant la main de sa mère. Merci.

Hugh esquissa un hochement de tête approbateur quand elle passa le seuil des Pignons.

— Mieux vaut prendre un châle, conseilla-t-il. Le vent n'est pas chaud, le temps pourrait changer.

Elle obéit et épingla la broche sur son cœur.

Dehors, Matthew était installé dans la carriole, Johanna Andrews à ses côtés. Il sourit en voyant sa sœur descendre les marches de la terrasse.

Debout près de son cabriolet, l'attendait John, plus élégant qu'un enfant de chœur. Il avança vers elle, mais Marilla hésita, tournant la tête vers Hugh et Izzy. Accepter sa main lui semblait porteur de trop de sens. Une fois qu'elle la lui aurait donnée, comment la reprendre ? Elle préféra donc relever ses jupes et monta toute seule dans le cabriolet. John la suivit.

— Accroche-toi, murmura-t-il.

Il claqua ses rênes et son cheval partit au galop.

Marilla n'eut d'autre choix que de s'agripper au bras de John pour éviter de tomber.

— Désolé, s'excusa-t-il une fois que le cheval se fut calmé, les Pignons déjà bien loin derrière eux. Ce n'est qu'un poulain, bien trop vigoureux.

Marilla hocha la tête. Elle n'avait pas vraiment d'expérience avec les jeunes chevaux. Vieux hongre paisible, Jericho transportait Matthew et Johanna d'un pas tranquille.

Telles des vagues s'écrasant sur la côte, le bruit du pique-nique leur parvint avant qu'ils arrivent au sommet du monticule. La pelouse grouillait des habitants d'Avonlea assis sur des couvertures ou flânant entre les tables aux nappes en vichy qu'on distinguait à peine sous les victuailles : jus de fruits et sirops, plateaux de concombres, œufs durs, gâteaux glacés et entremets. Sous les bras grands ouverts de l'érable, le révérend Patterson donnait des instructions aux musiciens assis dans l'ombre, en demi-cercle. Un arbre de mai avait été construit là où l'herbe de la prairie avait été aplatie par les pas des noceurs. Il était décoré de rubans de couleur, jonquilles, crocus, lupins et plantes grimpantes en un arc-en-ciel végétal.

À l'extrémité gauche du champ se trouvait l'attraction de l'année : le manège des Clarence, une famille de gens du cirque qui avaient emménagé à Avonlea pour démarrer une nouvelle vie. Marilla n'avait jamais rien vu de pareil. Des expressions ravies étaient gravées sur les chevaux en bois, leurs noms étaient peints en corail et cobalt, et leurs queues volaient au vent, lilas et jaunes. Des miroirs étaient suspendus entre chaque poteau, si bien que quand les chevaux tournaient, les couleurs se mélangeaient et se multipliaient. La puissance du mécanisme donnait une impression de légèreté et d'apesanteur. Pour Marilla, c'était de la magie. Tous, vieux comme jeunes, patientaient en ligne pour monter dans le manège et Marilla espérait bien en avoir également la chance.

Mme White avait accepté de s'occuper de la tente de l'École du dimanche qui vendait des coquillages peints en couleurs vives. Cela constituait leur projet du printemps. Elle fut sidérée de voir Marilla et John arriver ensemble dans la cour en gravier, et se tourna vers la femme du révérend pour murmurer à son oreille. Le sourire qu'elles adressèrent toutes les deux à Marilla incita la jeune fille à lever fièrement le menton. Elle n'avait rien à cacher : John et elle cultivaient une relation chaste et irréprochable. Pourtant, encore une fois, John se sentit obligé de briser les conventions.

Au lieu de l'aider à descendre du cabriolet, comme il l'aurait fait avec n'importe quelle autre femme, il l'attrapa par la taille, la souleva au-dessus du marchepied et la posa au sol, sous les regards éberlués. Marilla savait qu'elle aurait dû le repousser, mais n'en fit rien... parce que le soleil brillait de mille feux et que l'air embaumait le maïs rôti et l'herbe tondue. Parce que les musiciens entonnaient un air joyeux. Et parce que la brise agitait les boucles de John, et les siennes aussi. Pourquoi changer le moindre détail ? C'était un garçon qui aidait une fille à descendre de son cabriolet, au cours d'une journée parfaite du mois de mai.

— Tu es ravissante, la complimenta John.

— Ma mère et tante Izzy m'ont aidée à confectionner cette robe. Rachel et moi avons brodé les manchettes, tu vois ?

Elle laissa tomber son châle sur ses coudes, et tourna les épaules pour qu'il puisse admirer leur ouvrage.

— Je n'ai jamais rien vu d'aussi joli.

Matthew se racla la gorge.

— Je vais attacher votre cabriolet à côté du nôtre pour que nos chevaux partagent le seau d'avoine.

Les sœurs de Johanna Andrews les avaient vus arriver et l'entouraient désormais pour lui demander comment s'était passé le trajet. Aucune d'elles n'avait été courtisée pour l'instant.

Matthew avait besoin de s'occuper, le temps qu'elles se dispersent. Les groupes le rendaient nerveux. Et les groupes de filles, pire encore.

— Merci beaucoup, Matthew, répondit John. Je vais emmener Marilla boire un verre et ensuite faire un tour de manège. Tu nous rejoins quand Johanna sera prête ?

Le soulagement détendit les traits de Matthew. Il avait désormais un programme pour la suite. Les Cuthbert étaient des gens organisés, la spontanéité n'était pas leur fort. Marilla lui était reconnaissante de les comprendre sans qu'elle ait besoin de s'expliquer.

Il lui prit la main pour la poser dans le creux de son bras et l'entraîner vers le centre du pique-nique.

— Bonjour ! Marilla, John Blythe ! appela Mme White. Belle journée pour une paire de tourtereaux.

— « Que l'oiseau au chant sublime qui habite l'arbre unique d'Arabie soit le héraut éclatant et grave à la voix duquel obéissent les chastes ailes[1] », récita John, plongeant Mme White dans des abîmes de confusion. C'est Shakespeare, madame White, « Le Phénix et la Colombe ».

— Jamais entendu, siffla Mme White. Mais je vends des coquillages pour soutenir l'Église presbytérienne. Vous semblez bien généreux avec les mots, soyez-le également avec votre communauté de chrétiens.

— Tu es terrible, le gronda Marilla quand ils se furent éloignés. Madame White en parlera à ta mère, c'est certain.

---

1. Traduction de François-Victor Hugo.

— C'est ma mère qui m'a lu ce poème. Elle estime particulièrement les esprits sensés.

— Je n'ai pas lu beaucoup d'œuvres de Shakespeare. Seulement des sonnets à l'école. Mais je pense que j'ai envie d'en lire plus après cette prestation.

— Alors tu le feras quand tu reviendras à l'école.

— Mes parents voudraient que je termine mes études.

Marilla y avait réfléchi. Si elle s'appliquait dans ses devoirs à domicile, elle pourrait même dépasser le niveau de ses camarades, à l'automne. Rachel affirmait qu'elle ne souhaitait plus étudier une seule seconde. Elle était contente d'être arrivée jusqu'en sixième année, mais Marilla voulait atteindre la huitième année. Elle avait bien l'intention d'être la première dans sa famille à y parvenir. Matthew n'avait jamais particulièrement apprécié les livres. Les mathématiques nécessaires aux travaux de la ferme lui venaient naturellement, il avait donc cessé d'aller à l'école dès qu'il avait été en âge de pousser une charrue.

— Je serais content que tu reviennes.

— Marilla ! appela Rachel depuis une table de pique-nique, entourée d'un groupe de jeunes filles élégantes de l'École du dimanche.

Marilla les connaissait par leurs mères : Clemmie, la fille de Mme Gillis, Olivia, la fille de Mme Sloane, Nellie, la fille de Mme Gray, et d'autres encore.

— Bonjour, crièrent-elles toutes les unes après les autres.

— Je venais de leur parler de ma robe, lança Rachel en soulevant le tissu au motif floral. Nous avons dû faire toute la route jusqu'à Carmody pour l'acheter, c'est une *toile de Jouy*[1] importée de France.

Elle vit alors les manches de Marilla.

— Oh !

Elle passa ses mains dessus.

— C'est nous qui les avons brodées ! Où t'es-tu procuré le tissu de ta robe ? Il se marie à la perfection avec nos amaryllis !

— Tante Izzy l'a acheté à Saint Catharines.

Les filles l'encerclèrent, admiratives. Marilla craignit d'étouffer sous leur attention. John arriva alors à sa rescousse avec deux verres de sirop.

— Je vous prie de m'excuser, jeunes filles, je voulais un peu de compagnie sur le manège.

Elles se turent aussitôt. Trois des filles semblaient prêtes à déguster John Blythe, mais ce fut à Marilla qu'il tendit le verre.

Rachel ouvrit des yeux plus gros que des œufs d'oie. Elle dessina sur ses lèvres un sourire supérieur.

— Prends garde à toi, Marilla. M. Blythe a dit à mon père que John laisse bien trop souvent les rênes lui échapper des mains.

— Ah ah, répliqua John en levant un sourcil. C'est ce qu'il peut paraître à l'œil inculte, mais pour un cavalier, ce n'est qu'une manœuvre toute simple sans conséquence.

La fille de Mme Sloane émit un soupir de pâmoison et la fille de Mme Spencer la calma d'un coup de coude.

— Je parlais à Marilla, pas à toi, John, gronda Rachel.

---

1. En français dans le texte.

— Merci, intervint Marilla. Heureusement pour nous, le manège n'a que des chevaux en bois, rappela-t-elle à son amie. Si je tombe, ce sera entièrement ma faute et je mériterai la punition.

— Je ne te laisserai pas tomber, promit John.

— Hmm, grommela Rachel. Je préfère jouer au croquet, je laisse le manège aux enfants. Venez.

Les filles la suivirent tels des canetons.

— Tu ne devrais pas l'agacer comme tu le fais, le réprimanda Marilla quand elles furent parties. Pourquoi fais-tu cela ?

John rit avant de comprendre qu'elle était sincère.

— Je ne faisais que la taquiner, c'est un petit jeu innocent.

— Les taquineries sont comme les orties. Tu joues dedans sans craindre le danger, jusqu'à ce que tu finisses par te piquer.

— Si tu veux que j'arrête, je le ferai.

Marilla ne demanderait jamais à quelqu'un de lui obéir, mais dans ce cas, c'était différent.

— Oui, s'il te plaît. Rachel est mon amie.

Il souleva sa casquette d'un mouvement solennel.

— Je te le promets.

Il but une gorgée et regarda le liquide dans son verre.

— Qu'est-ce que c'est ?

— Du sirop de gingembre. La femme du révérend Patterson a lu un article expliquant que le gingembre prévient le rhume des foins. Ce qu'il y a de mieux pour la santé des chers habitants d'Avonlea, à ce qu'elle dit.

— Je préfère la grenadine.

Marilla était du même avis. Ils abandonnèrent leurs verres et partirent regarder la course à trois jambes, le lancer d'anneaux et le jeu de billes. Ensuite, ils montèrent sur le manège, jusqu'à ce que Marilla en perde le souffle à force de rire et de tourbillonner. Ils déjeunèrent alors d'œufs mayonnaise et partagèrent une part de génoise qui s'émiettait sous leurs doigts. Au moment où la première luciole commença à scintiller, le révérend Patterson appela ses fidèles.

— Tous à l'arbre de mai ! Tous les hommes et toutes les femmes en âge de se marier, à l'arbre de mai !

Marilla avait dansé autour de ce mât depuis qu'elle était assez grande pour tenir debout. Bientôt ce serait au tour des enfants, mais la première danse était réservée aux jeunes gens d'Avonlea. Marilla et John prirent donc place dans le cercle. En face d'eux, ils virent Matthew et Johanna.

— Un nombre pair à présent, ordonna le révérend Patterson. Tout le monde a un ruban ? Sinon, attendez la chanson suivante. Rappelez-vous, les femmes dans le sens des aiguilles d'une montre, les hommes dans le sens contraire. Droite-gauche, droite-gauche, par-dessus, par-dessous. Prêts ? Allez-y !

Les musiciens jouèrent une mélodie conduite par deux violons.

Marilla prit un ruban mauve. Elle le souleva bien haut dans les airs et le baissa jusqu'à terre. Les cercles tournaient avec la précision du mécanisme d'une horloge, les couleurs s'emmêlaient autour du poteau et quand elles arrivaient tout en bas, tout le monde lâchait le nœud pour s'attraper la main plus fort encore et danser le dernier quadrille. John était à côté d'elle. Il croisa ses doigts dans ceux de la jeune fille et elle les serra aussi étroitement qu'une couture parfaite. Les violons accélérèrent, et les pieds avec eux. Marilla avait le vertige dans ce tourbillon multicolore. Lorsqu'il fut achevé, toute la ville poussa des cris et des sifflements.

Personne ne vit le couple main dans la main sortir du cercle, dépasser le majestueux érable sous lequel jouaient les musiciens, longer les rangées de peupliers qui gardaient le cimetière, et descendre jusqu'au bout du pré où les améthystes et les épis de maïs étaient si denses qu'on pouvait s'y perdre. Ils s'assirent ensemble sous une canopée d'herbes des champs et un ciel de sucre filé. Le cœur de Marilla tambourinait encore de la danse, celui de John aussi. Elle sentait son pouls au bout de ses doigts. D'après ce qu'elle avait lu dans les magazines, elle avait imaginé qu'elle serait honteuse et embarrassée de tenir la main d'un garçon, comme quand elle tenait les pages d'un feuilleton romantique. Mais pas du tout. Tout ce qu'elle sentait, c'était la présence de John : simple, solide, vraie. C'est ce qu'elle comprenait. Ce qu'elle ne comprenait pas en revanche, c'est pourquoi il l'avait entraînée ici.

— Que faisons-nous ici ?

— Je voulais que tu entendes... un secret.

Il lui lâcha la main. Marilla sentit la fraîcheur caresser sa paume. Il se pencha et attrapa quelque chose dans le seigle sauvage.

— Il faut que tu approches pour l'entendre.

Elle avança la tête vers lui. Il souleva son poing tout près de son oreille. Un gazouillis.

— Un grillon ? demanda-t-elle en riant.

— Ma mère dit que les premiers grillons de la saison sont en réalité des fées déguisées. Elles écoutent tes souhaits et les exaucent.

Apparemment, tout le monde avait sa propre manière de faire des vœux. Elle ne croyait pas vraiment qu'ils pouvaient se réaliser, et en même temps l'espérait du fond du cœur.

Le petit insecte émit un autre gazouillis joyeux. Marilla sourit. Durant les longs hivers, leurs chants lui manquaient.

— Alors comment est-ce que je dois faire ?

Il approcha encore, sa main toujours dans le creux de son cou.

— Tu fermes les yeux et tu chuchotes.

Les paupières closes, elle eut l'impression de tomber dans des nuages mauves. Le rythme de la musique battait encore dans ses tempes.

— Je…

Le souffle de John lui réchauffait les lèvres.

— Je fais le vœu…

Que tu m'embrasses…

— Marilla !

C'était Matthew.

— Marilla !

Elle ouvrit les yeux sous le regard confus de John. Il était arrivé un malheur. Matthew l'appelait… en hurlant.

Elle se leva et s'élança dans sa direction.

— Matthew, je suis ici !

Quand elle arriva vers lui, la sueur sur son front et la tension dans ses yeux lui révélèrent tout ce qu'elle devait savoir.

— Maman ?

Il hocha la tête.

— Le bébé ?

Il avait déjà détaché Jericho.

— On doit y aller.

— Le docteur Spencer est avec elle ? demanda John, haletant d'avoir dû courir après elle.

— Papa est venu le chercher, ils sont déjà repartis. On ne trouvait pas Marilla.

La jeune fille déglutit avec peine. Le sirop de gingembre remonta dans sa gorge. Elle sauta dans la carriole.

— Que puis-je faire ? interrogea John.

Matthew secoua la tête.

— Je ne sais pas. Je... ne sais pas.

Il claqua les rênes et Jericho démarra.

John et le pique-nique de mai devinrent de plus en plus petits. La musique ne résonnait plus depuis déjà longtemps quand ils arrivèrent à la route vide entre Avonlea et les Pignons.

— Où étiez-vous ? s'enquit Matthew. Je t'ai cherchée pendant plus d'une heure.

Tellement longtemps ?

— Dépêche-toi, Jericho ! cria-t-elle au lieu de répondre.

Le ciel de la nuit s'était assombri bien trop vite. Une tempête approchait.

- 13 -

Tragédie aux Pignons

Au moment où ils arrivèrent chez eux, la tempête se déchaînait et Marilla dut attacher solidement son châle pour qu'il ne s'envole pas. Ses cheveux s'étaient libérés de leurs épingles et ses tresses se déroulaient tels des roseaux dressés vers le ciel. Le vent soufflait dans son dos et emmêlait tout.

— Entre dans la maison ! lui cria Matthew. Je vais mettre Jericho dans l'étable.

Marilla sauta à terre et se précipita vers la porte. Elle la referma derrière elle et fut accueillie par un silence inquiétant. Ses oreilles bourdonnaient.

— Papa ?

Le salon était vide. Dans l'âtre ne restait que de la cendre froide.

— Tante Izzy ?

Le poêle de la cuisine avait été allumé, mais la casserole de bouillon avait été écartée. Glacée. Du pain avait été coupé, mais pas beurré. Affamé, Skunk tourna autour de ses jambes en miaulant. Elle fit tomber une tranche sur le sol.

— Voilà, dit-elle en le laissant faire ses dents et ses griffes sur la croûte.

En bas des marches, elle hésita. Elle respirait avec peine, sa tête tournait. L'escalier qu'elle montait toute la journée, tous les jours, lui paraissait désormais infranchissable. Le silence pesait trop lourd. Elle se força à avancer une marche après l'autre, jusqu'au palier.

— Maman ? murmura-t-elle.

Hugh, Izzy et le Dr Spencer encerclaient le lit.

Ce fut Izzy qui se tourna la première vers Marilla, les yeux gonflés, des larmes noyant ses joues.

— Oh, ma chérie…

Les deux hommes pivotèrent ensuite, mais elle ne vit pas leurs visages. Sa vision se figea.

Du rouge.

Ses pieds se dérobèrent sous elle. Le contact avec le sol, plus cruel que le choc d'un lac gelé, fut si douloureux qu'elle se releva avant même que son père puisse venir la redresser.

— Maman ?

Izzy remonta sur Clara la couverture en mousseline. Sa pâleur rendit plus vif encore le sang en dessous. Une robe ivoire avec une bordure écarlate.

— Marilla ? répondit Clara.

Elle ouvrait des yeux sombres et vides. Ses lèvres avaient pris une teinte étrangement violette.

— J'ai peur… lâcha-t-elle dans un souffle. Le bébé est parti.

Marilla se tourna vers Izzy, qui ne réprimait pas ses pleurs. Elle baissa la tête.

— Mort-né, déclara le Dr Spencer. On ne pouvait rien faire. Même si j'avais été là, j'aurais été impuissant.

Clara contempla Marilla.

— Ma brave petite fille si belle... commença-t-elle avant que ses yeux ne se posent sur Izzy. Prends bien soin d'elle.

Hugh s'agenouilla à côté du lit, prenant les pieds de Clara dans ses mains.

— Sauvez-la. Je vous en prie.

— Si seulement je le pouvais... répliqua le docteur d'une voix chevrotante. Elle a déjà perdu bien trop de sang.

Clara esquissa un faible sourire.

— Mon amour, ne sois pas triste. Cela en valait la peine.

Hugh enfouit la tête dans les draps et laissa échapper une plainte déchirante.

Matthew fit irruption dans la chambre, observant tour à tour tous ses occupants sans rien dire. Son regard s'arrêta sur son père et il recula d'un pas chancelant.

Clara s'adressa à Marilla :

— Ils ont besoin de toi. Promets-le-moi.

— Je te le promets, répondit Marilla. Je te le promets. Je t'aime. Je te le promets...

Elle ne pouvait plus arrêter de le répéter, même après que la lumière quitta les yeux de Clara et que sa main perdit sa chaleur.

Le temps s'évapora. À un moment, Hugh sortit. Matthew le suivit. Le Dr Spencer vérifia une dernière fois le pouls de Clara, puis griffonna la date de son décès sur son carnet avant de quitter la pièce avec le corps du bébé. Marilla observa l'espace vide où il s'était trouvé. Les bébés meurent. C'est ainsi. Les gens pleurent, plantent des croix, et se remettent à en faire d'autres. Mais personne ne lui avait dit que les mères mouraient aussi. Personne ne l'avait prévenue que la vie et la mort n'étaient séparées que par une respiration.

Seule Izzy resta dans la chambre avec elle, assise de l'autre côté du lit, le miroir vivant de sa jumelle. Clara était toujours aussi belle dans la mort, ses traits d'une délicatesse bouleversante, ses cils soyeux sur ses joues d'albâtre, ses cheveux châtains recouvrant paisiblement l'oreiller.

Izzy les caressait en pleurant doucement.

— Tu ne peux pas me laisser seule... j'ai besoin de toi.

La tempête faisait rage dehors. Les corniches des Pignons grognaient sous l'averse, le tonnerre grondait.

J'aurais dû être là. Marilla ne pouvait penser à rien d'autre. Pendant qu'elle se pavanait dans une robe flambant neuve, qu'elle mangeait du gâteau et dansait, Clara accouchait dans la douleur. Pendant qu'elle s'échappait de la fête pour échanger des secrets avec un garçon, sa mère mourait. Les éléments les plus infimes produisent les changements les plus significatifs. Le sel dans le pain, l'eau dans l'huile, la lumière dans le noir. Si elle avait été présente, elle aurait pu sauver sa mère.

La tempête se prolongea pendant des heures et ne laissa que des gouttelettes aux carreaux.

Izzy attira Marilla dans ses bras. Elle s'était endormie contre Clara.

— Il est passé minuit.

Le visage nu d'Izzy ressemblait tant à celui de Clara. Ses boucles lâches tombaient sur la joue de Marilla, charriant la douce odeur des Pignons. C'est à cet instant seulement que les larmes jaillirent. Marilla laissa Izzy la bercer comme le faisait sa mère après un cauchemar. Elle ferma les yeux et pria pour qu'au réveil ce soit Clara qui efface ses peurs et lui assure que tout irait bien.

Mais le matin n'apporta qu'un silence étouffant. Et le lendemain et le jour suivant. Ils se déplaçaient dans la maison tels des fantômes. Izzy lava le corps et le prépara pour l'enterrement. Hugh et Matthew partirent au ruisseau où ils abattirent un bouleau blanc pour en faire un cercueil unique pour la mère et son fils. Hugh appela le bébé Nathaniel. « Ce que Dieu a donné »… et reprís. Mme White organisa les funérailles avec le révérend Patterson.

Et Marilla ? Elle se démena du soir au matin pour ne pas rester désœuvrée : balai, cuisine, lessive, vaisselle, ménage… balai, cuisine, lessive, vaisselle, ménage… inlassablement. Ce n'était jamais suffisant. Elle voyait des taches partout et avait bien l'intention d'expier. Quand elle tomba sur le vêtement jaune et vert du bébé, elle le plia avec rage et le rangea au fond du coffre de sa mère avec ses habits. Elle ne supportait pas de les voir suspendus pour rien.

Avant qu'on allongeât Clara et Nathaniel dans le cercueil en velours, Marilla fit quelques tresses délicates avec les cheveux de sa mère, les coupa et les glissa derrière l'ovale de la broche en améthyste. C'était ce qu'elle possédait de plus précieux. Un rappel de la promesse qu'elle avait faite à Clara de veiller sur Matthew et sur Hugh. Ils avaient besoin d'elle. Même s'ils ne le disaient pas, même s'ils ne disaient rien du tout.

Hugh demeura silencieux si longtemps que Marilla en oublia jusqu'au son de sa voix. De la sienne aussi. Il ne prononça pas un mot pendant les funérailles.

Tous les habitants d'Avonlea se réunirent dans le cimetière, à l'ombre des peupliers. Les Keith, leurs cousins au troisième degré du côté des Cuthbert, firent la route depuis East Grafton avec leurs fils. Et Marilla ne reconnut pas certains visages venus de Carmody et de White Sands.

Mme White récita l'oraison funèbre :

— Une femme respectable, mère d'une famille respectable. Elle a consacré sa vie au service des siens. Elle laisse avec son mari et ses enfants la preuve de son dévouement.

Marilla grimaça. Si seulement elle connaissait la vérité. Clara avait eu besoin d'elle, mais elle avait opté pour des amusements futiles et égoïstes, le désir avant le devoir. Elle n'aurait jamais dû aller à ce pique-nique alors que sa mère risquait d'accoucher d'un moment à l'autre.

Le révérend Patterson dit une prière.

— « Les hommes qui auront eu de la sagesse resplendiront alors comme le firmament, ceux qui auront amené un grand nombre à être juste brilleront comme les étoiles, à toujours et à jamais. » Qu'il en soit de même pour notre sœur Clara Cuthbert. Amen.

Ce fut la seule fois que les Cuthbert parlèrent, ensemble à l'unisson :

— Amen.

Resplendiront comme le firmament... La description frappa Marilla comme la *blessure sainte* avait marqué Rachel. Elle eut mal à la tête à l'idée d'une telle étendue. Et même si rien n'était plus beau que le ciel, cela éloignait sa mère plus encore. Le lancinement sur ses tempes augmenta. Elle fit alors la liste de tout ce qui était essentiel : il fallait traire la vache ; réparer la poignée de la porte entre la cuisine et le garde-manger ; recoudre la manche de la chemise que portait Hugh. Ces tâches, elle savait les accomplir. Elles la réconfortaient.

Le moment venu, tout le monde se rangea pour rendre hommage à la défunte avec des fleurs. Marilla, Hugh et Matthew furent les premiers à jeter des roses sur sa tombe. Petite fille, Clara avait rapporté le rosier d'Écosse. Il venait de donner des fleurs blanches, juste cette semaine. Marilla trouvait cela inconcevable que la nature fleurisse alors que sa mère était morte... et pourtant.

Ils furent suivis par tout Avonlea.

— Un vrai ange sur terre, déclara Mme Blair.

Ancolies roses.

— Une mère exceptionnelle, affirma Mme White.

— Aimée de tous, ajouta M. White.

— Oh Marilla... compatit Rachel.

Pivoines pourpres.

— Elle a rejoint le Seigneur. Le Seigneur veille sur elle, dirent le révérend et sa femme.

Brunfelsias mauves.

Même la veuve Pye était venue avec ses filles. Elle souleva son voile noir et pour la première fois Marilla vit directement son visage. Doux et rond. Elle ne dit rien, déposa simplement ses cœurs saignants.

Ils émouvaient Marilla, ces amis aimants. Certains qu'elle connaissait très bien, d'autres à peine. Mais tous étaient d'ici, d'Avonlea. Sans eux, Marilla se serait jetée dans la tombe avec sa mère, elle le savait. Elle les salua tous avec une telle gratitude qu'elle en tremblait.

John et ses parents attendirent jusqu'à la toute fin.

— Monsieur Cuthbert, lâcha John en retirant son chapeau. Mademoiselle Johnson. Matthew. Marilla.

Marilla n'osa lever les yeux vers lui. Elle ne le supporterait pas.

— Hugh, si tu as besoin de quelque chose, affirma M. Blythe.

— Tout ce que tu veux, insista Mme Blythe.

John portait un petit bouquet dans sa main. La main qu'elle avait tenue à la place de celle de sa mère. Des sabots-de-Vénus jaunes.

Elle leva la tête.

— C'étaient ses préférées.

Une larme coula sur sa joue.

— Merci.

John ne la quittait pas du regard, même quand il s'adressait à Hugh.

— Monsieur Cuthbert, je serais content de venir vous aider autant que je peux.

— Nous avons un garçon de ferme qui va venir chez nous. Ça fait partie d'un échange, expliqua M. Blythe. Une de nos vaches contre une paire de mains supplémentaires.

— Ma famille peut se passer de moi.

Hugh examina tour à tour Matthew et Marilla. Il ne savait pas comment il pourrait continuer seul avec ses deux enfants. Clara et lui avaient décidé de laisser Marilla finir ses études, mais maintenant sans sa femme pour s'occuper des Pignons et de la ferme ? Marilla vit qu'il réfléchissait à l'avenir. Avec John, ils pourraient travailler sur les champs si bien qu'en automne ils n'auraient plus qu'à faire le compte de leurs récoltes.

— C'est très gentil de votre part. Izzy va devoir repartir à Saint Catharines. Cela nous serait d'une grande aide.

Marilla fit un pas en arrière. Izzy allait partir ? Elle n'y avait même pas songé. Telle qu'elle était, la situation suffisait déjà à faire déborder un océan.

Les fenêtres et les miroirs des Pignons étaient couverts de noir telles des œillères. Les hommes sortirent fumer leur tristesse à travers leurs pipes, laissant Marilla seule avec Izzy pour la première fois depuis la nuit du drame.

Dans sa chambre, elle emballait ses affaires.

— Quand ?

C'était une question d'une insistance surprenante. Marilla ne voulait plus de surprise. Seulement la vérité dure et sans fard.

Izzy posa le vêtement qu'elle pliait.

— À la fin de la semaine.

Ses yeux luisaient de larmes.

— Je ne peux pas rester à Avonlea. C'est la ville de ma sœur, pas la mienne. J'ai une maison et un commerce à Saint Catharines. Ma vie est là-bas.

Marilla secoua la tête. Clara et Izzy venaient du même ventre, elles s'échangeaient leur maquillage, elles partageaient une vie de secrets, de rêves, de souhaits. Pourquoi ne pouvait-elle pas rester avec eux ? Ne serait-ce que pour Marilla. Izzy avait-elle oublié les derniers mots de sa mère ? Veiller sur elle.

— S'il te plaît.

Izzy partit vers sa fenêtre qui donnait à l'est et écarta le drap noir pour l'ouvrir. La brise qui s'engouffra parfuma la pièce de l'odeur du cerisier dehors.

Elle respira profondément et contempla le jardin, le dos tourné à Marilla.

— Personne ne pourra aller de l'avant si je reste, murmura-t-elle. Tout le monde voit encore Clara, sauf moi.

Dehors, les silhouettes de Matthew et Hugh, plus petites que des fourmis, remontaient la colline.

— Je ne veux pas que tu partes.

Izzy pivota. Le vent remuait le rideau.

— Viens avec moi à Saint Catharines. Je connais la directrice d'une excellente école pour filles. J'habite juste au-dessus de ma boutique avec tout le grenier vide. Cela te ferait une chambre idéale, avec une petite lucarne et un plafond à deux pans. Hugh et Matthew pourraient engager une employée. Tu ne quitterais pas l'île pour toujours. Seulement jusqu'à...

Sa voix défaillit.

L'avenir était incertain. Aucune des deux n'aurait su répondre à cette question. Jusqu'à quand ? Et quelle importance ? Marilla avait déjà donné sa réponse à sa mère. *Je te le promets.* Elle ne quitterait pas Hugh, Matthew et les Pignons. Jamais.

— Ma place est ici.

— Je le sais, concéda Izzy en hochant la tête. Tout comme je sais que la mienne est ailleurs.

Même si cela lui faisait mal, Marilla respectait la décision d'Izzy. Sa tante ne pourrait jamais tenir le rôle de sa mère, et Marilla ne le souhaitait pas. Si elle restait, elle leur rappellerait constamment ce qu'ils avaient perdu, et ils ne pourraient s'empêcher de faire la comparaison. Le seul moyen pour Marilla de continuer était de scinder sa vie en deux : Marilla, celle qui avait une mère, Marilla, celle qui n'en avait plus. La distinction lui donnait du courage.

À la fin de la semaine, Matthew chargea les affaires d'Izzy dans la calèche.

— Écris-moi, donne-moi des nouvelles. Sinon, je vais m'inquiéter, demanda-t-elle à Hugh.

Son silence servit de promesse.

Marilla serra les poings sous son tablier, décidée à se montrer forte.

Izzy la prit dans les bras.

— C'est toi qui me manqueras le plus, ma petite fleur. Jure-moi que tu m'écriras, toi aussi.

Marilla réprima ses larmes.

— Tout ira bien, dit-elle en embrassant les joues de sa nièce. Je t'écrirai, et tu pourras me répondre, ou pas, mais je continuerai à t'écrire.

Elle se tourna vers le véhicule et la résolution de Marilla s'ébranla.

— Tante Izzy !

Elle se jeta dans ses bras, enfouit son visage au creux de sa nuque parfumée au lilas.

— Je t'aime, ma chère petite. Je t'aime tellement.

Izzy se dégagea et prit la main de Matthew pour monter sur le siège à côté de lui. Il siffla et Jericho partit au trot sur le sentier. Izzy ne se retourna plus, ne fit aucun signe, mais de là où elle se tenait, Marilla vit le tremblement de ses épaules. Avec Hugh, ils restèrent sur la terrasse jusqu'à ce que la calèche disparaisse dans l'horizon couvert de la rosée du mois de juin. Il coiffa ensuite sa casquette et partit vers l'étable, tandis que Marilla se dirigea vers le jardin avec son seau. Elle avait laissé l'oseille pousser trop haut entre les plants de haricots, et elle comptait bien tout désherber.

- 14 -

Les Pignons Verts sont baptisés

Deux semaines plus tard, après avoir ramassé des herbes dans la forêt, Marilla remontait le sentier des érables au moment où John emmenait ses vaches paître.

— Oh…

Elle sursauta et lâcha son bouquet.

Il le ramassa et le lui rendit.

— Bonjour, Marilla.

— Bonjour, John, répondit-elle en agitant ses herbes. Je vais préparer un pain bannock. Restes-tu souper ?

Il remit en place son foulard. Le soleil brûlait malgré les taches d'ombre qu'offraient les feuilles parsemées. Des gouttes de sueur trempaient leurs visages à tous les deux.

— Merci, mais j'ai promis à mes parents de dîner avec eux.

Elle avait cueilli assez d'herbes pour quatre. Elle ne savait pas comment cuisiner pour moins.

— Maintenant que vous avez le garçon de ferme à nourrir et que nous sommes moins nombreux…

Ses yeux se gonflèrent. Elle se mordit la lèvre.

John voulut lui prendre la main.

— Non, lâcha-t-elle en reculant. Merci, mais...

— Je voulais juste...

Il poussa un soupir.

— Nous n'avons plus vraiment eu l'occasion d'être seuls depuis... tu sais.

— Depuis que ma mère est morte ? Oui, je sais.

Elle leva le menton, déterminée.

— Il faut que je rentre. J'ai encore du travail.

Elle se remit en marche.

John l'arrêta en la prenant par le coude, sa main se posant délicatement sur sa cicatrice secrète. Elle se détendit.

— Mon père dit que le deuil peut endurcir un cœur pour un temps. Je comprends, Marilla. Je ne vais nulle part.

Une brise s'engouffra dans les érables. Marilla se pencha vers lui, imperceptiblement, et se redressa.

— Je laisserai le pain sur la table de la cuisine pour toi et tes parents.

Elle ne regarda pas par-dessus son épaule en retournant aux Pignons. Ce ne fut qu'en entrant dans la cuisine qu'elle entendit les cloches des vaches.

Marilla enveloppa une part de pain bannock dans du papier paraffiné et le laissa sur la table. Il disparut rapidement. John avait dû l'emporter pendant qu'elle balayait la cour et que Hugh et Matthew se lavaient pour le souper. Elle était contente de l'avoir raté... et désolée, également.

Marilla servit les hommes silencieux autour de la table. Elle mangea quelques bouchées entre la vaisselle et le nettoyage. La journée était bien trop chaude pour rester à l'intérieur, ils s'installèrent sur la terrasse derrière la maison. Hugh et Matthew allumèrent leurs pipes et Marilla s'assit sur la chaise en osier. Une volée de moineaux descendit sur le gravier, sautillant et chantonnant un air connu d'eux seuls.

Hugh se racla la gorge.

— Il faut un nom à cet endroit.

Sa remarque surprit Marilla.

— Un nom ? Mais nous avons un nom.

Hugh secoua la tête.

— Ta mère voulait qu'on baptise cette maison. J'y pense depuis un moment déjà, mais je ne trouve pas le nom qui lui conviendrait.

Alors qu'ils réfléchissaient, le soleil se couchait lentement à l'horizon, projetant des reflets dorés sur les pâturages des Cuthbert. La dernière manifestation du jour. Des lucioles scintillèrent et disparurent, scintillèrent et disparurent. Venues, parties, venues, parties. Les champs verts ondulaient sous l'herbe verte, les feuilles vertes, et jusqu'au golfe vert au loin…

— Les Pignons Verts, proposa Marilla.

Les hommes prirent un moment pour s'interroger.

— J'aime bien, affirma Matthew.

— Simple et efficace, confirma Hugh. Ta mère aurait été d'accord.

Les trois ne bougèrent plus, tandis que le rideau pourpre de la nuit se baissait sur eux et que les grillons entonnaient leur chant doux-amer. Marilla se trouvait exactement où elle le souhaitait, où elle devait être. Chez elle, aux Pignons Verts.

DEUXIÈME PARTIE

MARILLA D'AVONLEA

- 15 -

Rébellion

Février 1838

— Matthew ne mange pas avec nous ? demanda Marilla quand Hugh se mit à table. C'est la troisième fois cette semaine.

Elle lui servit une belle part de tourte à la viande.

— Comment va-t-il garder des forces pour la ferme, s'il sort tous les soirs ?

— C'est un rassemblement politique. Les garçons de son âge sentent le besoin de s'engager.

Marilla posa une fourchette propre dans l'assiette de son père. Le métal scintilla dans la lampe. Elle avait passé toute la vaisselle au vinaigre blanc.

— Il a déjà bien assez d'activités dans lesquelles s'engager pendant la journée.

Hugh piqua délicatement la viande, plongeant la croûte dans la sauce.

— S'engager pour la patrie, je veux dire. Les jeunes gens éprouvent le désir de graver leur empreinte dans l'histoire. Les femmes ont du mal à le comprendre.

— Et pourquoi cela ? demanda-t-elle. N'avons-nous pas le même désir ?

Il est vrai qu'elle ne comprenait pas. Depuis la mort de sa mère, elle ne pouvait plus se concentrer que sur les tâches quotidiennes : se lever du lit le matin, se laver le visage, tresser ses cheveux, enfiler son tablier, moudre le blé, battre les œufs, remuer, frire, mitonner, servir, nettoyer, et ainsi de suite. Jour après jour, mois après mois. Il fallait rester occupée du matin au soir, sans une minute de répit. Elle sentait que si elle s'arrêtait pour souffler, le chagrin la submergerait. Parfois, elle devait fermer les yeux et se souvenir de respirer : *inspire, expire, encore une fois, inspire, expire.* Sinon, le poids dans sa poitrine la clouerait sur place jusqu'à ce que sa tête bourdonne de douleur et que tout son corps la torture. Se lever le matin lui demandait une volonté incroyable. Sa seule consolation lui venait de ses Pignons Verts. Clara était présente partout : dans les planches en bois sur lesquelles elle marchait, la cheminée qu'elle allumait, les prières qu'elle récitait et les poèmes qu'elle lisait tout haut en mélangeant l'eau pour la transformer en vin de groseille. Marilla se demandait si le monde dehors avait toujours été aussi pesant. Elle ne s'en était jamais aperçue, parce que Clara constituait son refuge. Après sa mort, plus une seule brèche dans les murs n'apparaissait à Marilla autrement que terne et menaçante.

Marilla lustrait le chandelier en argent que les flammes et la cire avaient terni, pendant que Hugh mangeait.

Une fois qu'il eut fini, il se redressa, repoussant son assiette vide.

— Délicieux.
— C'était le dernier morceau de bœuf du boucher avant le printemps.

Elle trempa son chiffon dans le bol rempli de vinaigre et frotta avec force pour faire briller l'argenterie.

— Un des taureaux des Blythe, commenta Hugh. J'ai senti le parfum unique de leurs pommes aux arômes de fraise. Les seules d'Avonlea.

Elle hocha la tête.

— Oui, John m'a dit qu'ils les donnaient à manger à leur bétail. Elles adoucissent aussi le lait.

John avait travaillé tout l'automne avec eux, bien plus longtemps que ce qu'il avait proposé au début. Il venait après l'école pour ramener les vaches pendant que Matthew et Hugh s'occupaient des récoltes. Il était devenu un membre à part entière des Pignons Verts. Mais à l'arrivée des premières neiges, il était retourné à ses études après l'école.

En novembre, un conflit armé avait éclaté. Les chefs réformistes l'appelaient la Rébellion des Patriotes. À la bataille de Saint-Denis, les réformistes canadiens avaient surpris tout le monde avec leur victoire face aux troupes britanniques. La révolte s'était rapidement répandue dans toutes les provinces. La loi martiale avait été déclarée à Montréal. Des prospectus circulaient.

La moitié réclamait : « L'indépendance pour le Canada ! La fin de la monarchie ! » Et l'autre : « L'unité ! Longue vie à la reine ! »

Chaque semaine, les journaux rapportaient de nouvelles explosions de violence des deux côtés, les réformistes contre les tories. Rapidement, le conflit s'étendit aux provinces maritimes. Comme l'avait prévu M. Murdock, l'armée britannique vint patrouiller dans la ville. Les habitants virent poindre l'anarchie. Ils barricadèrent leurs portes et ne quittèrent plus leurs armes. John avait eu raison depuis le début. Rachel disait que son père s'était équipé de deux nouveaux mousquets : un qu'il gardait à côté de la porte de devant, l'autre à l'arrière. Hugh avait un fusil, lui aussi. Un jour, il le sortit de l'étable pour le laisser à côté de sa chaise dans le salon. Étonnamment, Marilla se sentit réconfortée par sa présence, alors qu'elle avait toujours pensé qu'une arme à feu la rendrait nerveuse. Ils étaient prêts à défendre les Pignons Verts si cela se révélait nécessaire.

Autour du nouvel an, la plupart des chefs rebelles avaient été assassinés, pendus ou arrêtés. Pourtant, la Rébellion des Patriotes n'avait pas pris fin. Pareille à une infection, elle grossissait dans le cœur des gens. Même à Avonlea, on ne parlait plus que des factions politiques. Depuis le porteur de message jusqu'au simple berger, tous pratiquaient les joutes verbales, tories conservateurs contre réformistes libéraux. Les jeunes gens d'Avonlea se rassemblaient pour débattre dans une vieille étable qui avait la moitié de son toit arrachée, sur la route entre les bois et l'école. Ils l'avaient baptisée l'Agora.

— La nuit est froide. Je suis sûr que ton frère sera très reconnaissant à sa petite sœur si elle lui apporte une part de tourte pour lui remplir la panse, hasarda Hugh en jetant un regard vers le plat. Il en reste bien assez pour deux hommes.

Marilla posa son chiffon. Une mèche s'était échappée de sa tresse et taquinait le bout de son nez. Elle la repoussa et sentit l'odeur du vinaigre sur sa main.

— Les femmes n'ont pas leur place à l'Agora.

— Tu n'es pas juste une femme, objecta Hugh. Tu es Marilla Cuthbert, la sœur de Matthew.

Il sortit sa pipe et se dirigea vers le salon, abandonnant Marilla avec la tourte.

— Et si c'était moi qui mangeais ces deux parts ? grommela-t-elle en direction de Skunk.

Assis à ses pieds, le chat la contemplait sagement.

— Si cela avait été de la tourte au maquereau, je te l'aurais donnée à toi, mais c'est notre dernier morceau de bœuf.

Elle emballa donc les deux parts, se lava les mains avec du savon et se passa une gousse de vanille sur les poignets pour effacer tout relent de vinaigre. Elle s'emmitoufla dans son gros manteau d'hiver, et n'oublia ni ses gants ni son bonnet.

— Si je ne suis pas rentrée dans une heure, c'est que les loups m'ont dévorée.

— Nous n'avons pas de loups sur l'île, rappela Hugh en bâillant.

— Les scrupules peuvent ronger une personne, c'était mon but.

— Après quinze ans à Avonlea, je te fais confiance pour ne pas tomber dans la mer et pour éviter les bêtes féroces.

Il déposa un baiser sur sa joue et elle prit congé.

Dehors, il faisait froid, mais sans un souffle de vent. Le croissant de lune dans le ciel lui évoqua les restes de tourte qu'elle transportait. Sur le sentier, les arbres nus couverts de glace guidaient le regard de Marilla vers le ciel étoilé qui la surplombait tel un immense pignon clignotant. La neige crissait agréablement sous ses bottes et le parfum du pin brûlé se renforçait à mesure qu'elle approchait de l'Agora. Dans les mois plus chauds, la prairie qu'elle traversait consistait en une mer de violettes resplendissantes. À présent, elle n'offrait plus qu'un paysage d'ombres spectrales. De l'autre côté, la fumée d'un feu de camp s'échappait du toit ouvert de l'étable pour s'élever vers le ciel et retomber une fois refroidie vers les champs. Sa vision se brouilla. Quand elle arriva enfin à la porte sous laquelle filtrait la lumière de l'intérieur, elle se sentit soulagée.

Elle poussa le loquet, ouvrit sans y avoir été invitée et trouva une douzaine de silhouettes réunies. Le feu projetait des ombres sous leurs yeux et sur leurs mâchoires. Même si elle savait qu'il s'agissait de fils de fermiers et de garçons avec lesquels elle avait occupé les bancs de l'école, elle leur trouva des mines de guerriers. Elle aperçut Matthew tout au fond et, au centre, John lui tournait le dos, en plein discours :

— … on ne peut pas accepter ce qui se passe. On ne doit plus laisser les nobles nous diriger.

Il suivit les regards. Quand il vit Marilla, un sourire discret se dessina sur ses lèvres.

— J'ai apporté de la tourte au bœuf, annonça-t-elle. Pour mon frère Matthew. Et si quelqu'un d'autre a sauté le dîner…

Matthew s'élança vers elle pour lui prendre le paquet et la raccompagner dehors.

— Merci, murmura-t-il. Je rentre bientôt.

— Peut-être que nous devrions écouter un avis féminin, proposa John à l'assemblée.

Un grognement s'éleva des hommes réunis.

— Pas de femmes dans l'Agora ! retentit une voix qui ressemblait à celle de Clifford Sloane.

— Tu enfreins les règles, protesta Sam Coates à côté de lui.

— Nous sommes ici grâce aux hommes courageux qui ont su défier la loi ! clama John en levant le poing. Votons, alors. Qui est contre ?

Le silence s'installa dans la pièce. Une bûche dans le feu crépita et une lueur rouge scintilla dans l'âtre.

— Pour ?

Il croisa le regard de Matthew.

— Pour ! lança Matthew.

— Ce qui fait deux contre zéro, alors posons-lui la question.

Matthew ramena Marilla vers le centre de l'étable, bien qu'elle traînât des pieds. Personne ne lui avait demandé si elle était pour ou contre ! Plantée à côté de John, elle bouillonnait d'être ainsi exposée. La chaleur de l'âtre lui parut soudain excessive. Elle retira ses gants et son bonnet et croisa les bras pour ne pas trahir sa nervosité.

— En tant que jeune femme de notre communauté, pour qui penses-tu que nous devrions nous ranger : les tories ou les réformistes ?

Rachel rendait souvent visite à Marilla depuis la mort de sa mère. La jeune fille s'efforçait de remplir le vide qu'avait laissé Clara avec des nouvelles du monde. Elle lui avait expliqué comment les White avaient pris le côté des réformistes libéraux, partisans du changement pour une société égalitaire et un gouvernement plus responsable qui représenterait ses citoyens. Elle était même allée jusqu'à dire que sa famille ne soutenait aucune famille royale, mais était en faveur d'une république autonome comme celle des États-Unis. Un discours insurrectionnel ! Marilla était troublée de l'entendre parler ainsi, mais Rachel affirmait que tout le monde discutait librement du sujet, même les Blythe. Étant amis et associés, les White et les Blythe s'accordaient à dire que les anciennes règles de classe et de richesse ne pouvaient plus réunir une nation.

Marilla ne disait pas un mot pour interrompre les envolées de Rachel. La politique semblait si dérisoire par rapport à la perte qu'elle avait subie et les regrets qu'elle éprouvait.

Pourtant, Marilla avait interrogé Hugh, un soir.

— Où est-ce que tu te situes, papa ?

— Nous sommes des presbytériens conservateurs, des tories, loyaux à la Couronne. C'est l'ordre saint des choses. Nous devons nous fier au souverain de Dieu et à la main du souverain qu'il sacre. Sinon, qu'est-ce qui empêchera le premier venu de se déclarer roi ?

Il lui avait lu ensuite un long passage d'avertissement du Deutéronome.

Avant tout, Marilla était une Cuthbert, fidèle à sa famille et à leurs usages. Donc à présent, dans l'assemblée de l'Agora, elle s'appuya sur son frère.

— Matthew s'exprime au nom des Cuthbert. Tout ce qu'il dit me représente. Je suis du même avis.

— Tories ! hurla quelqu'un fièrement.

John leva une main pour demander le silence.

— Nous connaissons l'opinion de Matthew. C'est la tienne que nous voulons, Marilla.

Frustrée par son insistance, elle le regarda droit dans les yeux et fronça les sourcils. Aucun des deux ne bougea pendant un long moment.

— Je n'ai rien à dire, John.

— Je ne te crois pas. Tu es trop intelligente.

Les cris « Tories ! » et « Réformistes ! » retentirent de plus belle.

Matthew la sortit de la piste et l'entraîna dans le froid de la cour. Là, dans le silence, il expira profondément, teintant de son souffle l'air gris entre eux.

— Viens, dit-il. Rentrons.

En silence, ils prirent le chemin par lequel elle était venue, pourtant, dans son esprit, elle retournait dans l'Agora, rejouant la scène encore et encore, imaginant ce qu'elle aurait pu dire : que le progrès ne devrait pas s'accompagner de sang et de sacrifices. Qu'elle avait entière foi dans sa famille et dans son pays, qu'ils étaient fermiers, qu'ils devraient connaître les lois de la nature ! Une vache ne devait pas mourir pour faire de la place à un veau, ni une monarchie à une nouvelle nation. Et elle songea alors à sa mère et Nathaniel enterrés ensemble dans le cimetière de l'église presbytérienne. Ses yeux se gonflèrent. Elle les ferma pour supporter une rafale de vent glacé et continua de progresser sur le chemin.

Quand ils arrivèrent chez eux, Hugh dormait déjà. La tourte s'était transformée en une bouillie à moitié congelée. Matthew ne mangea que quelques morceaux de bœuf qu'il parvint à sauver. Marilla donna le reste à Skunk, resté éveillé comme s'il avait su que cet instant viendrait.

- 16 -

Deux à l'étude

Mars

Les derniers flocons de neige tombaient sur l'île, enveloppant les bourgeons des arbres d'un givre argenté, tandis que le ciel s'ouvrait, plus bleu qu'une jacinthe des bois. Après l'épisode de l'Agora, Marilla s'était mise à lire toutes les coupures de presse que Matthew rapportait, tous les bulletins politiques sur les murs du bureau de poste, tous les livres qui traînaient dans les Pignons. Son esprit était assoiffé de mots. Ils empêchaient ses pensées de se disperser et son cœur de se noyer dans le puits sombre de sa tristesse.

— Je voudrais passer l'examen de fin d'études plus tôt, annonça-t-elle à Hugh pendant le petit déjeuner.

— Ce serait bien.

— Je vais devoir travailler beaucoup pour l'école, expliqua-t-elle. Cela risque d'entraver mes tâches.

Hugh souleva une coupe en fer-blanc brillante. Marilla l'avait laissée tremper assez longtemps pour raviver le métal, puis l'avait frottée jusqu'à ce qu'elle parût neuve.

— Cela ne devrait pas poser de problème. Nous irons demander la permission à M. Murdock.

— M. Blythe voudrait emprunter nos pinces à sabots, dit Matthew. Je les lui apporterai demain.

— L'école est sur le chemin, ajouta Hugh.

Marilla regarda tour à tour son père et son frère. Matthew lui adressa un clin d'œil et sirota son café. Le visage de Marilla se fendit d'un large sourire.

Elle n'était plus allée à l'école depuis si longtemps qu'elle ne rentrait plus dans aucune robe, elles étaient toutes devenues trop petites. Seuls ses habits de maison et sa robe du dimanche lui allaient encore. Elle partit donc fouiller dans les affaires de sa mère. Izzy avait repassé tous les chemisiers en coton blanc de Clara avec son eau de lilas. Heureusement, ainsi, ils sentaient sa tante plutôt que sa mère. Elle dut rassembler tout son courage pour ouvrir le coffre et elle en sortit une blouse crème et une jupe à motifs qu'elle n'avait jamais vue sur Clara. Des fleurs noires saupoudrées sur un fond vert forêt. L'ensemble lui seyait à ravir.

La famille était encore en deuil. Les rideaux noirs pendaient encore aux fenêtres depuis le début de l'hiver, ce qui protégeait des courants d'air, avait songé Marilla. Cela faisait près d'un an déjà, et les mois plus cléments approchaient. Il faudrait qu'elle les retire bientôt. Pourtant, elle était bien décidée à continuer à porter du noir quelle que fût la saison. Elle enfila son brassard en crêpe noir par-dessus la blouse. Elle n'eut pas l'énergie de se tresser les cheveux, et fit donc un chignon à la place. Elle voulait prouver à M. Murdock qu'elle était plus mûre que son âge pour qu'il l'autorise à passer l'examen avant l'heure.

Matthew l'attendait sur le traîneau. Quand elle apparut, il la siffla timidement. Elle l'ignora, mais apprécia tout de même le compliment. Cela lui donnait confiance et elle en avait bien besoin.

La neige fraîchement tombée se mélangeait à l'ancienne alors qu'ils glissaient sur les champs vers l'est, à travers les bois et sur la route qui menait au village de Newbridge. Devant la porte de l'école d'Avonlea, les déjeuners des élèves étaient rangés soigneusement. À côté, quelques luges avaient été garées. Les fenêtres scintillaient aussi claires et chaleureuses que dans son souvenir. Comme la vie à l'intérieur semblait facile : les heures divisées en segments d'apprentissage, chaque journée remplie comme un bocal de haricots à rapporter chez soi, à ingurgiter, à digérer et à remplir de nouveau le lendemain. Si seulement cela avait continué pour toujours ainsi.

Marilla veilla à ne pas interrompre une leçon. M. Murdock était très à cheval sur les horaires et elle tenait avant tout à rester dans ses bonnes grâces. Bientôt, la classe s'arrêterait pour le déjeuner.

Matthew stationna son traîneau devant l'école à côté du pommier qui régalait tous les enfants pendant l'automne. Pour le moment, cependant, il ne portait aucun fruit.

— Je t'attends ici, lança Matthew.

Il s'appuya contre son dossier et cala son chapeau sur son front afin de se faire de l'ombre.

Marilla descendit du traîneau et regarda par la fenêtre de l'école pour voir si M. Murdock se trouvait toujours devant le tableau noir. Avant qu'elle n'ait le temps de reculer, un des élèves l'aperçut et la montra du doigt furieusement. Marilla lui fit signe de se taire, mais sans effet, bien au contraire.

— Monsieur Murdock ! appela l'enfant. Il y a une jeune fille à la fenêtre.

La tête de l'instituteur apparut, ses petites lunettes sur son nez. Il plissa les yeux dans la direction indiquée.

— Mademoiselle Cuthbert, que puis-je pour vous ? demanda-t-il, sa voix étouffée par la vitre sur laquelle son souffle laissa une auréole.

— Je... suis revenue étudier, répondit-elle.

— Et vous avez l'intention de passer par la fenêtre ?

Marilla sentit ses joues s'empourprer.

— Non, monsieur, concéda-t-elle en se dirigeant vers la porte, sur laquelle elle hésita à frapper.

Elle décida de respecter les règles strictes, étant donné que M. Murdock était déjà assez agacé.

Elle s'y reprit à trois fois avant qu'il réponde :

— Entrez, je vous prie.

Posté devant la classe, il brandissait son bâton sur le petit Spurgeon MacPherson consigné dans le coin des sots, le chapeau d'âne sur la tête faisant ressortir ses oreilles décollées.

— Mademoiselle Cuthbert, venez expliquer à vos camarades la raison de votre visite.

Malgré le vacillement de ses jambes, elle obéit et longea l'allée centrale sous le regard de tous les enfants.

— Je suis désolée de vous interrompre, monsieur Murdock, je pensais arriver pendant la pause.

— Ne savez-vous donc plus lire l'heure ? demanda-t-il en sortant sa montre à gousset. Nous avons encore cinq minutes pleines avant la pause. Cinq minutes durant lesquelles mes élèves studieux auraient pu apprendre la topographie du Haut-Canada, si vous ne les aviez pas dérangés. Ils devront ainsi rattraper ces cinq minutes en abrégeant leur pause.

Une plainte s'éleva dans la salle. Une petite fille au premier rang posa la tête sur son bureau, désemparée, et laissa échapper un « Oh non ! » sonore.

Marilla dut serrer les poings pour empêcher ses mains de trembler trop violemment.

— Monsieur Murdock, s'il vous plaît, ne punissez pas la classe à cause de moi.

Elle espérait bien qu'il ne la punirait pas, elle non plus.

— Je suis venue vous demander la permission de passer les examens de fin d'études plus tôt, au printemps.

— Les examens de fin d'études ? Eh bien, mademoiselle Cuthbert, ils ne concernent que nos étudiants les plus avancés qui ont suivi avec application et sérieux une éducation chrétienne jusqu'au bout, comme le veut le système lancastrien de notre reine et de notre pays.

Il se racla la gorge.

— Comme vous pouvez le constater, mon dernier rang ne compte pas beaucoup d'élèves et eux seuls sont préparés pour la sortie.

Elle examina le fond de la classe et reconnut cinq des garçons qu'elle avait vus à l'Agora, seulement maintenant ils portaient des pantalons à bretelles et affichaient une expression innocente. John était le dernier de la rangée. Il faisait tourner son stylo entre ses doigts en la regardant. Elle n'allait pas flancher.

— Je comprends, monsieur Murdock, mais j'ai parlé avec Rachel White qui étudie chez elle depuis quelques années. Elle m'a confié que vous l'aviez autorisée à passer les examens quand elle le voudrait.

M. Murdock poussa un soupir.

— La mère de Mlle White m'a assuré qu'elle révisait sous la supervision d'un tuteur. C'est pour cela que j'ai donné ma permission, bien qu'elle n'ait pas assisté à mes cours dans l'école d'Avonlea.

— Comme vous le savez, je n'ai plus de mère pour parler en mon nom.

Sa voix se cassa, mais elle se ressaisit aussitôt.

— Je peux cependant vous garantir que je compte étudier sans relâche pour vous prouver ma valeur et mériter mon diplôme.

M. Murdock se radoucit en l'entendant parler de Clara et posa son bâton.

— Je ne remets pas en doute votre parole, mais je dois respecter le règlement. Personne ne peut s'éduquer tout seul en s'appuyant sur ce qu'il ignore. Vous avez besoin d'un professeur.

Marilla n'en connaissait aucun, et sa famille n'avait pas les moyens financiers dont jouissaient les White. Elle ne voyait pas d'issue à cette impasse.

— Je suis désolé, mademoiselle Cuthbert. Pour cette demande et pour la perte que vous avez eu à endurer.

Sa sollicitude la prit de court.

Elle aurait préféré qu'il se montre ronchon. Elle savait comment affronter la mauvaise humeur, mais son empathie affaiblit sa détermination.

— Je m'en charge, monsieur Murdock ! déclara John en se levant derrière son pupitre.

Quelques enfants plus jeunes gloussèrent. M. Murdock adressa un regard menaçant d'avertissement en direction de Spurgeon dans le coin et ils se turent aussitôt.

— Les enfants, vous pouvez vous ranger et partir déjeuner *en silence.* N'oubliez pas : n'emportez pas vos luges trop loin dans les bois. Et revenez cinq minutes en avance. Les élèves en retard se verront assigner des devoirs supplémentaires. Monsieur Spurgeon, je vous libère, mais vous devrez apporter le bois pour allumer le feu cet après-midi. Monsieur Blythe, venez ici.

John s'exécuta, descendant l'allée centrale, à contre-courant du flot d'élèves qui sortaient. Marilla et John attendirent côte à côte devant M. Murdock jusqu'à ce que le dernier enfant referme la porte derrière lui.

— Monsieur Blythe, je ne tolère pas ce genre d'emportement de la part de mes élèves.

— Je vous prie de m'excuser pour mon manque de retenue, mais pas pour ma proposition, monsieur Murdock.

L'instituteur fit la grimace.

— Je voudrais superviser Marilla dans toutes les matières. Vous avez récemment annoncé à mon père que j'étais en avance par rapport à tous mes camarades et que je serais sûrement capable de réussir les examens dès demain, avec les félicitations.

— C'était une conversation entre votre père et moi, ronchonna M. Murdock, contrarié.

— Si vous êtes un homme de savoir et de vérité, alors votre avis tient lieu d'autorité quant à mes capacités à suivre Marilla dans ses études.

M. Murdock déplaça une pile de feuilles sur son bureau, et poussa un profond soupir qui souleva un nuage de poussière de craie.

— Très bien. Vous pouvez enseigner toutes les matières à Marilla, à condition que vous le fassiez tous les jours, après l'école. Pour ne rater aucun de mes cours. Cela entravera grandement votre travail à la ferme pour votre père, en avez-vous conscience ?

— Oui, monsieur.

Le cœur de Marilla tambourinait rageusement dans sa poitrine.

— Mademoiselle Cuthbert, j'évaluerai vos progrès avant la date des examens pour m'assurer que vous serez en mesure de les passer.

— Oui, merci, monsieur. Je vous promets de ne pas vous décevoir !

— Ce n'est pas ce qui devrait vous inquiéter. Inquiétez-vous plutôt de faire perdre son temps et ses compétences à M. Blythe.

Il se tourna vers John et tendit la main pour conclure l'accord.

— Monsieur Blythe, si elle échoue, ce sera votre échec.

John lui serra la main sans sourciller.

Dehors, les plus jeunes couraient autour de Jericho qui grattait le sol, mal à l'aise.

— Merci, John.

— Comme je te l'ai déjà dit, tu es intelligente. Bien plus que toutes les filles que je connais.

Elle n'aurait pu recevoir de compliment plus flatteur. Sa mère avait été vertueuse. Izzy, d'une beauté renversante. Et elle, était intelligente.

— Quand commence-t-on ? demanda-t-elle.

— Aujourd'hui. Maintenant !

— Maintenant ? répéta-t-elle en riant. John, toi, tu es la personne la plus impulsive que je connaisse.

— *Carpe diem !* Sais-tu ce que cela signifie ?

— C'est du latin, affirma Marilla en levant le menton vers le soleil. « Cueille le moment présent ! »

— Très bien, mon élève.

Il se racla la voix et imita M. Murdock :
— Et d'où cette citation latine vient-elle ?
— Horace, le poète romain.
Il applaudit.
— Excellent ! Le vieux Murdock ne sera pas déçu.

- 17 -

John Blythe propose une promenade

Tous les jours, John partait de l'école d'Avonlea, s'enfonçait dans la mer de fleurs mauves, traversait la forêt d'épicéas baignée de soleil et descendait le sentier qui menait aux Pignons Verts. L'arche constituée par les érables s'était parée de son habit de printemps. Les branches aux épaisses fleurs roses se balançaient dans le vent, saupoudrant les promeneurs d'un nuage de pollen. Auréolé d'or, John arrivait par la porte de derrière en éternuant.

Ils étudiaient à la table de la cuisine afin que Marilla puisse surveiller sa marmite pour le dîner. Même si elle lui proposait toujours une assiette, John refusait systématiquement. Il disait que sa mère n'arriverait à se reposer qu'après l'avoir vu manger et que son père voudrait fumer la pipe avec lui. C'étaient les habitudes des Blythe et il les respectait. Marilla comprenait. La famille passait avant tout.

John apportait les leçons de M. Murdock pour en faire profiter Marilla. Les mathématiques ne lui posaient aucune difficulté, mais il lui fallut pratiquement deux semaines pour faire le tour des cours d'histoire, de géographie et d'éducation civique. Ils passèrent ensuite à la grammaire et aux compositions écrites.

— M. Murdock nous a demandé de décrire nos voyages.

— Mais je n'ai jamais été qu'en Nouvelle-Écosse.

— Très bien. Écris là-dessus.

John sortit la montre en argent que son père lui avait offerte à son dernier anniversaire, portant gravée l'inscription : À MON FILS UNIQUE. Il en faisait toujours briller la surface.

— Cette partie de l'examen est minutée. Je propose que nous nous entraînions.

Il consulta l'aiguille des minutes.

— Dans trois, deux, un. Commence !

La cuisine résonna alors du claquement de la craie sur l'ardoise.

— Terminé ! annonça John.

Marilla sourit. Elle avait même eu le temps de vérifier son orthographe.

— Lisons nos textes à voix haute, dit-il.

— Cela ne fait pas partie de l'examen.

La rhétorique était la matière qu'elle aimait le moins.

— Comment veux-tu que nous nous corrigions ?

Marilla céda. De mauvaise grâce, elle se racla la gorge et leva son ardoise pour cacher son visage à John.

— *Le monde perd toute stabilité quand on se tient sur le pont d'un ferry pour traverser le détroit de Northumberland. Au sud, les plages de la Nouvelle-Écosse, d'un gris rocailleux, sont bordées de bateaux. Leurs voiles flottent dans le vent tels les plis d'une robe. Au nord, notre île scintille dans le crépuscule. Le sable rougeoie pareil à des braises. Ma mère m'a raconté qu'avant que cette île porte le nom de notre prince, les Micmacs l'avaient appelée Abegweit. « Le berceau sur les vagues ». Une terre de renouveau où toutes les couleurs de toutes les créatures sont libres de s'épanouir de tout leur éclat. Un nom plus adapté. Une île née de la mer et rouge comme sa roche mère. Si rouge...*

Marilla sentit sa gorge se serrer en pensant à la dernière heure de Clara. Un souvenir plus tranchant qu'une épingle à chapeau.

— Ma mère adorait écouter cette histoire, mais je ne la lui ai jamais racontée en entier. Je ne lui ai jamais parlé de la boutique de Madame Stéphanie ni de Junie, l'esclave orpheline. Le révérend Patterson dit que les secrets peuvent être aussi immoraux que les mensonges flagrants. Si j'avais su que ma mère...

Elle déglutit pour maîtriser sa voix.

— Je regrette tant de ne pas lui avoir tout dit.

John posa la main sur celle de Marilla.

— Tu ne lui as peut-être pas tout dit, mais elle savait que tu n'avais que de bonnes intentions. Maintenant et avant. Tu peux être fière de ta composition, Marilla.

Il appuya son pouce sur le dos de sa main et elle ne la retira pas.

— À toi.

— La mienne n'est pas aussi réussie.

— Alors tu vas devoir te contenter de la deuxième place.

Il sourit et lui lâcha la main pour prendre son ardoise.

— *J'ai passé une année à la Terre de Rupert pour rendre visite à un parent de ma mère...*

Marilla ignorait qu'il avait séjourné à la Terre de Rupert, enfant. John décrivait son oncle Nick, le petit frère turbulent de sa mère ; ses balades dans les bois avec ses sept cousins ; ses parties de pêche dans les lacs gelés ; les montagnes qu'il avait escaladées et l'air pur qui lui donnait l'impression d'être deux fois plus en vie. Marilla savoura le récit de cette terre fantastique rendue plus passionnante encore sous la plume de John.

— Je ne saurais nous départager. C'était très bon, reconnut-elle. Tu m'as entraînée dans un lieu où je ne suis jamais allée.

— Tu m'as fait voir l'endroit où j'ai toujours vécu comme un lieu entièrement nouveau. Cela demande bien plus de talent.

— Match nul, conclut Marilla en souriant.

Dehors, Matthew frappait ses bottes sur le plancher de la terrasse pour les nettoyer.

— Je ferais mieux de mettre la table, affirma la jeune fille.

— Peut-être qu'un jour tu iras à la Terre de Rupert et que tu la découvriras par toi-même.

Elle rit.

— J'imagine bien. Une femme voyageant seule comme un boucanier.

Pourtant, en prononçant ces mots, elle pensa à Izzy et se dit : *Et si... pourquoi pas ?*

— Peut-être que je t'y emmènerai.

Son cœur bondit. La soupe de pois sur le poêle gargouilla. Matthew entra.

— Bonjour, John. Comment se passent les leçons ?

— Nous en apprenons plus tous les jours, répondit John en adressant un clin d'œil complice à Marilla.

Il rassembla ses livres et remit sa casquette.

— Transmettez mes salutations à M. Cuthbert, s'il vous plaît. Demain, je rapporterai les pinces à sabots que j'ai empruntées.

— Rien ne presse, assura Matthew. Ce qui est à nous est à toi, voisin.

John prit congé en souriant.

— C'est un bon ami, commenta Matthew. Tu as de la chance de l'avoir.

— Moi ? s'étonna Marilla en servant à son frère un bol avec un morceau de pain à tremper. Il est autant ton ami que le mien.

Matthew rit.

— Très bien. Un bon ami pour nous tous. Presque de la famille avec tout le temps qu'il passe ici.

Hugh arriva peu après et elle lui servit également sa soupe, mais oublia le pain. Elle avait l'esprit rempli des images de la Terre de Rupert et des remarques de Matthew sur John. Elle trouvait plaisant de le considérer comme un membre de la famille.

La saison douce arriva enfin avec force. Finies les gelées nocturnes et les rafales de vent, les matins brillaient de la rosée qui mouillait les brins d'herbe. Les lupins s'érigeaient fièrement vers le ciel. Les champs, l'après-midi, vibraient de vie avec la promesse de journées de plus en plus longues.

Izzy leur avait écrit fidèlement. Au début, ses lettres provoquaient chez Marilla une telle douleur qu'elle ne supportait même pas de regarder l'adresse sur l'enveloppe, mais la peine devint plus tolérable avec le temps et le retour aux habitudes. Izzy leur parlait de sa boutique, des dames qu'elle habillait, des manifestations politiques dans les rues de Saint Catharines et de la nouvelle influence des États-Unis dans la ville. Sa dernière ligne dans toutes ses lettres était la même : *Transmets mes sentiments les plus sincères à ma chère Marilla. Je suis impatiente de la lire quand elle se sentira prête.* Marilla en avait étrangement toujours la chair de poule.

Elle était allée jusqu'à prendre du papier et un stylo pour répondre, mais après réflexion, elle s'était dépêchée d'étudier la dernière coupure de journal que lui avait apportée John. Il s'était montré d'une obstination absolue dans son enseignement.

C'était le *Times de l'île du Prince-Édouard*, un périodique des libéraux réformistes que Hugh n'achetait jamais. « M. Mingo Bass, le valet de pied africain de Mlle Elizabeth Smallwood de Charlottetown, a disparu. Mlle Smallwood pense que son domestique a été enlevé illégalement par des chasseurs d'esclaves américains. Il était originaire de la Virginie. »

John avait griffonné sur le côté : « Peux-tu situer la Virginie sur une carte ? » Mais Marilla savait bien qu'il n'avait pas choisi cet article uniquement pour qu'elle développe ses connaissances géographiques. John était le seul à avoir vu Junie et à savoir que les Sœurs de la Charité recueillaient des esclaves en fuite, un secret qu'elle avait caché à sa mère et qu'elle n'avait partagé qu'avec lui. Elle avait donc oublié sa lettre à Izzy – de toute façon, qu'avait-elle à lui écrire ? – et avait pris ses cartes. La géographie était son point faible, il lui manquait les éléments empiriques sur lesquels s'appuyer. Les montagnes, les rivières et les frontières des atlas ressemblaient au mieux à des pattes de poulet dans la poussière. Elle n'allait cependant pas baisser les bras et se déclarer vaincue.

Marilla s'installa sur la terrasse de derrière pour profiter de la brise. L'examen approchait, plus qu'une semaine, et John venait d'arriver de l'école.

— M. Murdock m'a confié ceci pour toi.

Elle déplia la feuille :

Mademoiselle Cuthbert, veuillez vous présenter à l'école d'Avonlea afin que j'évalue votre niveau ce mercredi, avant les examens de samedi.

M. Murdock

Marilla tourna le papier pour que John puisse le lire.

— Et voilà. Le jour du jugement.

— Tu es prête. Plus que prête.

Elle passa une main sur l'atlas ouvert.

— Je n'arrive toujours pas à me rappeler toutes les colonies danoises, elles sont éparpillées un peu partout sur le globe !

— Je parie que « quelles sont les colonies danoises ? » ne sera pas une des questions de l'examen.

— Ce n'est pas impossible.

Il se racla la gorge avec autorité.

— Tu n'aurais pas pu étudier plus sérieusement que tu ne l'as fait, Marilla. Tu es plus au point que tous les élèves de la classe de M. Murdock.

— Y compris toi ? demanda-t-elle, intriguée.

— Le reflet d'un excellent professeur est un élève qui égale ses connaissances, dit-il avec un petit rictus entendu. Et de toute façon, les écoles ne peuvent espérer nous enseigner tout ce qu'il y a à savoir. Personne ne sait *tout*, Marilla, même pas toi. Il faut juste en connaître assez pour réussir l'examen.

Il lui retira le livre qu'elle tenait dans les mains.

— Tu veux revoir ta géographie ? Alors viens.
Elle croisa les bras.
— Mais où veux-tu m'emmener ?
— Le meilleur moyen pour connaître le territoire, c'est de l'explorer.
— Tu es le garçon le plus exaspérant sur ce territoire ! Tout cela parce que tu veux avoir de meilleures notes que moi.
— Oh, tu as compris mon stratagème machiavélique. Machiavélique : M-A-C-H-I-A-V-É-L-I-Q-U-E. Nous pourrons réviser notre vocabulaire et notre orthographe en chemin.

Il aurait pu charmer le diable.

— Les sciences naturelles aussi, je suppose. Exercer le corps améliore les performances de l'esprit, concéda-t-elle.

Et ils s'élancèrent vers la pommeraie aux fleurs roses et blanches ; continuèrent jusqu'à la lisière de la ferme des Cuthbert, où les champs verts laissaient leur place à l'enchevêtrement de fougères de la forêt, d'écorce et de mousse humide. Sous la canopée du bois, l'air se chargea du parfum du chevreuil et du pin. Le vent n'atteignait que les cimes des arbres, si bien que le ciel semblait danser au-dessus de leurs têtes tandis que leurs pieds restaient fermement plantés sur le sol. Le ruisseau avait dégelé et bruissait joyeusement à travers la crique. Cela faisait plus d'un an que Marilla ne l'avait plus vu. À l'époque, elle était encore une enfant qui se délectait des feuilletons des magazines et qui avait une mère.

Pourtant, elle retrouva son chemin d'instinct.

— Suis-moi.

Ils dépassèrent le bosquet et contournèrent l'arbre au creux si profond qu'elle l'avait toujours cru habité par une famille de fées. Le ruisseau s'élargissait à cet endroit et gagnait en puissance, entraîné par la pente de la colline. Pour ne pas glisser, ils durent retirer leurs chaussures. En prenant la main de John, elle parvint à garder l'équilibre.

— C'est juste là.
— Quoi ?

Elle ne répondit pas. La gravité les attirait en avant, de plus en plus vite. Le ruisseau tombait en cascade sur les rochers et leurs pieds nus, jusqu'à la mare qui entourait paisiblement son île… tellement plus petite que dans son souvenir. L'érable gracieux s'accrochait à son carré de terre, ses racines se prolongeant sur les côtés telle de la dentelle vivante. Le soleil traversait ses branches, projetant des reflets bleus et or sur l'eau.

Marilla tenta de reprendre son souffle. Son cœur pulsait dans ses tempes. L'eau froide lui picotait les orteils et la main chaude de John lui brûlait les doigts. Elle avait l'impression de planer. Depuis combien de temps ne s'était-elle plus sentie aussi libre ? Plus depuis la mort de sa mère. Plus depuis ce jour de mai quand John avait approché un grillon de son oreille et lui avait dit de faire un vœu.

Elle souleva sa jupe et traversa la mare jusqu'à ce que son visage soit baigné de soleil.

— C'était ma cachette. J'y venais, petite fille.
— C'est magnifique.

Il fit un pas vers elle et l'eau ondula jusqu'aux mollets de la jeune fille.

Et soudain, il glissa et tomba. La mare n'était pas profonde, mais cela suffit à le tremper en entier. Marilla éclata de rire et faillit le suivre dans l'eau.

— Je suis content de te mettre en joie, lâcha John. Veux-tu bien m'aider à me relever ?

Il tendit une main dégoulinante, qu'elle prit en tirant de toutes ses forces. L'eau glouglouta gentiment. La chemise en tulle de John collait sur sa peau. Marilla sentit son cœur faire un bond. Avant qu'elle n'ait le temps de se détourner, il se dévêtit et essora le tissu en grommelant. Les muscles de son dos se contractèrent comme du beurre fraîchement baraté, tendre et élastique. Son ventre se raidit au niveau de la taille, là où ses bretelles pendaient dans l'air. Il pivota, leurs regards se croisèrent et à cet instant un grondement silencieux monta en elle, comme si tout l'amour et le chagrin qu'elle avait ressentis se libéraient violemment.

John avança vers elle, ou peut-être qu'elle fit un pas. Elle n'aurait su le dire. L'eau remua, les arbres s'agitèrent et soudain les mains de John l'entouraient. Ses lèvres se posaient sur sa bouche. Elle ferma les yeux et lui retourna son baiser en relâchant sa jupe. Le tissu prit l'eau et s'enfonça plus profondément. La bouche de John était aussi douce et ferme qu'une prune. Sa peau nue sentait la neige fondue, glaciale et vivante, comme son écriture, comme lui. Elle passa une main sur ses côtes, sur ses bras puissants, sur son ventre et jusqu'à sa poitrine. Même si elle avait déjà vu son père et son frère torse nu, jamais elle n'avait touché le corps d'un homme. Jamais senti la chair sous ses doigts.

Il prit son visage dans ses mains. Avec ses pouces, il traça le contour de leurs bouches. Derrière ses paupières, elle le voyait en éclairs rouges et se demanda si l'on pouvait mourir d'amour.

Un pivert duveteux s'attaqua à un arbre. Ses coups bruyants sur l'écorce les séparèrent. Le soleil se couchait, ses rayons inclinés vers l'ouest dessinant des ombres sur leurs visages. Ils ne s'étaient pas rendu compte du temps qui était passé. La fraîcheur s'installa sur eux. Il ferait bientôt nuit.

Marilla se rappela alors que Hugh et Matthew allaient bientôt revenir des champs et qu'ils n'auraient rien à se mettre sous la dent. Ses décisions avaient des conséquences sur les autres, pas juste sur elle. Un frisson lui traversa le dos et ses bras se couvrirent de chair de poule.

— Tu as froid, remarqua John. Nous devrions rentrer.

Sa chemise flottait dans la mare. Il la repêcha et l'enfila, bien qu'elle fût trempée.

— J'espère que nous aurons séché avant d'arriver chez nous.

Marilla ne supporta pas l'idée de ce que Hugh et Matthew pourraient penser.

— Dis-leur la vérité. J'ai été maladroit et je suis tombé dans l'eau. Tu m'as sauvé.

John l'attira contre lui et l'embrassa de nouveau. La chaleur l'inonda. Elle la laissa la consumer. Valait-il la peine de mourir ? Elle voulait tant comprendre les derniers mots de sa mère à son père.

- 18 -

Un examen, une lettre et les regrets des fleurs de printemps

M. Murdock se serait sans doute montré plus intransigeant s'il n'avait pas souffert d'un rhume de poitrine qui le faisait tousser et cracher comme une bouilloire qui chauffait avec trop peu d'eau. Il avait jugé Marilla apte à passer les examens et était vite rentré chez lui s'enduire d'un cataplasme à la farine de moutarde. Bien qu'il se sentît mieux le samedi matin, il se dégageait de lui une odeur pestilentielle. Heureusement, Marilla était assise au fond de la salle.

John et les autres garçons du même niveau avaient été déplacés au premier rang. Quand il la vit entrer, il sourit et Sam Coates lui donna un coup de coude dans les côtes. Marilla et John n'avaient parlé à personne de leur promenade. Comment auraient-ils pu ?

Par accident, elle avait une fois surpris ses parents enlacés dans la cuisine. Ils s'étaient séparés d'un bond comme si une cravache les avait fouettés, et les joues timides de son père s'étaient enflammées si honteusement que Marilla avait interprété leur étreinte comme un acte de déshonneur absolu. Cette nuit-là, avant de se coucher, elle avait prié pour que Dieu accorde Son pardon à ses parents. Même si elle avait grandi et compris ce qui se passait naturellement entre un homme et une femme, cela restait innommable et inexprimable. Surtout maintenant que sa mère était morte.

Elle rendit donc son sourire à John par souci de politesse et alla suspendre son chapeau à l'un des crochets.

— Les élèves qui étudient à la maison, s'il vous plaît, installez-vous au troisième rang, demanda M. Murdock.

Marilla se glissa sur son siège et caressa la surface de son pupitre usé par les années. Le bois lisse à certains endroits lui parut chaleureux et accueillant.

— Psst... l'appela Rachel.

Vêtue d'une robe toute neuve, blanche avec des rayures indigo, elle venait d'entrer et s'était installée à côté de Marilla. Elle lui montra ses manchettes.

— C'est moi qui ai cousu la dentelle, toute seule.

— Très joli.

— Mesdemoiselles, vous êtes dans une salle d'examen, pas dans un cercle de couturières ! les gronda M. Murdock avec un regard furieux.

— Si seulement, grommela Rachel dans sa barbe.

Marilla n'osa pas bouger le moindre muscle, même quand M. Murdock se tourna pour cracher dans son mouchoir.

— Je rentrerai avec toi après, murmura Rachel. Maman voudrait que je demande à M. Cuthbert s'il peut nous donner quelques graines de concombre pour notre potager... n'adores-tu pas les concombres, toi ? Moi, si...

— Mademoiselle White, pourriez-vous s'il vous plaît quitter votre bureau à côté de Mlle Cuthbert pour celui sous la fenêtre ?

Rachel ramassa sa boîte de craies et ses éponges.

— Oui, monsieur.

John se tourna pour adresser un clin d'œil à Marilla. Par chance, Rachel ne le vit pas, trop occupée à maugréer d'avoir été déplacée.

À neuf heures précises, ils débutèrent.

Vers midi, tout le monde avait terminé. Marilla avait fait bon usage de toutes les minutes qui lui restaient pour relire avant que M. Murdock ne ramasse les copies. John en avait fait de même, mais Rachel, qui avait fini tôt, était allée les attendre dehors sous le pommier, désormais foisonnant de fleurs roses duveteuses.

— Marilla ! l'appela-t-elle.

Mais John l'avait suivie et, la prenant par le bras, il l'entraîna sur le côté du bâtiment.

— Comment cela s'est-il passé ?

— Bien, je pense.

Il sourit.

— Aucune question sur les colonies danoises pour nous mettre en échec.

Elle rit de ses angoisses infondées.

Il s'approcha d'elle et elle sentit le soleil sur sa peau. Le souvenir du ruisseau planait autour d'eux.

— John.

Elle posa une main sur son torse.

— Ma... rilla ? s'étonna Rachel qui avait contourné l'école.

Marilla baissa précipitamment les deux mains.

Tel un moineau qui aperçoit deux vers de terre en même temps, Rachel regarda successivement Marilla et John à une vitesse surprenante.

— Comme je te l'ai dit, je passe par les Pignons Verts avant de rentrer chez moi, dit-elle en prenant

Marilla par le bras. Le cercle des couturières se réunit cet après-midi si cela te chante de venir.

Marilla avait presque oublié l'existence de ce groupe de femmes. Ce temps lui paraissait si loin, où elle s'inquiétait de réaliser des nœuds parfaits et des points droits. Elle avait honte de se souvenir combien la reconnaissance de ces dames avait compté pour elle. Où était passé son tambour, d'ailleurs ?

Elle n'en avait aucune idée.

— Je dois préparer le souper, refusa Marilla avant d'envoyer un regard navré à John. Nous devrions y aller.

— Je viendrai te voir quand M. Murdock aura publié les résultats, cria-t-il vers les filles qui s'éloignaient déjà.

— Oh, mais qui en a quelque chose à faire des résultats ? Si ce n'est pas pour cette année, ce sera pour l'année prochaine. Viens.

Rachel marchait d'un bon pas, tirant Marilla derrière elle.

Quand elles arrivèrent dans la prairie violette, la fougue de Rachel se calma. Elle ralentit et reprit un rythme plus posé. Les monarques, machaons et coccinelles s'envolèrent de leurs cachettes, transformant le pré en un arc-en-ciel d'ailes en mouvement.

— Que se passe-t-il entre John Blythe et toi ?

Marilla haussa les épaules. Une coccinelle se posa sur son poignet et longea sa veine jusque dans le creux de son bras.

— Nous avons étudié ensemble tous les jours pour cet examen. Il veut que je réussisse… pour montrer à M. Murdock qu'il se trompe.

— Et c'est tout ? insista Rachel. Parce que certaines trouvent John plutôt beau garçon. Une jeune fille pourrait facilement tomber amoureuse de lui.

— Amoureuse ? répéta Marilla, perplexe. De John Blythe ?

Et soudain, elle vit le rouge monter aux joues de son amie.

— Oh !

Son estomac se noua.

— Je n'imaginais pas que *toi*... Je pensais que tu ne le supportais pas. Rachel, je te le promets, je ne savais pas.

Rachel esquissa un sourire triste.

— Il est à toi, désormais.

Marilla secoua la main pour protester.

— Que cela te plaise ou non, c'est évident comme le nez au milieu de la figure : il est amoureux de toi.

Elle repensa à leur baiser... un seul ou plusieurs ? Le souvenir de ses bras autour d'elle la crispa. La coccinelle décolla.

— L'amour, murmura-t-elle. Qu'y connaissons-nous vraiment ?

Rachel se pencha vers Marilla.

— Nous savons que c'est ce que nous voulons. Simplement, je t'envie. J'aurais voulu que ce soit moi, mais d'un autre côté, je suis contente qu'il ne m'ait pas choisie. Aussi beau soit-il, John Blythe se prend pour monsieur Je-sais-tout.

Elle tira la langue.

— Il me rend folle !

— Oui, l'humilité n'est pas sa plus grande qualité, confirma Marilla en riant.

Elles traversèrent le bois d'épicéas, dont les épines offraient un tapis craquant sous les pas et où l'air sentait bon et doux.

Rachel tapota la main de Marilla.

— Ne t'inquiète pas pour moi, je trouverai très vite mon mari.

« Mari ». Le mot étouffa Marilla. Qui avait parlé de maris ? Soudain, elle se sentit vieillir de mille ans, alourdie du poids de l'avenir et regrettant de ne pouvoir remonter la montre d'une année : quand elles brodaient sagement en parlant du pique-nique de mai ; quand sa mère s'épanouissait de la nouvelle vie qu'elle portait en elle ; quand les Pignons Verts étaient la Terre promise. Tout était désormais si loin de ses attentes.

Elles venaient de traverser le pont en bois quand elles aperçurent Matthew à la croisée des chemins. Il n'était pas seul, mais en compagnie de Johanna Andrews.

— En parlant d'amour… murmura Rachel.

Pourtant, plus elles approchèrent, plus Marilla soupçonnait qu'il ne s'agissait pas d'une rencontre amoureuse.

Droite comme un manche à balai, Johanna agrippait son panier à deux mains, le visage caché derrière son chapeau de paille. Chaque fois que Matthew faisait un pas en avant, elle reculait pour rester à bonne distance de lui. Il penchait la tête, ses épaules étaient plus voûtées que d'habitude. En les entendant, Johanna se tourna. Elle avait le visage aussi rouge que des framboises.

— Je suis désolée, Matthew, lança-t-elle. Ce n'est pas ce que je veux. S'il te plaît, laisse moi juste partir !

Elle s'élança sur le sentier qui menait à Avonlea.

Les yeux de Matthew brillaient d'une lueur noir charbon. Il ne semblait pas voir les deux jeunes filles devant lui.

— Toutes ces séparations, mon Dieu, se lamenta Rachel tout bas. Je reviendrai une autre fois pour les graines de concombre. Ou toi, viens quand tu veux. Nous réalisons des châles de prière et des chapeaux pour l'orphelinat, et je viens de commencer mon premier dessus de lit en coton. J'ai une pelote en trop.

Elle embrassa rapidement la joue de Marilla et courut rattraper Johanna pour l'interroger sur la raison du désaccord, parce qu'à l'évidence les deux jeunes gens n'étaient plus en accord.

Marilla s'approcha de Matthew et ils partirent sans un mot dans la direction opposée, vers les Pignons Verts. Matthew tira sur un brin d'herbe haute qui bordait la route et le coupa en plusieurs tronçons. Il jeta le tout dans la poussière. Ses ongles prirent une teinte verte.

— Tu veux bien me dire ce qui s'est passé ? demanda Marilla quand il arracha un nouveau brin.

— Je ne pourrais pas, même si j'essayais, répondit-il dans un soupir.

— Une dispute ?

— Je n'en sais rien.

— Tu l'as peut-être offensée ?

Il haussa les épaules.

— Je ne sais pas ce qui s'est passé. Une minute, je la raccompagne chez elle en lui montrant où nous envisageons de planter des navets, papa et moi, et la minute d'après, elle s'en va.

Pour le moins étrange, en effet.

— Peut-être qu'elle n'aime pas ce légume. Te l'avait-elle dit ?

— Pas que je m'en souvienne. Elle a juste dit qu'elle détestait la puanteur des pâturages qui colle à tout et qu'elle n'allait pas passer sa vie à barater du beurre et éplucher des pommes de terre.

— Je n'aime pas non plus les pommes de terre, mais ce n'est pas de pommes de terre dont tu as parlé.

Matthew secoua la tête. Marilla l'imita.

— Peut-être que cela n'a rien à voir avec toi, Matthew. Peut-être que c'est un événement qui a eu lieu chez les Andrews. Ou peut-être juste une humeur de Johanna.

Marilla traversait également des périodes pareilles. Elle ne pouvait s'expliquer la mélancolie qui parfois l'habitait sous la forme de migraines. Il valait mieux alors qu'elle se couche avec un linge humide sur le front en attendant que la douleur passe, pour éviter de communiquer son malaise aux autres en leur parlant.

— Ce n'est qu'une tempête, le consola-t-elle. Demain, ce sera oublié.

Pourtant à l'église, le lendemain, Johanna semblait plus froide que jamais. Elle ne dit rien, et dégagea une telle antipathie que même ses sœurs semblaient l'éviter. Matthew échappa à tous les Andrews en suivant Hugh qui une fois de plus partit avant le verre de l'amitié, aussi rapidement que Jericho pouvait l'emporter. Rachel fit signe à Marilla avec un regard de pitié et la jeune fille regretta de ne plus avoir sa mère comme soutien. Les dames de l'église auraient parlé à Clara de Matthew et Johanna, ainsi les deux femmes auraient su comment intervenir. Mais à leurs yeux, Marilla n'était encore qu'une petite fille timide, même si elle avait bien grandi.

Matthew ne parla pas de Johanna après l'église et Marilla ne souleva pas le sujet. Ils vaquèrent à leurs activités comme toujours : ramener les vaches des pâturages, rentrer Jericho à l'étable, nourrir les poules, balayer la cour, mettre la table, lire la Bible avant de se coucher, prier dans le noir, dormir et rêver des songes oubliés au matin.

M. Murdock avait promis de publier les résultats des examens ce lundi-là, après l'école. Le matin, Marilla s'était rendue chez les White avec les graines de concombre et avait emprunté un modèle de feuille de pommier et le fil assorti pour un couvre-lit en coton. Marilla n'imaginait pas que Rachel la laisserait partir sans l'obliger à rejoindre le cercle des couturières. C'était pour les « pauvres petits orphelins, tout de même », avait expliqué Rachel. Comment dire non à un tel argument ? Rachel ne parla pas de Johanna Andrews, et Marilla ne demanda rien.

Malgré ses réserves, Marilla était contente d'œuvrer encore une fois pour l'orphelinat. Elle pensait souvent à Junie et espérait que le chapeau rouge l'avait abritée du soleil pendant l'été et lui avait tenu chaud, l'hiver. Un châle rouge serait joli avec, se dit-elle, et elle se promit de se rendre chez Mme Blair pour se procurer un écheveau supplémentaire, après son passage à la poste. Elle n'en eut pas l'occasion, une lettre était arrivée de la part d'Izzy. Contrairement aux autres, elle s'adressait directement à elle. Marilla se pressa de rentrer, inquiète de savoir ce qu'Izzy pouvait vouloir lui dire à elle seule.

Elle ouvrit l'enveloppe aussitôt qu'elle fut à l'intérieur.

Ma chère Marilla,
S'est-il déjà écoulé une année depuis que ta douce mère, ma sœur bien-aimée, nous a quittés ? Je n'arrive

pas à le croire. La douleur demeure aussi vive que si la plaie datait d'hier. À l'approche de l'anniversaire de sa mort, je ne parviens à penser à rien d'autre qu'à toi, ma chère petite fleur. Cela fait si longtemps que je n'ai plus eu de tes nouvelles. Ton père et ton frère m'écrivent que tu vas bien et que tu t'occupes des Pignons Verts avec le courage d'une reine. Tu as hérité du don de ta mère dans ce domaine. Je n'ai jamais été très forte pour tenir une maison. Je n'ai même pas d'animal domestique, sachant très bien que je le laisserais libre et sauvage à sa guise. La discipline qu'exige une famille n'a jamais été mon fort.

Skunk vint se frotter contre les jambes de Marilla. Elle le souleva et caressa doucement son pelage soyeux jusqu'à ce qu'il ronronne.

Je comprends pourquoi tu as refusé de venir vivre avec moi à Saint Catharines. Je me demande si tu ne m'écris pas de peur que j'insiste. Je ne l'aurais jamais fait ! Je respecte ta décision, tout comme je te fais confiance de respecter mon choix de rentrer chez moi.
Cela étant dit, je crois sincèrement que ma sœur aurait aimé nous savoir proches, et plus encore après sa mort. J'entends parfois sa voix dans la mienne et je vois son reflet dans la glace. Elle me rappelle qu'elle n'a pas quitté ce monde. Son corps est peut-être retourné en poussière, mais son esprit, lui, vit toujours en toi. Je ne pense pas que je supporterais de vous avoir perdues toutes les deux. S'il te plaît, écris-moi. Cela compte tellement pour moi.

Avec tout mon amour, tante Izzy

Marilla parvint à peine à lire la lettre jusqu'au bout tant ses mains tremblaient. Le calendrier disait-il vrai ? Déjà le mois de mai ? Elle ne s'était pas suffisamment attardée auprès des habitants d'Avonlea pour entendre parler de l'organisation d'un pique-nique ni de quoi que ce fût d'autre. Bien évidemment, Rachel avait évité le sujet, consciente des souvenirs douloureux de l'an passé. Marilla avait vécu au jour le jour, occupée à ses affaires, sans se soucier du temps qui passait et de la vie en dehors de ses travaux. La lettre d'Izzy l'arracha à sa routine avec la puissance d'une tornade.

Sa poitrine se serra. Skunk s'agita dans ses bras, elle le posa sur le sol. Ses mains désormais vides brûlaient d'être remplies. Sa mère. Elle voulait tenir la main de sa mère. Elle serra les poings jusqu'à enfoncer les ongles dans ses paumes. La douleur résonna dans sa tête. Elle ferma les yeux et vit des éclairs mauves : la broche en améthyste avec les cheveux de sa mère. Rangés dans sa boîte à couture, c'était ce que Marilla possédait de plus précieux. Elle grimpa dans sa chambre à toute vitesse. Ses tempes pulsaient, les taches mauves entravaient sa vision. Quand elle ouvrit la boîte pour y enfoncer la main, elle sentit la morsure du métal.

— Grand Dieu !

Elle retira son doigt et le vit taché de sang. La tache grossit au point de dégouliner le long de sa main. Sur sa langue, son doigt avait un goût de cuivre. De son autre main, elle prit délicatement la broche et se coucha sur le lit en passant le pouce sur l'ovale de cheveux tressés.

— Je suis désolée, maman, murmura-t-elle. Je te le jure, je suis désolée.

Elle ferma les yeux pour que l'obscurité absorbe sa tristesse dévorante.

On frappa à la porte d'entrée et elle se réveilla en sursaut. Elle n'aurait su dire si elle était restée allongée là des minutes ou des heures. Sur son doigt, une croûte rouge s'était formée. Elle posa la broche sur sa coiffeuse et se lissa les cheveux avec un peu d'eau avant de descendre répondre.

— Marilla !

John attendait sur la terrasse, un bouquet de fleurs de printemps à la main.

À l'évidence, ils étaient bien en mai. Son cœur se serra.

Elle avait vécu toute une année, douze mois, trois cent soixante-cinq jours, que sa mère n'avait jamais vue.

— Félicitations ! s'exclama John, rayonnant.

Marilla détourna le visage pour cacher les larmes qui menaçaient de couler.

— Cela n'aurait pas dû se passer ainsi...

— Qu'est-ce que tu racontes ? demanda-t-il en riant. Bien sûr que si !

Il s'avança pour la serrer contre lui, mais elle se dégagea aussitôt.

— Non !

Les bras ballants, il laissa les fleurs pendre piteusement au bout de sa main.

— Marilla, je ne comprends pas.

Son doigt lancina. Elle ferma le poing pour que la douleur ne circule pas jusqu'à sa tête.

— Je suis désolée. Je n'ai ni le temps ni l'énergie pour te faire comprendre en ce moment.

— Mais je...

— S'il te plaît, pars.
Il fit un pas en avant et elle le repoussa avec force.
— *S'il te plaît !*
Son visage se décomposa. Il fronça les sourcils et posa le bouquet sur la terrasse.
— Je suis juste venu te dire combien j'étais fier de toi. Tu as battu Sam Coates et Clifford Sloane et tous les autres prétentieux. M. Murdock m'a demandé de te féliciter. Et moi aussi. Nous en sommes venus à bout, ensemble, Marilla !

Elle avait réussi les examens de fin d'études ? Une vague d'émotions la submergea. Elle aurait tant voulu que sa mère fût là pour entendre la nouvelle. Elle regretta aussitôt son comportement vis-à-vis de John. Si seulement elle avait les mots justes pour lui expliquer ce qu'elle éprouvait. Mais c'était comme remplir une cuillère sous une cascade. Elle ne délia pas la langue en le regardant repartir sur le sentier, ses boucles noires disparaissant au loin. Quand il passa enfin le pont en bois, Marilla ramassa les fleurs, les mit dans un vase et regarda leurs petites couronnes se redresser lentement.

Tant pis pour aujourd'hui, songea-t-elle. Elle n'aurait pu réparer les erreurs qu'elle venait de commettre. Demain serait un nouveau départ et l'occasion de faire mieux.

- 19 -

Avonlea publie une proclamation

— Il y a une réunion à la mairie demain soir, déclara Matthew derrière les pages de sa *Royal Gazette*.

Dans le salon, après le dîner, Hugh prenait son whisky tandis que Marilla cousait son couvre-lit en coton.

— Oui, c'est ce que j'ai entendu dire, répliqua Hugh.

Sur la première page du périodique, on pouvait lire : « Lord Durham à Charlottetown pour une enquête royale sur la rébellion ». Chaque village dans tout le Haut et le Bas-Canada devait préparer une déclaration officielle concernant les remous politiques de l'année passée.

— Le conseiller Cromie a promis de rester aussi longtemps qu'il le faudrait pour entendre les opinions de chacun. Avec des représentants tels que les White, cela risque de lui prendre toute la nuit, commenta Matthew en riant.

— Ce sera sans moi, prévint Hugh en se levant et en frottant son bras.

Marilla s'inquiétait pour son père. Il travaillait trop dur dans la ferme et ne mangeait pas la moitié de ce qu'il dévorait par le passé. Au début, elle l'avait pris personnellement : il n'appréciait pas sa cuisine. Pourtant, elle préparait toujours les mêmes plats depuis la mort de Clara, alors cela ne pouvait être la raison de son manque d'appétit. En outre, tous ses cheveux étaient devenus gris et la peau de ses mains, sèche et craquelée. Il faisait deux fois son âge. Elle voyait bien que, comme pour elle, la mort l'avait changé. Lui en parler ne le rajeunirait pas, alors elle se taisait et se contentait d'ajouter une cuillerée de beurre dans ses flocons d'avoine du matin.

Matthew baissa son journal.

— Tu n'iras pas ?

— Je ne crois pas qu'il faille débattre avec la partie adverse, affirma Hugh. À la fin, ils resteront sur leur position, et nous, sur la nôtre. Comme deux taureaux tirant sur les deux extrémités d'une corde nouée. Cela ne fait que resserrer le nœud. La politique est une affaire de jeunes gens, j'ai mes propres habitudes.

Marilla fronça les sourcils. Un profond fatalisme ressortait de ses paroles, et bien qu'elle fût une femme pragmatique, elle avait un tempérament farouchement optimiste.

— Mais ton opinion sera prise en compte dans la proclamation du conseiller Cromie. Il a promis de rapporter à la reine Victoria les convictions de tous ses sujets, pas juste ceux qui assisteront à la réunion, affirma-t-elle.

Son franc-parler surprit les deux hommes.

Depuis qu'elle avait réussi les examens de fin d'études, elle avait pris confiance pour utiliser ses compétences dans d'autres domaines que les tâches domestiques. Elle avait été évaluée en même temps que ses camarades, les futurs hommes d'Avonlea, et jugée aussi brillante, si ce n'est même plus. La connaissance lui donnait du pouvoir. À l'instar d'un moteur, plus elle était activée, plus elle produisait de force.

— Si tu as envie d'y aller, Marilla, alors avec ton frère, vous pouvez représenter l'opinion des Cuthbert de l'île du Prince-Édouard auprès du conseiller, proposa Hugh. Je pars me coucher. Bonne nuit à tous les deux.

Ils lui répondirent chaleureusement.

Matthew souleva ensuite un sourcil interrogateur en direction de sa sœur.

— Dis ce que tu as sur le cœur ou retourne à ta lecture, mais arrête de me dévisager ainsi, lança Marilla, avec tendresse.

Il plia son journal.

— Je suis allé chez les Blythe aujourd'hui pour aider M. Bell à acquérir quelques vaches.

La ferme des Bell se situait juste à l'ouest des Pignons Verts.

— J'ai parlé à John.

— Et ?

Elle accéléra les cliquetis de ses tours d'aiguille.

Il se racla la gorge, mais semblait plutôt avaler les mots avant de pouvoir les sortir.

— Il sera présent à la réunion, demain.

Matthew se leva et sortit à l'arrière de la maison pour fumer bruyamment sa pipe.

Elle n'avait plus revu John depuis trois semaines, depuis le jour où les résultats des examens avaient été publiés. En rentrant de la ville, elle avait souvent hésité à s'arrêter chez lui et s'était inventé une demi-douzaine d'excuses pour aller frapper à sa porte, comme emprunter à sa mère de la levure ou lui rendre un de ses manuels d'école. Mais elle s'était toujours ravisée : si John voulait la voir, il savait où la trouver. Ce n'était pas digne d'une femme respectable de lui courir après, et bien que sa mère ne fût plus présente pour lui enseigner les bonnes manières, elle avait bien l'intention de se comporter selon les convenances.

Apprendre qu'il assisterait à la réunion de la mairie la réjouit. Elle tenait à lui plus qu'à tous les autres garçons d'Avonlea. Après Matthew, bien sûr : le sang est plus épais que l'eau. Si elle n'arrivait pas à lui faire comprendre pourquoi elle avait réagi ainsi, elle espérait au moins lui montrer qu'elle n'était plus en colère. Elle resta éveillée cette nuit-là plus tard qu'à l'ordinaire, tricotant ses feuilles de pommier pour les assembler. Elle n'avait pas le talent de Rachel, mais tirait une profonde satisfaction d'un ouvrage joliment réalisé.

Avant la réunion du lendemain, elle répondit enfin à Izzy. Elle lui parla de son projet de couture, c'était un sujet qui leur faisait plaisir à toutes les deux et qui lui permettait de ne pas aborder des discussions plus douloureuses. Marilla décida que pour débuter leur correspondance, ce serait le plus avisé. Elle lui raconta également sa réussite aux examens de fin d'études, la visite à venir de Lord Durham et la naissance de Starling, la petite de leur vache Darling. Mère et fille étaient pratiquement identiques. Elle termina la lettre par un « avec tout mon amour, Marilla » bref et concis, et la posta en se rendant à la réunion.

La mairie d'Avonlea avait été construite dans un endroit insolite, vraiment loin du reste des bâtiments municipaux et sur un terrain boueux qui avait la consistance d'une éponge. Les calèches s'y embourbaient régulièrement et un seul regard à vos bottes permettait de savoir que vous vous y étiez rendus. Mme White disait toujours qu'elle avait été « catastrophiquement contre » cet emplacement. Marilla comprenait difficilement comment on pouvait à ce point s'indigner pour une raison pareille.

Les White s'étaient installés au premier rang et les Blythe, directement derrière eux. Rachel se tourna pour faire signe à Marilla qui s'assit, avec Matthew, au fond de la salle bondée. John resta immobile.

— Nous sommes venus représenter la famille, affirma Matthew.

Ce qui voulait dire, le conservatisme silencieux.

Le conseiller Cromie prit place à sa table, face à l'audience, et la réunion commença. Les conversations passèrent rapidement du débat cordial aux grognements retenus, puis aux poings levés.

— Nous devons témoigner notre loyauté à Dieu et au pays, affirma M. Murdock.

— Des dirigeants privilégiés qui détiennent tous les pouvoirs sur le petit peuple ! s'offusqua M. Phillips. Avec tout mon respect, ce n'est pas aussi simple que « Dieu et le pays ». Les citoyens ont besoin d'un gouvernement plus responsable.

— Que suggérez-vous, une république comme celle des États-Unis ? Traître ! lança M. Sloane.

— Si c'est ce qu'il en coûte, alors oui. Les tories se battent pour des pratiques d'antan, mais les réformistes comprennent les complexités de notre politique moderne, continua M. Phillips.

— Je ne vois rien de compliqué dans le fait de suivre les préceptes de notre communauté chrétienne, objecta M. Murdock, mettant dans tous ses états Mme White au premier rang.

— En tant que chrétienne de cette communauté, je suis fatiguée de ces tories qui s'approprient à eux seuls notre Seigneur, le Christ. Sacrilège !

— Honte aux réformistes ! hurla une voix.

Mme White se leva très droite et balaya la foule de son regard perçant.

— Osez me le dire en face !

M. White la tira par la main pour qu'elle se rassoie.

— Que Dieu bénisse les tories, la reine et l'Angleterre ! hurla M. Blair.

— Que Dieu bénisse les réformistes et le peuple du Canada ! riposta M. Andrews.

L'hostilité se propageait dans le public tel un feu de forêt.

— Je préférerais mourir que d'accepter que les tories taxent mes terres à leur guise, lèvent les impôts sur nos récoltes et nous gouvernent pour la seule raison qu'ils ont des titres et des richesses. Ils nous considèrent comme des paysans qui travaillent sur leurs fermes et envoient de l'argent dans leurs coffres ! hurla M. Phillips.

— Si le discours n'apporte pas de changement, alors les actions progressistes le feront ! ajouta Mme White.

— Mes quatre fils seraient prêts à mourir pour maintenir le gouvernement de la famille royale élue par Dieu, affirma M. King, l'organiste de l'église. Les pratiques d'antan sont aussi vieilles pour une raison très simple : comme les dix commandements, elles fonctionnent.

— S'il vous plaît, un peu d'ordre ! appela le conseiller Cromie. S'il vous plaît !

Assise à côté de Matthew, Marilla baissait la tête. Avec quelle désinvolture ils parlaient tous de la mort !

Sa mère était morte. Tory ou réformiste, cela ne comptait pas face aux battements d'un cœur. Ils étaient ses voisins, ces gens qui s'étaient rassemblés derrière elle autour de la tombe de sa mère et qui l'avaient soutenue. Désormais, ils se déchiraient à cause d'idéologies imposées par des hommes qui ne vivaient même pas sur l'île du Prince-Édouard et n'avaient aucune idée de ce qui s'y passait. La vie telle qu'elle la connaissait lui échappait : sa mère, les Pignons Verts, John, Avonlea… toutes ces pertes pesaient trop lourd pour Marilla.

Elle se leva, ses tempes pulsant comme des cymbales.

— J'ai quelque chose à dire.

Les Cuthbert parlaient déjà à peine en privé, alors en public… L'assemblée se tut. Toutes les têtes se tournèrent vers elle, même celle de John.

Elle déglutit avec peine, mais il était trop tard pour se rétracter. Les mots attendaient sur le bout de sa langue qu'elle les prononce.

— Je… nous… les Cuthbert, avons beaucoup perdu au cours de l'année passée. Je suis une presbytérienne dévote et un fidèle sujet de la Couronne.

Elle avala une bouffée d'air et tenta d'ordonner ses pensées.

— Les changements à Avonlea sont inévitables. Certains pour le meilleur, d'autres pour le pire. Et certains, nous ne les connaîtrons même pas, qu'ils soient bons ou mauvais, avant un long moment. Et d'autres encore, nous n'en saurons jamais rien. Je ne peux pas dire que je comprenne pourquoi Dieu a cru bon de rappeler ma mère. Cela a changé ma vie. Je ne vois plus le monde de la même façon à présent. Plus comme une enfant. Je vois le soleil du matin et je remercie Dieu pour les gens qui vivent en dessous. Vous tous, mes voisins, mes amis, ma famille, tous ceux qui restent, je comprends que nous puissions être en désaccord sur nombre de sujets, mais nous devons trouver le moyen de le faire sereinement. Tories ou réformistes, nous sommes tous des habitants d'Avonlea avant tout. Nous devons choisir la voie du compromis pour le bien de tous. D'après Dieu, aimer son prochain est le commandement le plus important, n'est-ce pas ? C'est ce que mon père nous a lu dans les Saintes Écritures et ce que ma mère croyait au plus profond de son âme.

Elle s'assit aussitôt, une main sur la bouche, bouleversée par l'écho de sa voix dans la salle.

Ce fut John qui se leva le premier pour l'applaudir. Les lèvres de Marilla tremblèrent.

Les applaudissements grossirent, vibrant dans la mairie. Les gens battaient même des pieds en criant :

— Bien parlé !

Matthew l'observa, sidéré.

— J'ai donné mon avis, confia-t-elle à Matthew.

— Tu as fait bien plus, répondit-il.

Il faisait une chaleur étouffante à l'intérieur. Sa vision se mit à se brouiller. Elle se sentait sur le point de s'évanouir.

— Il me faut un peu d'air.

Discrètement, elle sortit par la porte arrière, tandis que le secrétaire officiel du conseiller Cromie copiait la déclaration.

Les lupins et les campanules étaient en fleurs, embaumant l'air de la douceur du miel, même la nuit. Les rainettes crucifères dans l'étang entonnaient sous le ciel étoilé leur chant caverneux. Au loin, la forêt constituait un espace noir à l'horizon, les Pignons Verts cachés quelque part dans ses ténèbres. Marilla ferma les yeux et respira le parfum des champs de trèfles et des sapins baumiers.

— « Pénétrer lentement dans l'épaisseur des forêts, là où l'homme n'a pas encore établi son empire, et où le sol n'a pas été foulé par la trace de ses pieds », murmura-t-elle.

Elle appréciait beaucoup Lord Byron, malgré ceux qui le voyaient comme un païen.

— « Mais comme l'étranger loin de sa patrie, fatigué du monde, se mêler à la foule et tourbillonner avec elle ; entendre, voir, sentir et posséder », cita John.

Il l'avait suivie dehors et s'appuyait contre le bâtiment.

— De Shakespeare à Byron. Très impressionnant, commenta Marilla en souriant.

Il avança d'un pas, les étoiles éclairant désormais ses joues, sa cicatrice de varicelle sur la tempe, chacune de ses boucles.

— Je ne peux pas dire que « La Solitude » soit mon poème préféré. J'affectionne davantage « Elle marche dans sa beauté ».

Marilla rougit, soulagée que la pénombre dissimule son embarras.

— Facile, répliqua-t-elle. J'ai un faible pour ses versets les moins connus. Leur éclat n'a pas été élimé à force de les répéter.

Elle l'entendit rire, mais ne put le voir. Il se tenait plus près d'elle que la nuit ne l'autorisait.

Il lui prit la main, elle se laissa faire.

— J'ai aimé ce que tu viens de dire.

— Quand tu m'as demandé mon avis dans l'Agora, tu ne m'avais pas donné le temps de réfléchir. J'ai besoin de m'interroger longuement avant de savoir ma propre opinion.

— C'est sage. Mais nous n'avons pas toujours le temps. Parfois, il faut agir. Sur une impulsion.

Elle sentait le tabac qui avait imprégné sa veste, et le parfum de la menthe sur ses lèvres.

— Nous n'avons jamais parlé de…
— Je sais, l'interrompit-elle.

Le passé était passé, il ne pouvait être défait. Il n'existait que l'instant présent, avec demain qui approchait vite.

— Je suis désolée pour l'autre jour, John. Je ne voulais pas me montrer…

Froide, cruelle, furieuse, blessée, effrayée…

— … comme je l'ai été.

Parfois, même après des jours de réflexion, elle ne trouvait toujours pas les mots.

Il lui caressa la joue et attira son visage contre le sien.

— Marilla ?

La porte de la mairie s'ouvrit, libérant la lumière et les voix.

Ils se séparèrent.

— Marilla ?

C'était Mme Blair.

— Te voilà.

En voyant John, elle s'éclaircit la voix.

— Je vois que M. Blythe t'a trouvée avant moi. Eh bien, j'espère que vous ne m'en voudrez pas si je vous la vole un instant. J'ai une proposition.

— À bientôt, la salua John en posant deux doigts sur sa casquette.

Marilla hocha la tête et le regarda disparaître dans la nuit.

Mme Blair lui prit le bras avec une bonhomie bien peu caractéristique de l'austère marchande.

— Les dames d'Avonlea discutent depuis quelque temps de la formation d'une société féminine officielle, sans aucune affiliation religieuse ni politique. Pour le moment, nous avons plusieurs groupes éparpillés, depuis l'École presbytérienne du dimanche aux missions d'aide dirigées par les nonnes en passant par des cercles de couturières et autres. Une grande diversité d'associations qui collectent des fonds pour des organismes de charité. Mais nous pourrions être tellement plus fortes si nous nous unissions pour le bien des pauvres et des malheureux. La Société féminine d'Avonlea pourrait être le point de rassemblement de tous les habitants de la ville, comme vous l'avez si bien exposé tout à l'heure. Et une voix aussi puissante que la vôtre serait la bienvenue pour nous guider.

Marilla secoua la tête. Mme White dirigeait l'École du dimanche et le cercle des couturières, elle ne pouvait lui voler sa position. Même si Marilla n'approuvait pas le point de vue politique des White, elle restait loyale à Rachel et à ses parents qui s'étaient toujours montrés bons avec elle.

— Je vous remercie, madame Blair, mais Mme White est une meilleure candidate.

— Eugenia White peut garder la supervision de ses membres, mais nous avons besoin de quelqu'un de jeune et de sage.

— Bien parlé, tout à l'heure, Marilla ! complimenta M. Blair en rejoignant son épouse à l'extérieur.

Toute la ville suivit. Des couples, engagés dans des discussions animées, rentraient d'un pas tranquille chez eux. Leurs voix flottaient dans l'air de la nuit.

— Nous devons y aller, annonça Mme Blair. Mais j'espère que vous me répondrez oui.

Matthew fut le dernier à se poster sous le cercle scintillant des lanternes du bâtiment. Les mains dans les poches et la casquette descendue sur les yeux, il ne laissait rien paraître de son humeur.

Elle s'approcha de lui jusqu'à ce qu'il la voie et lui adresse un sourire timide. Il lui proposa son bras pour qu'elle s'y appuie et l'emmena à travers la foule.

— Je suis fier de toi.

— J'ai rompu la malédiction du silence des Cuthbert.

Il hocha la tête.

— S'il fallait que cela arrive, ce ne pouvait être que par toi.

Elle lui serra le bras. Ce fut un instant délicieux, comme se réveiller en pleine nuit sous l'éclat paisible de la lune.

— Rentrons chez nous, aux Pignons Verts.

Et ils marchèrent, côte à côte, sans plus échanger un seul mot.

- 20 -

Le premier vote
de la Société féminine d'Avonlea

Juin apparut dans une resplendissante averse de soleil. Tels des naufragés sur une île déserte, tous les habitants d'Avonlea se prélassaient dehors, profitant des rayons caressants.

La première réunion de la Société féminine d'Avonlea se tenait aux Pignons Verts. Marilla n'avait jamais reçu tant de monde. Elle avait dû emprunter des chaises à Mme White, qui avait bien voulu prêter à la jeune fille son meilleur siège, tiré de son mobilier de la salle à manger. La preuve évidente, s'il en fallait, qu'elle acceptait sans aucune rancœur de ne pas avoir été choisie pour présider cette nouvelle collaboration. Pourtant, Rachel avait tout de même laissé échapper que l'annonce de Mme Blair concernant la nomination de Marilla avait provoqué chez sa mère une stupeur et une furie parfaitement lisibles sur son visage. Seulement, l'épouse du révérend Patterson était en faveur de ce choix et jamais Mme White ne se serait opposée à son avis. Mme White avait par conséquent dû ravaler sa colère et promis à Marilla son soutien charitable pour l'administration de leur société. Elle tint parole et Marilla lui en fut très reconnaissante.

Matthew apporta les chaises nécessaires dans sa carriole et aida Marilla à les arranger en cercle, comme l'avait recommandé Mme White.

— Ainsi, personne ne pestera d'avoir été placé derrière. Toutes ces dames seront à égalité, comme à la table ronde du roi Arthur.

Marilla fit de son mieux, mais le salon des Pignons Verts était plus ovale que rond, si bien que le cercle ressemblait à un œuf au plat de travers. Elle sortit leur plus beau service à thé imprimé de boutons de rose et fit infuser quatre casseroles de darjeeling. Heureusement, avec les beaux jours, ces dames ne verraient pas d'objection à ce qu'on leur serve le thé à température ambiante. Elle avait confectionné un gâteau à la vanille qu'elle avait nappé d'un glaçage épais de plus de deux centimètres. Tout était prêt.

Dans sa chambre, elle boutonna sa robe décorée d'amaryllis. Cela faisait plus d'un an qu'elle n'avait osé la sortir de sa garde-robe. Elle avait hésité à la ranger dans le coffre de sa mère, mais elle n'avait aucune tenue d'été aussi jolie. Acheter du tissu pour en coudre une nouvelle lui paraissait une perte de temps et d'argent, alors qu'elle n'avait porté cette robe qu'une seule fois. Izzy avait utilisé un brocart si précieux pour la jupe et c'était Clara qui l'avait cousue. Ne plus la porter serait même un sacrilège.

Elle sentait encore les lis et les trèfles du pré qu'elle avait traversé avec John. Elle fut soulagée de retrouver ces souvenirs-là et pas ceux qui avaient suivi : l'iode, le vinaigre, le sang. Elle coiffa ses cheveux en un chignon élégant et épingla la broche sur son cœur. Elle scintillait pareille à une lune captive et lui donnait du courage.

Les dames d'Avonlea commencèrent à arriver autour de l'heure du goûter. Mme White fut la première, évidemment, en compagnie d'une grande partie du cercle des couturières. Mme Patterson et Mme Blair apparurent ensuite avec plusieurs membres de l'École du dimanche. Mme Sloan, Mme Gray et Mme Barry se présentèrent chacune avec sa fille, deux par deux, comme si les Pignons Verts étaient l'arche de Noé. Marilla les accueillit avec autant de manières que si elles avaient été les dames d'honneur de la reine Victoria, alors qu'elles devaient avoir à peine cinq ans de plus qu'elle. Les journaux débordaient d'articles sur Lord Durham et la cour royale. Selon eux, des espions s'étaient infiltrés partout. Ils étaient chargés de prendre des notes et d'envoyer des informations en Angleterre afin que Lord Durham décide de comment résoudre les dissentions au sein du peuple canadien. La loi britannique était claire : prendre les armes contre ses compatriotes revenait à de la rébellion. Ceux qui incitaient un tel comportement ou qui y prenaient part devaient être pendus. Alors que se passerait-il si toute la colonie était coupable ? Cette question avait poussé les habitants d'Avonlea à faire briller leurs petites cuillères en argent et à aller à l'église avec une régularité inhabituelle. Même des réformistes hardis comme les White gardaient les roues de leurs calèches étincellantes et immaculées et ils réservaient des sourires chaleureux à leurs voisins tories quand ils les croisaient.

Cette mascarade représentait la plus sûre des attitudes, même si la rumeur courait que les membres de l'Agora avaient doublé, Matthew Cuthbert en moins.

Il avait cessé de se rendre aux réunions politiques, suffisamment occupé déjà avec le travail à la ferme. En outre, le soir de l'assemblée, à la mairie, Marilla en avait assez dit pour tous les Cuthbert.

Marilla, elle, se félicitait de réunir les femmes d'Avonlea alors que les hommes se divisaient et se déchiraient.

— « Le tout est supérieur à la somme de ses parties… », lança-t-elle, citant Aristote pour ouvrir la première réunion.

Elle s'assura que toutes ses invitées s'étaient servies en thé et en gâteau, et que, la bouche pleine, elles ne pouvaient rien répondre. Mme Blair lui avait donné le règlement de leur société féminine ainsi que le protocole. Pour sa première action en tant que présidente, Marilla désigna une vice-présidente, une secrétaire et une trésorière. Si l'une des volontaires ne pouvait pas accomplir son devoir, elle était libre de céder son rôle à une autre, avec la permission du groupe, naturellement. Toutes semblèrent approuver cette décision et elles firent une pause pour remplir leurs verres.

— J'aimerais bien être la prochaine vice-présidente, déclara Rachel après la réunion. Quand Mlle Barry se sera lassée. C'est la plus acariâtre de toutes, je ne sais pas comment tu vas t'en sortir, Marilla.

Aucune autre convive ne s'était portée volontaire à ce poste après que Mlle Barry avait posé son chapeau au centre du cercle. Son attitude irascible avait certainement refroidi toutes les autres. Et à vrai dire, Marilla ne le disait pas, mais elle appréciait sa nature grossière. Avec elle, inutile de se demander ce qu'elle avait vraiment en tête, jamais de bavardage superflu ni de sourire hypocrite. Elle était vraie et solide dans ses opinions. Marilla admirait ce trait de son caractère.

— Je servirai notre vin de groseille lors de notre prochaine réunion. Cela adoucira son humeur, plaisanta-t-elle.

Rachel ricana et dévora le glaçage en forme de rosette sur sa deuxième part de gâteau.

Le premier vote fut ensuite organisé : il s'agissait de trouver le premier bénéficiaire des œuvres de charité de la Société féminine. Marilla profita qu'un grand nombre des participantes étaient déjà membres de l'École du dimanche pour soulever le sujet des châles de prière offerts aux orphelins de la Nouvelle-Écosse. D'aussi loin qu'elle s'en souvînt, elles les avaient toujours crochetés, mais maintenant qu'elle avait visité l'orphelinat, elle voyait bien qu'il leur fallait plus qu'un moyen d'éviter un petit refroidissement de printemps. Les châles de prière ne remplissaient pas un ventre affamé, ne soignaient pas une fièvre et ne rendaient pas sa liberté à un esclave. Les Sœurs de la Charité avaient besoin de nourriture, de médicaments et, oui, aussi de papiers de travail et de tickets de transport, le cas échéant. Elle y réfléchissait depuis un long moment et avait conclu que le Seigneur lui avait mis cette société féminine entre les mains tel un sceptre qu'elle pourrait utiliser pour faire le bien. Désormais, il faudrait qu'elle se montre aussi sage que le roi Salomon pour acquérir les dotations.

— À présent, nous allons procéder au premier vote de la liste, annonça Marilla en s'éclaircissant la voix. Nous connaissons toutes les Sœurs de la Charité de Hopetown et le magnifique travail qu'elles accomplissent avec les orphelins. Comme l'École du dimanche et le cercle des couturières les fournissent si généreusement en habits, je me suis dit que notre société pourrait collecter des dons en leur faveur.

Deux dames s'offusquèrent. Comment pouvait-on parler aussi ouvertement d'argent ? À moins, bien sûr, de se vanter sur le prix de son service en porcelaine.

— Même si je sais que toutes ici seraient prêtes à donner sans compter, je me disais que nous pourrions mettre en place un stand pour recueillir les fonds au marché hebdomadaire des fermiers. Les bénéfices de ce que les dames de notre société féminine vendront reviendront intégralement à des œuvres caritatives locales et en dehors de l'île.

— Que pensez-vous que nous pourrions vendre ? demanda Mlle Barry, déjà enhardie par son titre de vice-présidente.

Marilla avait déjà considéré la question.

— De la liqueur de framboise, déclara-t-elle, provoquant un débat animé dans l'assemblée.

En passant, John avait glissé à Matthew que leurs framboisiers devenaient une menace pour la ferme des Blythe. Ils ne pouvaient cueillir les fruits assez rapidement, et les buissons étaient devenus le refuge de tous les corbeaux de l'île. Les Blythe seraient ravis de voir les dames faire la cueillette sans rien leur facturer. Marilla avait espéré que Mme Blythe assisterait à la réunion pour lui demander sa permission, mais elle avait soixante ans et l'École du dimanche la fatiguait déjà suffisamment. John était né tard après le mariage de ses parents. Ils avaient eu un autre enfant, une fille morte du typhus à onze ans. La naissance de John avait fait office de remède miracle à leur tristesse et il leur était très dévoué.

— Les Blythe possèdent la matière première, et nous toutes, une recette. C'est une boisson facile à réaliser et tous les chalands assoiffés seront heureux de s'en procurer. Nous verserons les gains à l'orphelinat en déduisant le coût du sucre et des bouteilles. Chaque membre recevra une quantité de framboises pour préparer sa liqueur. Je m'entretiendrai avec les Blythe au sujet de leurs buissons. Je propose que nous votions.

Elles s'y attelèrent et obtinrent un résultat favorable à l'unanimité.

— Bien joué, la félicita Mme White en partant. Ta mère aurait été fière de toi, Marilla.

Rachel l'embrassa sur la joue.

— Le gâteau était succulent.

— Je savais que vous étiez la personne qu'il nous fallait, fanfaronna Mme Blair.

Marilla se réjouit du déroulement de la réunion. L'éclat de l'améthyste sur sa poitrine lui rappela qu'elle n'était pas seule, son ange gardien veillait sur elle.

Après le départ de la dernière membre, Marilla enfila son vêtement de tous les jours. Elle lava les tasses de thé, balaya les miettes dans le salon et prépara un ragoût alléchant pour le souper. Ensuite, elle accrocha son tablier et partit dans le sentier des érables, s'enfonça dans les bois de sapins et traversa la prairie violette jusqu'à la mare où elle savait que John faisait boire son troupeau avant la nuit. Cachés dans les massettes-quenouilles, les canards ensommeillés et les libellules s'envolèrent à son approche. La silhouette solitaire de John se tenait droite et bien campée devant l'eau miroitante.

— Bonjour, salua-t-il.

— Bonsoir, John.

— Tu passais par là ?

Il savait bien que ce n'était pas le cas. La ville était au nord et les Blythe habitaient à l'ouest.

— J'ai besoin de parler à un certain monsieur à propos de framboises.

— Des framboises ? demanda-t-il, étonné. Je connais quelqu'un qui en possède beaucoup.

— Nous connaissons la même personne, alors.

Les vaches repartaient déjà vers l'étable, maintenant qu'elles s'étaient désaltérées.

John lui offrit son coude.

— Une balade ?

Elle n'hésita pas un instant. Après tout, elle était là pour affaires, au service de la Société féminine. Par conséquent, si les Barry, les White, les Blair, ou n'importe quel autre habitant d'Avonlea venait à la croiser au milieu des champs de fleurs, au bras du jeune homme, elle aurait une explication à leur présenter. Ils ne pourraient voir comment leurs mains se serreraient, ni comment il dessinait de petits cercles sur son poignet du bout de son pouce.

- 21 -

Les secrets de la liqueur de framboise

Comme voté, la Société féminine d'Avonlea se réunit la semaine suivante dans la ferme des Blythe. Après deux heures, leurs paniers étaient bien remplis et les buissons, entièrement vidés au grand regret des corbeaux qui croassaient dans les bouleaux.

Après l'église ce dimanche-là, Rachel vint aux Pignons Verts avec ses framboises et ses bouteilles. Mme White était persuadée d'avoir la fièvre jaune, même si le Dr Spencer lui avait garanti qu'il ne s'agissait que d'un simple refroidissement. Au fond de son lit, avec un linge humide sur le visage, elle vérifiait régulièrement son teint dans son miroir. Elle avait mis la maison en quarantaine et trempé tous les couverts dans de l'eau bouillante et du savon.

— Je ne me le pardonnerai jamais si ma fille unique attrape cette infection ! expliqua-t-elle à M. White, qui autorisa Rachel à passer la journée aux Pignons Verts pour apaiser le drame qui se jouait dans la tête de sa femme.

— On n'est jamais assez prudents, affirma Rachel.

Un jour tu éternues, et le lendemain, *pouf !* tu te retrouves dans ta tombe.

Se rappelant qu'elle se trouvait dans la cuisine des Cuthbert, elle se tut aussitôt.

— Mais quelle sotte ! Je suis désolée, Marilla, je parle toujours avant de réfléchir. Maman dit que c'est mon talon d'Achille.

Un an plus tôt, une remarque pareille aurait pu la dévaster, mais à l'instar du cerisier derrière les Pignons, Marilla s'était armée d'une nouvelle couche d'écorce protectrice. Elle se sentait plus solide.

— Tu ne dis que la vérité, Rachel. Tu n'as pas à t'excuser pour cela.

Devant le poêle, Marilla écrasait des framboises avec du sucre.

Rachel prit un citron et le roula sous ses paumes pour en presser le jus à l'intérieur.

— Jouons aux « Vingt Questions » pendant que nous cuisinons. Je commence. J'ai un secret.

Marilla était rarement d'humeur pour les jeux de Rachel, mais l'été la mettait en joie : la brise taquinait les rideaux, les champs brillaient comme le golfe, et le parfum des framboises embaumait délicieusement l'air. Pourquoi ne pas faire plaisir à son amie pendant qu'elles surveillaient l'ébullition en mélangeant ? Surtout si Marilla n'avait pas à révéler ses secrets à elle.

— Est-ce un endroit ? demanda Marilla.
— Non.
— Une chose ?
— Non.
— Une personne ?
— Oui ! s'écria Rachel en lâchant le citron.
— Hmm...

Tout en réfléchissant à l'énigme, Marilla posa la bouilloire sur le poêle.

— Qui habite à Avonlea ?
— Non.
— À Carmody ?
— Non.
— À White Sands ?
— Non.
— Alors comment connaîtrais-je cette personne ?
— Seulement des questions auxquelles je peux répondre par oui ou par non !

Marilla poussa un soupir.

— D'accord. Est-ce que je connais cette personne ?
— Non.
— Mais comment veux-tu que je trouve alors, si je ne la connais même pas, Rachel ?
— Je n'y avais pas pensé, concéda Rachel en fronçant les sourcils et en se tapotant le menton.

Marilla secoua la tête. Bien qu'elle fût très habile et douée dans plusieurs domaines, Rachel n'était pas particulièrement futée.

— Je ne pourrai jamais trouver vingt questions. Dis-le-moi tout de suite.

Rachel accepta sans discuter.

— J'ai un galant.

Marilla pivota sur elle-même.

— Rachel White !
— C'est un secret. Maman aurait une crise si elle l'apprenait, ricana-t-elle. Je n'arrive pas à croire que cela m'arrive enfin ! Et il n'est même pas d'Avonlea. Il habite à Spencervale.
— Tellement romantique, du *Roméo et Juliette*.

— Je l'ai rencontré en revenant de notre visite à nos anciens voisins à East Grafton, il y a deux mois. Quand la tempête a noyé toutes les routes, tu te souviens ? Nous avons été contraints de nous arrêter pour la nuit à Spencervale. Des amis de mon père, M. et Mme Lynde, nous ont gentiment offert l'hospitalité. Pendant le dîner, j'ai rencontré leurs deux filles et leur fils aîné, Thomas.

En prononçant son nom, elle rougit. La bouilloire siffla et Marilla la retira du feu.

— Nous nous sommes revus à plusieurs reprises depuis. Il vient me retrouver. Il a quatre ans de plus que moi. Papa et maman disent que je ne peux pas me marier avant mes dix-huit ans. Thomas est un garçon honorable, il va être obligé d'attendre. Il dit que cela lui donne le temps de gagner assez d'argent pour acheter une ferme à Avonlea. Il voudrait jouir d'un certain confort financier avant de faire sa proposition. Sa famille n'est pas très aisée... mais cela m'est bien égal. Il est gentil, pieux et séduisant. La plupart des jeunes filles ne peuvent pas en dire autant de leurs prétendants. Rachel Lynde, murmura-t-elle, rêveuse. Cela sonne plutôt bien, ne trouves-tu pas ?

Stupéfaite, Marilla resta sans voix. Tout d'abord, parce que Rachel l'avait gardé pour elle si longtemps, et ensuite parce que, de galant, il était devenu son mari en moins de temps qu'il n'en fallait pour réaliser la liqueur de framboise !

— Tu parles de mariage ?

Rachel hocha la tête, enthousiaste.

— Bien sûr ! Des filles de notre âge, déclara-t-elle en haussant les épaules, c'est tout à fait naturel. Si tu attends trop, tu auras vite dépassé ton âge d'épanouissement.

Et ensuite, plus personne ne voudra de toi, tu pourrais même finir vieille fille.

Marilla fronça les sourcils.

— Je n'ai encore jamais vraiment pensé au mariage.

Ce fut au tour de Rachel de paraître choquée.

— Tu n'y as pas encore pensé ? Mais tu sais bien pourtant que John Blythe est follement amoureux de toi !

Des gouttes de sueur dégoulinèrent le long du dos de Marilla.

Rachel ne remarqua pas son trouble, concentrée qu'elle était sur son citron.

— Maman était fiancée à papa à seize ans. Nous n'avons qu'un an de moins, à quelques mois près. John ne va plus tarder à te faire sa demande, et ensuite tu iras vivre dans la ferme des Blythe et nous serons voisines. Il habite bien plus près d'Avonlea que toi.

Heureusement, le parfum du citron empêcha Marilla de s'évanouir. Quitter les Pignons Verts ?

— Non, répliqua-t-elle sur un ton si tranchant que Rachel tressaillit. Je ne quitterai pas les Pignons Verts. Pas maintenant. Jamais. J'ai fait une promesse à ma mère.

Elle prit le bol de jus de citron des mains de Rachel et le versa dans la casserole avec les framboises. Ensuite, elle mélangea et passa l'écumoire pour qu'il ne reste plus aucun pépin dans le liquide. En silence, Rachel l'aida à tourner la mixture dans l'eau bouillante et à mettre le résultat en bouteilles. Cela lui ressemblait si peu de se taire ainsi. Marilla comprit qu'elle avait blessé son amie.

— Je suis désolée, dit-elle en s'emparant des bouchons dans le panier de Rachel. Je n'aurais pas dû m'exprimer de façon si égoïste. Nous ne parlions pas de moi ni de qui que ce soit. Cela ne concerne que Thomas et toi. Je suis très heureuse pour toi, Rachel, sincèrement.

Rachel se pencha vers Marilla.

— Je pense que tu t'entendras bien avec mon Thomas. Il sait bien écouter, comme toi.

Elle ramassa son panier.

— Adresse mes salutations à Matthew et M. Cuthbert. À très bientôt !

— Au revoir.

Rachel s'éloigna sur le sentier. Avec ses cheveux attachés sous son chapeau de paille, elle ressemblait à toutes les autres dames de la Société féminine d'Avonlea. Marilla en frémit de terreur. Quand avaient-elles cessé de porter des nattes ? Discrètes et rapides, les années s'étaient accumulées tel un bourgeon sur une branche. Elle examina son reflet flou dans la vitre. Elle avait beau chercher sur son visage, elle ne voyait pas une femme mariée. Elle ne voyait qu'elle : Marilla.

Le stand de la Société féminine connut un succès immédiat. Les dames avaient installé un grand auvent rose rayé assorti à la liqueur de framboise. Avec quatre-vingt-dix-huit des cent bouteilles vendues à cinq pence chacune, elles se félicitèrent de la réussite de leur collecte de fonds. Plusieurs des membres de la société avaient fait un détour chez les Blythe pour cueillir d'autres framboises encore afin de préparer une nouvelle fournée pour la semaine suivante. Marilla rapporta les deux bouteilles invendues chez elle pour les offrir à John. C'était le moins qu'elle pût faire. Sans sa générosité, rien n'aurait été possible et elle avait bien l'intention d'organiser un pique-nique pour le remercier.

Le lendemain, ils allèrent derrière les étables des Pignons Verts, là où l'herbe était jonchée de bourraches et les bois, bordés de raisins d'Amérique bien rouges qui parfumaient l'air d'une fragrance pimentée. Ils s'installèrent sur un tronc d'érable et sirotèrent la liqueur à travers des pailles en seigle qui en diminuait la douceur par leur goût âcre. Marilla lui raconta le succès de leur vente et il lui transmit les remerciements de ses parents, soulagés de la disparition des corbeaux.

— Un mariage gagnant, conclut John. Merci pour cette proposition.

Un « mariage » ? Le mot lui coupa le souffle. Marilla déglutit avec peine. La chaleur de la journée et la liqueur de framboise avaient ramolli sa paille qui, transformée en bouillie, collait à ses doigts.

— Toutes ces dames vous sont très reconnaissantes, à toi et à tes parents.

Elle se frotta les mains pour retirer le résidu poisseux. Une saponaire poussait tout près d'eux. John passa les feuilles humides sur les doigts de la jeune fille pour les nettoyer. Le contact de sa peau lui provoqua des frissons et elle se revit serrée contre lui dans la mare. Elle repoussa ces pensées en reprenant la parole.

— Je me disais que si nous vendions des produits faits maison pendant tout l'automne, nous obtiendrions une belle somme à offrir à la révérende mère à Hopetown. Mme White nous a demandé à toutes de tricoter des bonnets, aussi. Bien évidemment, nous n'en aurons pas assez pour tous les orphelins l'hiver prochain, mais je suis sûre qu'ils apprécieront une donation consistante à la place.

— Penses-tu toujours à Junie ? Avec le chapeau bordeaux ? demanda John en lui tournant la main afin de glisser ses doigts entre les siens.

Le pouls de Marilla battait vite. Elle lui avait raconté que, alors qu'elle traversait la rue devant le bureau de poste, une jeune Africaine coiffée d'un chapeau rouge était passée à côté d'elle. Son estomac s'était crispé. Elle savait que ce n'était pas Junie, mais son couvre-chef lui cachait le visage, laissant l'imagination de Marilla s'emballer librement.

— La révérende mère lui a dit que nous habitions à Avonlea, elle sait donc qu'elle a des amis ici, si elle en a besoin.

— Des amis ? répéta John en souriant. Tu as un cœur libéral, Marilla.

— Les conservateurs sont tout aussi défavorables à l'esclavagisme que les libéraux, objecta Marilla en fronçant les sourcils. Sur ce point, nous nous accordons parfaitement. Pourquoi tout se résume-t-il à la politique avec toi, John ? Une grande partie de la population se contrefiche des tories et des réformistes. Nous sommes tous les créatures de Dieu.

Elle tenta de lui reprendre sa main, mais il la retint fermement.

— Ceci aussi est une opinion digne des libéraux. Et c'est ce qu'il faut rappeler à notre gouvernement. Les nobles ne peuvent pas seuls diriger le peuple.

Marilla poussa un soupir. Elle était du même avis que lui, mais elle ne pouvait pas l'être. Pourquoi refusait-il de le comprendre ? Une personne ne peut pas toujours agir en fonction de ses sentiments. On devait considérer tous les paramètres, toutes les influences, toutes les conséquences. La monarchie représentait

Dieu. Si les souverains ne dictaient plus les règles, qui empêcherait le monde de se terminer en apocalypse ? Sans un gouvernement pour canaliser le peuple, il serait livré aux caprices des désirs et de la cupidité des individus. Il suffisait qu'ils regardent ce qui se passait plus au sud, aux États-Unis, pour le comprendre. Les Américains couraient se réfugier au Canada.

— Ce que je veux dire, c'est que si Junie, ou une autre comme elle, venait ici, je l'aiderais. C'est mon rôle de chrétienne.

— Tu prêches l'égalité. Encore une fois, c'est très libéral.

— John Blythe !

Elle perdait patience, mais, ne lui laissant pas l'occasion de s'emporter, John posa ses lèvres sur celles de la jeune fille. Elle oublia... tout. L'espace d'un moment. Il lui entoura la nuque de ses deux mains et elle lui saisit les bras. Lorsqu'elle entendit la cloche d'une vache provenant de l'étable, elle recula. Ils n'étaient ni à un pique-nique ni dans les bois, ils se trouvaient chez elle, aux Pignons Verts. Son père et Matthew pouvaient passer par là ou, pire encore, quelqu'un de la ville pouvait venir leur rendre visite. Que penseraient-ils ?

Elle regarda droit dans les yeux de John, mais ne put le voir. L'étable et les pignons encadraient son visage et le soleil de midi l'éblouissait.

John ne va plus tarder à te faire sa demande, et ensuite tu iras vivre dans la ferme des Blythe, l'avait mise en garde Rachel.

Elle voulait embrasser John, mais elle savait que si elle se laissait aller, elle voudrait l'embrasser pour le reste de sa vie. Comment le pourrait-elle si elle n'acceptait pas de se marier avec lui et de quitter les Pignons Verts ? John était le fils unique des Blythe. Déjà âgés, ses parents s'attendaient à ce qu'il reprenne la ferme. Ils ne pouvaient habiter à deux endroits différents. Dans l'unique cas où Matthew se mariait, elle serait libre d'agir à sa guise. D'ici là, elle avait fait une promesse à sa mère.

Elle se leva.

— Je ne peux pas rester ici à traînasser. J'ai un dîner à préparer.

— Je suis désolé pour mes commentaires politiques, je plaisantais.

Il se leva à son tour et essaya de lui reprendre la main.

— Je dois y aller, lança Marilla en serrant les poings.

— Marilla.

Elle s'éloignait déjà.

— Remercie ton père et ta mère pour les framboises ! cria-t-elle par-dessus son épaule en s'élançant vers la maison.

Depuis la fenêtre de la cuisine, elle le vit, les deux bouteilles à la main, donner des coups de pied dans l'herbe avant de partir vers le pont en bois. Même si cela ne la réjouissait pas, elle préférait encore le savoir furieux qu'amoureux. Parce que s'il était vraiment amoureux, il reviendrait. Elle avait autant envie qu'il revienne qu'elle voulait rester aux Pignons Verts.

— C'était John Blythe ?

Hugh la fit sursauter.

— Oui.

Il tira sur sa pipe et sortit sur la terrasse. Marilla prit les restes de poulet dans la chambre froide et les mit sur une poêle. Pour faire une sauce, elle ajouta un verre du vin de groseille qu'elle avait préparé avec Clara et Izzy. Cela lui parut si loin. La fumée aigre-douce lui rappela tout ce qui se jouait.

- 22 -

Des enchères aux conséquences imprévues

L'été fila à toute vitesse, avec un mois d'août collant comme le miel.
— Cette chaleur est accablante, se plaignit Rachel. Tout ce que nous cuisinerons s'abîmera avant même qu'on ait le temps de le manger.
Elle était venue demander à Marilla sa recette de biscuits.
La Société féminine s'était de nouveau réunie. Sur la proposition de Mme White, elles allaient organiser une vente aux enchères de paniers repas. Toutes les dames en âge de tenir une poêle à frire étaient invitées à participer. Les bénéfices s'additionneraient aux fonds collectés pour les orphelins de Hopetown. Il faudrait respecter la règle suivante : tous les paniers contiendraient un plat principal, un accompagnement et un dessert. Les membres avaient le droit de faire équipe par deux ou par foyer.
Mme White et sa fille préparaient un ragoût d'huîtres avec des biscuits et un gâteau au citron. Ella aidait Mme White à cuisiner les huîtres et le gâteau, tandis que Rachel se chargeait des biscuits.

— Papa s'est cassé une molaire sur un des biscuits de maman, confessa Rachel. Il ne le lui a jamais dit, bien sûr. Il a juste craché le morceau de dent dans sa serviette quand elle a eu le dos tourné. Malheureusement, elle a gardé la même recette. Ella a bien proposé de pétrir la pâte, mais maman insiste pour respecter les mesures, continua-t-elle, résignée. Celui qui va dépenser de l'argent pour notre panier nous réclamera d'être remboursé, s'il ne meurt pas avant !

Marilla comprenait le danger. Elle n'aurait pas voulu que ce fût Matthew ou Hugh qui perde une dent à cause d'un des biscuits de Mme White. Pour une fois, les deux hommes viendraient à cet événement mondain et ils comptaient bien passer des enchères. Le verger et les champs avaient permis des récoltes abondantes. Aux réunions des fermiers à Carmody, il avait été décidé une hausse des prix du marché, ce qui avait renfloué les caisses de toutes les familles. La présence de Matthew et Hugh aux enchères stimulait Marilla qui espérait un grand succès. Elle voulait que chaque acheteur pense que son panier était le meilleur. Et surtout, il fallait éviter les dents cassées.

— Voici notre recette, lança Marilla en tendant à Rachel une feuille sur laquelle s'étalait l'écriture de sa mère. Ce sont les biscuits les plus tendres que tu aies jamais goûtés. Assure-toi juste de ne pas les cuire trop longtemps.

Reconnaissante, Rachel prit le papier.

— Il ne faut pas que maman l'apprenne ! supplia-t-elle.

Elle se précipita dehors, le poids du soleil pesant lourdement sur ses épaules. Son Thomas Lynde de Spencervale serait là, lui aussi. Rachel était impatiente de le présenter à Marilla et d'impressionner les habitants d'Avonlea avec son prétendant.

— Rachel est partie ? demanda Matthew en sortant de sa chambre.

— Elle n'aurait pas été contente de savoir que tu écoutais aux portes.

Il entra dans la cuisine, Skunk sur les talons.

— Cela aurait été difficile de ne pas l'entendre. Cette fille parle plus fort qu'une mouette qui a vu du poisson.

Marilla rit.

— Tu devrais tout de même monter les enchères sur son panier, cela la toucherait beaucoup.

— Promis, répliqua-t-il en se frottant la mâchoire. Mais sans l'intention de le gagner.

— Cela suffira.

Il s'approcha du panier de Marilla sur la table en bois. Elle l'avait déjà rempli et n'avait plus qu'à l'entourer d'un ruban. Il souleva le couvercle.

— Hmmm, poulet en gelée, cornichons, tarte à la cerise. Et aussi un bocal de ta confiture de prune ?

— En effet, répondit Marilla fièrement. J'oubliais, je vais ajouter du vin de groseille. Je ne sais pas si les autres paniers auront pensé à une boisson, mais avec cette chaleur, boire est encore plus satisfaisant que tout un repas.

Elle sortit une bouteille du garde-manger et en profita pour tourner les cinq autres dans le sens des aiguilles d'une montre.

— John sera désolé de ne pas avoir pu assister aux enchères, commenta Matthew.

Marilla se pinça les lèvres.

— Je ne vois pas pourquoi ce serait plus important pour lui que pour tous les autres ventres affamés.

Les Blythe étaient partis rendre visite à l'oncle de John, David Blythe, à Glen St. Mary. Marilla ne regrettait pas son absence, bien au contraire. Ainsi, elle n'aurait pas à se soucier des murmures et des regards de travers des dames de l'École du dimanche. Les rumeurs à leur sujet couraient bon train. En douce, les gens parlaient de fiançailles secrètes et de voiles de mariée, messes basses qui tenaient Marilla encore plus à l'écart de la société que d'habitude.

— Parce que c'est un délicieux repas, c'est tout. L'homme qui le rapportera chez lui aura beaucoup de chance.

— Ou la femme, ajouta-t-elle. Les femmes sont également encouragées à passer des enchères. J'ai des vues sur le panier de Mme Blair, par exemple. Il paraît qu'elle a commandé une boîte de chocolats de Londres, dans le seul but de faire monter les prix. Je les goûterais volontiers. Je ne pense pas avoir jamais mangé de chocolats de Londres. Et toi ?

Matthew secoua la tête.

— Tu me connais, je n'aime rien qui soit trop sucré, trop salé, ni trop amer.

— Un homme de modération. Jolie vertu.

Il haussa les épaules.

— Un homme ne peut pas plus changer ses goûts qu'il ne peut changer de nom.

Et une femme ? Rachel *Lynde*. Que cela sonne bien ou pas, Marilla avait de la peine à l'idée que son amie deviendrait une autre personne simplement parce qu'elle dirait « oui ». Marilla aimait Rachel telle qu'elle était.

— Donne-moi le ruban magenta, s'il te plaît, demanda-t-elle à Matthew.

Elle enveloppa son panier et serra le nœud fermement.

Le lendemain, Matthew, Hugh et Marilla se rendirent ensemble à l'église presbytérienne, où se déroulait la vente. Le révérend Patterson et sa femme avaient mis à leur disposition les stands, les tables et les chaises du pique-nique annuel de mai. Les paniers en osier s'alignaient sur la plus longue des tables. Douze exactement. Pour Marilla, c'était un bon signe : douze mois dans une année, douze heures dans une journée, douze disciples, douze jours de Noël, douze repas à acheter.

Elle aidait Mme Blair à installer la caisse enregistreuse quand Rachel arriva, avec à son bras un jeune homme timide.

— Marilla ! Voici *mon* M. Lynde.

Thomas baissa la tête, incapable de croiser le regard de Marilla.

— Enchanté, mademoiselle Cuthbert.

Il n'était ni beau ni laid. Ni mince ni gros, ni grand ni petit, ni blond ni brun. En fait, il se fondait presque dans le décor tant il était quelconque. Comme une branche d'arbre ou un brin d'herbe. Sous cet angle, Marilla le trouva agréable.

— Rachel m'a dit beaucoup de bien de vous, monsieur Lynde.

Il sourit sans montrer ses dents.

— Vois-tu ce magnifique peigne en écailles de tortue ? demanda Rachel en penchant la tête. Il appartient à la mère de Thomas. C'est un objet de famille. Je ne fais que l'emprunter aujourd'hui, mais…

Elle s'appuya contre Thomas en gloussant.

— Il est très beau, confirma Marilla.

— Thomas, va nous réserver deux chaises, s'il te plaît, pria Rachel. Je ne voudrais pas passer toute la vente debout.

Il obéit aussitôt.

— N'est-il pas merveilleux ? interrogea-t-elle quand il se fut éloigné.

Marilla s'éclaircit la voix.

— Comment sont sortis les biscuits ?

Rachel l'attira à elle pour murmurer à son oreille :

— D'une légèreté absolue ! Bien sûr, maman a remarqué... Je lui ai dit que nous avions acheté une nouvelle levure et que cela faisait toute la différence. Un petit mensonge, mais je préfère demander pardon au Seigneur qu'à un voisin furieux !

— Ce sera plus facile de gagner l'absolution aussi.

Rachel ouvrit de grands yeux en hochant la tête.

— Oh oui !

Marilla était d'une ponctualité militaire, si bien que les enchères commencèrent sans une minute de retard. M. Blair endossa le rôle de commissaire-priseur et mit tout d'abord en vente le panier « divin » de Mme Patterson : un friand au jambon et champignons avec du pain d'épice aux amandes.

M. Pye en offrit un prix considérable. Comme tout le monde savait, il avait toutes les raisons de retrouver les bonnes grâces de l'église. Ensuite vint le panier de Mme Lewis et de sa fille, Lavender, enveloppé de rubans, de nœuds et de bourgeons de lavande coincés dans le tissage en osier. Marilla se demanda comment on pouvait manger ce qu'il contenait sans avoir l'impression de croquer dans un pain de savon. Il fallait bien reconnaître tout de même qu'il était le plus joli des douze. Un des garçons Irving le remporta et fit par la même occasion tourner la tête à Lavender. Les pique-niques des White, des Blair et des Phillips trouvèrent tous des acquéreurs généreux. Puis ce fut au tour du panier de Marilla. Elle l'avait à dessein placé parmi les autres pour ne pas se faire remarquer en tant que présidente de la Société féminine. Matthew et Hugh furent les premiers à lever la main pour la soutenir, suivis par Mme Bell, mais ce fut M. Murdock qui gagna finalement l'enchère, dans un revirement de situation spectaculaire.

— Tous les Noëls, la confiture des Cuthbert était celle que je préférais. J'étais désolé de ne plus en avoir après ton départ de l'école, expliqua-t-il quand elle lui remit son panier.

Sa remarque le rendit soudain plus sympathique à ses yeux. Ce n'était plus l'instituteur renfrogné et sévère qui pointait sa règle sur le tableau, mais un vieux monsieur gentil. Elle se demanda quand il avait changé… ou peut-être que c'était elle.

— J'ai également ajouté une des bouteilles de vin de groseille de ma mère, chuchota-t-elle.

— Mon favori, avoua-t-il. Merci.

Le panier des Andrews contenait du bœuf aux olives, des boulettes de pomme de terre, du pain, des figues et un bocal de friandises. Un vrai festin, ce qui n'étonna personne étant donné le nombre d'excellentes cuisinières dans le foyer. Les enchères débutèrent avec l'offre de M. White, qui n'avait encore rien acheté, bien qu'il se soit manifesté pour tous les paniers. M. Bell surenchérit et ensuite ce fut Matthew qui leva la main.

Marilla, ainsi que tous les habitants d'Avonlea, se tournèrent aussitôt vers Johanna. Cette dernière baissa les yeux en adressant une grimace à sa sœur. M. White monta les enchères avec bonhomie. Il ne restait plus tant de paniers et s'il repartait les mains vides, Mme White serait dans tous ses états. Matthew offrit cinq pence de plus. Johanna fulminait sur son siège. La dispute qui les avait séparés n'était à l'évidence pas réglée.

M. Barry leva la main à son tour. Puis Matthew de nouveau. Marilla savait qu'ils ne pouvaient pas proposer plus.

— Qui dit mieux ? demanda M. Blair. Une fois, deux fois...

Dès qu'il commença à compter, Johanna, excédée, sortit de la salle en trombe. Voyant sa colère, M. Abbey, le banquier, leva la main.

— Deux shillings.

Deux fois la somme que possédait Matthew. M. Abbey avait voulu apaiser la furie de Johanna Andrews, mais il avait ainsi humilié Matthew. Le jeune garçon n'avait pas un sou de plus à dépenser, alors un shilling, encore moins, et tout le monde à Avonlea le savait. Il se leva donc et partit dans la même direction que Johanna, tandis que l'assemblée tout entière retenait sa respiration en espérant très fort que son voisin direct ne le remarquerait pas.

Marilla suivit Matthew. Personne d'autre n'aurait pu le faire à sa place sans provoquer d'esclandre. M. Blair continua la vente.

— Très bien... le repas des Andrews est attribué à M. Abbey. Et maintenant, le panier de

Mme Macpherson. Je suis prêt à parier qu'elle y a mis ses délicieux petits pains aux raisins de Bath.

Marilla contourna l'église pour aller jusqu'au cimetière, où elle entendit Johanna avant de la voir.

— Pourquoi m'obliges-tu à te le dire ?

— M... mais, bégaya Matthew.

— Mais rien ! Je ne suis pas ton amoureuse, Matthew Cuthbert. Je préférerais mourir que d'être la femme d'un fermier. J'ai essayé de te l'expliquer gentiment aux Pignons Verts, mais tu n'as pas voulu comprendre. Alors maintenant, je te le dis très clairement, et je me sens horrible d'avoir à le faire.

Elle fondit en larmes et partit en courant.

Marilla n'avait rien entendu d'aussi insensible de toute sa vie et à en croire le visage de Matthew, lui non plus. Il fit un pas pour la suivre, mais s'arrêta net, triturant son chapeau dans ses mains. Son silence décomposé la chagrina encore plus. Elle savait qu'elle aurait dû retourner dans l'église et le laisser tranquille, mais elle ne put s'y résoudre. Elle partageait sa douleur. Ils étaient frère et sœur.

Ses épaules tremblèrent et elle s'approcha de lui. Sans rien dire, elle posa une main sur son dos. Il ne se tourna pas et elle ne l'y força pas. Elle resta là, sans bouger, la chaleur du corps de son frère irradiant sous sa paume. Elle ne le vit pas pleurer, mais le sentit au plus profond d'elle-même, jusqu'à ce que les larmes inondent ses propres joues.

Elle rentra alors avec lui aux Pignons Verts sans attendre, laissant Hugh repartir avec M. Bell tandis que Mme Blair comptait les recettes dans la caisse, que les membres de la Société féminine rangeaient le mobilier de pique-nique prêté par le révérend et que les familles d'Avonlea faisaient des commentaires sur tout et n'importe quoi à l'exception de ce qu'elles avaient vraiment en tête. Johanna Andrews avait brisé le cœur de Matthew Cuthbert. Et pour un homme tel que lui, les dégâts ne pourraient plus être réparés.

- 23 -

Un retour à Hopetown

L'hiver s'invita précipitamment. Les premiers flocons de neige apparurent, venus de l'Arctique dès le mois d'octobre, privant totalement l'île de son panorama habituel. Les érables rouges et les bouleaux jaunes venaient à peine de se parer de leurs habits d'automne quand leurs feuilles givrèrent et tombèrent de leurs branches. L'île s'obscurcit prématurément sous un ciel plus gris qu'une bassine d'eau sale. À Noël et au nouvel an, les habitants d'Avonlea désespéraient déjà du climat, ne pouvant imaginer de dégel avant quatre mois encore. Soudain, la visite de la Société féminine de Hopetown devint aussi importante qu'un pèlerinage à Sion. Pourtant, ce ne fut qu'en février que les eaux du détroit de Northumberland eurent suffisamment fondu pour permettre aux ferries de reprendre leurs traversées.

Mme Spencer avait une cousine à Hopetown qui proposa d'héberger la représentante de la Société féminine dans sa chambre d'amis. Bien que Mme White en fût la porte-parole, sa santé s'était récemment dégradée et elle craignait de revenir d'un tel voyage avec une pneumonie. Elle demanda donc à Mme Blair de la remplacer. Malheureusement cette dernière ne pouvait laisser M. Blair s'occuper seul du magasin, et ce fut finalement Mme Barry qui fut désignée. Moins d'une semaine avant le départ, le mari de Mme Barry attrapa la goutte. Par conséquent, Marilla et Rachel se portèrent volontaires.

— Ma cousine les accueillera, assura Mme Spencer à Hugh. J'avais deux ans de moins qu'elles quand je suis partie seule pour la première fois à la Nouvelle-Écosse. Cela ne présente aucun danger, du moment qu'elles ne tentent pas de passer par-dessus bord.

Traverser le détroit de Northumberland l'hiver n'avait rien de très excitant, elles ne risquaient pas de se faire emporter par des vagues déchaînées. L'eau menaçait au contraire de geler de nouveau tant les températures étaient basses. Elles se recroquevillèrent dans la cabine chauffée, et ne purent rien voir par le hublot embué. Une fois au port, elles montèrent dans une calèche fermée aux rabats baissés pour les protéger du vent glacial. De temps en temps, Marilla en relevait un pan pour avoir une idée d'où elles se trouvaient, mais elle ne voyait qu'une route nue et, au-delà, des champs nus sous un ciel nu. Les minutes défilaient lentement dans le noir. Même Rachel n'arrivait plus à faire la conversation, ce qui convenait très bien à Marilla. Le silence avait toujours été une source de réconfort pour les Cuthbert.

Enfin, le cocher stoppa ses chevaux devant une maison en briques, similaire au bâtiment de l'orphelinat mais bien plus étroite.

— C'est ici, annonça-t-il.

Sur la terrasse, la cousine de Mme Spencer, Lydia Jane, les accueillit, emmitouflée dans son châle en laine.

— Venez, entrez ! Il fait tellement froid dehors. Cline, mon majordome, va prendre vos bagages.

Marilla et Rachel s'élancèrent vers la porte, le vent s'amusant à soulever leurs jupes pendant qu'elles couraient.

— Ces tempêtes d'hiver sont une calamité ! affirma Lydia Jane en guise de bienvenue. Suspendez vos manteaux aux crochets, et venez vous réchauffer devant le feu. Le thé vous attend.

Mme Lydia Jane Spencer était deux fois veuve avec neuf enfants : trois étaient morts en bas âge, quatre étaient mariés, un était missionnaire en Inde et un autre, matelot en Amérique. Elle avait vécu dans une grande maison de campagne avec plusieurs chambres, mais avait déménagé en ville quand les plus jeunes de ses enfants avaient grandi.

— Elle est plus épineuse que les ronces, avait prévenu Mme Barry. Elle a élevé sa progéniture à la baguette selon des préceptes stricts. Faites ce qu'elle vous dit et elle n'aura rien à vous reprocher.

Mme White préférait une chaperonne sévère plutôt qu'une gentille dame indulgente, mais Rachel ne supportait que sa propre discipline. C'était certainement pour cela qu'elle n'était jamais retournée en classe, songeait Marilla. Se soumettre à l'autorité d'autrui ne comptait pas parmi les qualités des White.

— Terminez bien votre tasse. Je ne voudrais pas que ma porcelaine se retrouve souillée, demanda Lydia Jane.

Obéissante, Marilla but jusqu'à la dernière goutte en une gorgée tandis que Rachel sirota tranquillement son thé, mélangeant à plusieurs reprises le liquide en lâchant un « mmmh » satisfait.

Lorsque Lydia Jane décida que l'heure du thé était terminée, elle appela Cookie, la cuisinière, pour qu'elle rapporte le plateau, avec la tasse maculée de Rachel.

— Vous partagerez ma chambre d'amis.

Elle les conduisit dans l'escalier, vers une pièce qui sentait les roses mortes et la moquette moisie.

— Le lit est bien assez grand pour deux. Ma cousine m'a expliqué que vous rencontriez les Sœurs de la Charité demain. Cookie vous servira le petit déjeuner à neuf heures précises. Je vous prie de m'excuser par avance pour mon absence, ma belle-fille vient d'accoucher cette semaine de son quatrième enfant. Elle souffre de la fièvre du lait. J'ai promis de garder ses autres enfants pendant la visite du docteur. Mais j'imagine que vous partirez directement à votre rendez-vous et reviendrez à la maison sans attendre. Seules les catins traînent dans les rues, je vous fais confiance pour ne pas salir ma réputation en vous comportant ainsi.

Elle leur souhaita bonne nuit et referma la porte avec un « clic » résolu.

— Grands dieux, je n'ai jamais vu de pire mégère ! commenta Rachel en se jetant sur le lit.

Une poussière fine s'éleva de la couverture telle de la poudre de craie. Elle agita une main dans l'air pour la disperser.

— Pire que Mme Barry, incroyable !

Elle se redressa sur les coudes.

— Elle est décidée à ne pas nous laisser nous amuser, mais je suis bien plus décidée à l'ignorer.

Marilla ouvrit sa trousse de toilette pour se brosser les cheveux avant de se coucher.

— On nous avait prévenues ! Faisons simplement ce qu'elle dit, Rachel.

Malgré une assurance plus affirmée, elle nourrissait des appréhensions qu'elle n'aurait pu expliquer de façon rationnelle. Connaissant tous les coins et les recoins d'Avonlea, elle avait le sentiment d'en faire partie intégrante. À Hopetwon, elle était une étrangère, ne savait rien de la ville et de ses habitants. Elle voulait juste accomplir leur mission et rentrer chez elle.

— On peut s'amuser un peu, on n'est pas obligées de prendre un raccourci pour aller à l'orphelinat. Un petit détour ne changera rien pour Mme Lydia Jane Spencer, notre destination restera la même.

Épuisée, Marilla voulait avant tout dormir. Plus de discussion, d'agitation ni de réflexion pour la journée. Demain viendrait bien assez tôt. Après s'être assurée que le chèque de la Société féminine d'Avonlea signé par l'Abbey Bank n'avait pas bougé de son portefeuille, et que son portefeuille était bien rangé sous ses jupons dans sa malle de voyage, elle entra dans le lit à côté de Rachel.

C'était la première fois qu'elle dormait avec quelqu'un, à l'exception de sa mère. Rachel n'avait pas la même odeur, la nuit. Sa chemise sentait la camomille et l'herbe aux bisons. De la chaleur émanait de l'endroit où d'ordinaire les draps étaient froids. Cela lui rappela l'époque où les Pignons n'avaient pas été agrandis. Les quatre Cuthbert dormaient ensemble sur une paillasse posée devant la cheminée la nuit, et rangée contre le mur le jour. Clara et Hugh dormaient au milieu, avec Marilla tout près de sa mère et Matthew du côté de son père. En ce temps-là, Marilla avait peur des ombres sur le rebord de la fenêtre. Le seul moyen d'empêcher les monstres de lui dévorer les orteils avait été d'envelopper ses pieds entre ceux de sa mère. Elle avait presque oublié... sa peur, et la magie qui l'apaisait.

— Tu penses qu'on reverra les mêmes orphelins que la dernière fois ? demanda Rachel en bâillant.

Son haleine de babeurre caressa la joue de Marilla.

— J'espère que non, répondit cette dernière. Cela voudrait dire qu'ils ont trouvé des familles pour les adopter.

Les pieds de Rachel et de Marilla se rencontrèrent au milieu du lit.

— Tes orteils sont plus froids que des glaçons, dit Rachel en les frottant sous les couvertures. Elle aurait pu nous donner des bassinoires, Lydia Jane, dans une chambre sans feu de cheminée. J'ai regardé sous le lit, dans le placard, partout, je n'ai rien trouvé, même pas une brique !

En effet, c'était étrange. Même aux Pignons, chaque lit en était équipé.

— Peut-être qu'elle n'en a pas.

— Ce qui est sûr, c'est qu'on repartira d'ici avec une bonne grippe après ce séjour, pesta Rachel.

Lydia Jane leur offrait l'hospitalité pour deux nuits.

Rachel tressaillit dans le noir.

— Demain, après le petit déjeuner, nous passerons par la quincaillerie pour nous en procurer une, avant d'aller à l'orphelinat. Mon père a un compte dans le magasin.

Marilla poussa un soupir. Rachel cherchait tous les prétextes possibles pour n'en faire qu'à sa tête.

— Rachel.

— Quoi ? demanda-t-elle, candide. Si maman était là, elle ferait de même.

Elle roula sur le ventre et se cacha la tête sous son oreiller.

— Bonne nuit, Marilla.

Des pommes de terre frites et des saucisses les attendaient sur la table le lendemain matin. Marilla se réjouissait de manger chaud. Leur nuit n'avait pas été reposante. Chaque fois qu'elle glissait dans le sommeil, un courant d'air froid lui chatouillait les pieds et lui faisait couler le nez. Elle avait essayé de mettre son oreiller sur sa tête comme Rachel, mais elle ne pouvait plus respirer.

Elle aurait bien plongé dans le thé chaud pour calmer ses frissons.

— Mme Lydia Jane est-elle déjà partie chez sa belle-fille ? demanda Rachel à Cookie, en coupant sa saucisse et en la trempant dans la moutarde.

— Oui, mademoiselle, et elle m'a demandé de mettre à votre disposition sa collection de *Quebec City Gazette,* en français et en anglais, dans le salon, pour que vous vous occupiez avant votre rendez-vous.

Depuis la table du petit déjeuner, elles voyaient la pile jaunie de magazines, qui dataient de plusieurs semaines, plusieurs mois, voire de plusieurs années. Marilla considérait l'accumulation excessive d'un même article comme la preuve d'un esprit médiocre et glouton. Elle n'avait jamais compris le besoin populaire de posséder une centaine de cuillères en argent, une centaine de boîtes en porcelaine, une centaine de timbres, et encore moins une centaine de numéros d'un journal. À quoi bon ? Après notre mort, ils serviraient au mieux à alimenter un feu de cheminée.

— Comme c'est généreux de sa part, mais nous devons faire une course avant de nous rendre à l'orphelinat.

Rachel mordit dans sa saucisse et la mastiqua.

Cookie était une servante française de la vieille école. Elle la laissa dire sans rien objecter. C'est à peine si elle souleva un sourcil et laissa échapper un discret « hmm » en débarrassant leurs assiettes vides.

La tempête était passée et le soleil apparaissait enfin, promettant une journée plus chaude que la précédente. Elles étaient déjà sur la terrasse quand Cookie les rappela.

— Ne passez pas par Spring Garden Road ! On va y pendre des gens !

Marilla décocha un regard inquiet à Rachel.

Rachel esquissa un rictus.

Marilla fronça les sourcils.

Ensemble, elles arpentèrent les trottoirs de la ville. Les cloches et les klaxons des calèches résonnaient à droite et à gauche. Des servantes couraient, chargées de paniers remplis de légumes, de pain et de poissons dans du papier d'emballage. Les vendeurs de journaux criaient « Moitié prix ! » pour l'édition du matin. Le Majesty Inn, où elles avaient séjourné lors de leur dernière visite, grouillait de monde. La boutique de Madame Stéphanie, aussi. Des chalands se pressaient d'un magasin à l'autre pour ne pas rester trop longtemps dans le froid. Marilla et Rachel étaient les seules à contempler la vitrine, admirant les chapeaux d'hiver en fourrure ou en laine.

— Dommage que papa n'ait pas de compte chez Madame Stéphanie, se lamenta Rachel. J'aurais pu m'acheter un autre chapeau en dentelle. Je n'ai pu porter le mien qu'une heure seulement.

— Ce n'est pas le regret qui te rendra ce que tu as perdu, viens.

Même si c'était Rachel qui avait imaginé cette course, Marilla ne voulait pas se retrouver à mentir en rentrant le soir sans bassinoire. Elles passeraient à la quincaillerie sur le chemin de l'orphelinat et ensuite elles rentreraient directement chez Mme Lydia Jane. Ne sachant pas s'orienter à Hopetown, Marilla craignait de tomber sur l'échafaud. Elle avait déjà vu le visage de la mort et n'avait aucune envie d'y regoûter. Rachel, en revanche, n'avait jamais croisé plus que des bûches coupées, et elle se laissait guider par sa curiosité macabre. Elle traînait et s'arrêtait à chaque coin de rue pour scruter de tous les côtés. Elle interpella même un ramoneur pour lui demander :

— N'est-ce pas Spring Garden Road, ici ?
— Non, mademoiselle, c'est…

Marilla attira Rachel sans attendre la fin de la réponse. La quincaillerie se trouvait à deux pâtés de maisons, mais plus elles approchaient du centre-ville, plus la foule devenait dense. Elles devaient marcher bras dessus, bras dessous pour ne pas être séparées et entraînées dans des directions opposées. Tant de passants à contre-courant. Elles ne voyaient pas à plus d'un mètre devant elles. La nervosité dans l'atmosphère indiquait à Marilla qu'il ne s'agissait pas d'un après-midi ordinaire. Elle n'osait pas interroger un inconnu. Elle s'agrippait juste à Rachel, et Rachel à elle. Et soudain, elles se figèrent et les murmures cessèrent. Ce qu'elle avait craint le plus se produisit.

Sur une autre estrade, derrière le tribunal, se dressait l'échafaud. Marilla tenta de se faufiler entre les spectateurs, mais tous les yeux étaient rivés sur la plateforme et tous les pieds, solidement vissés au sol gelé.

— On est coincées, se lamenta-t-elle.

— Regarde ! répliqua Rachel en hochant la tête.

Les soldats sortirent un groupe d'hommes échevelés d'une calèche. La foule se mit en branle. Leurs cris et leurs exclamations firent trembler Marilla. Les vibrations s'insinuèrent en elle. Elle se couvrit les oreilles. Quand les prisonniers arrivèrent au sommet de l'échafaud, on plaça des cordes autour de leurs cous.

— Silence ! ordonna le magistrat, affublé d'un grand couvre-chef princier et d'un manteau élyséen en peau de castor.

Tous se turent. La brise légère charria le cri d'une mouette au loin et le fracas des vagues glacées. Marilla aurait tant voulu être sur son île, à des kilomètres de ce lieu.

— Voici les chefs des criminels. Ils ont été jugés par la Cour divine de Sa Majesté Royale et déclarés coupables de rébellion et de trahison. Regardez bien, citoyens. Voici ce qu'obtient l'insurrection.

Les spectateurs se mirent à hurler leur approbation.

— Mort aux traîtres !

— Les tories pour la Couronne !

— Pendez les rebelles !

— Les prisonniers vont prononcer leurs derniers mots, intervint le magistrat.

Le silence revint. La mouette lâcha un *cah-ha-ha-ha* invisible.

— Allez-y, parlez, chevalier de Lorimier ! osa crier un sympathisant.

Marilla se souvenait d'avoir lu ce nom dans les journaux. Lorimier et ses camarades faisaient partie du mouvement paramilitaire des patriotes. Ils voulaient un Canada indépendant. Un acte de sédition. Le verdict était la mort.

Lorimier leva le visage. La corde de lin se serra autour de son cou, mais il parvint à s'exprimer aussi audiblement que si elle n'avait pas été là.

— Je laisse derrière moi mes enfants, dont le seul héritage sera le souvenir de mon malheur. Pauvres orphelins, c'est vous qui êtes à plaindre, vous dont les mains sanguinaires et les lois arbitraires décident de ma mort... je n'ai pas peur. Vive la liberté !

La trappe s'ouvrit brusquement et les hommes chutèrent en tressautant.

Rachel poussa un hurlement dans le bras de Marilla, qui regarda la scène sans sourciller, incapable de détourner la tête.

— Que Dieu préserve leurs âmes, murmura-t-elle.

Elle vit alors un enfant, encore en couches, sur les épaules de son père. Il regardait, en riant, ravi du spectacle. Et Marilla vit des enfants partout. Certains avec leurs parents, d'autres en groupes de trois ou quatre. Tous se moquaient de la mort, hilares. La justice était un jeu, sans aucun rapport avec le bien et le mal. Ils étaient trop jeunes pour comprendre que la vie est éphémère et la mort, permanente. Même s'il ne s'agissait ni de ses enfants ni des enfants d'Avonlea, elle éprouva une profonde douleur, comme si un tendon tirait sur un os déchiqueté.

Elle trouva une ouverture dans la foule et prit Rachel par la main.

— Viens.

Ensemble, elles partirent en courant, leurs talons cliquetant sur les pavés, jusqu'à ce que Marilla voie les portes de l'orphelinat. Elle tira sur la cloche et frappa le heurtoir pendant ce qui lui sembla une éternité avant que la serrure ne fût tournée et qu'elles puissent entrer, tremblantes et transpirantes malgré le givre sur leurs manteaux.

- 24 -

Refuge et lettres

— Je vous aurais proposé de venir un autre jour si j'avais su que les exécutions se déroulaient aujourd'hui, s'excusa la révérende mère.

Elle fit apporter du thé chaud dans son bureau, mais ni Rachel ni Marilla ne purent en boire une goutte.

— Nous avons verrouillé les portes par peur des émeutiers, mais il semble que les gardes de la cour contrôlent la situation.

Elle s'éclaircit la voix et inspecta par la fenêtre la cour intérieure vide pendant les mois d'hiver.

Rachel était secouée de sanglots ; Marilla, pétrifiée sur sa chaise, regrettait qu'elles aient emprunté cette rue et vu pareil spectacle morbide. Elles auraient dû écouter Mme Lydia Jane et se rendre directement à l'orphelinat.

— C'est terminé ? demanda Marilla.

La révérende mère regardait toujours dehors.

— Je crains que cela ne soit que le début. Les troubles ne se limitent pas à Hopetown. Les États-Unis connaissent également de sévères conflits. Nos Sœurs de la Charité, là-bas, nous rapportent la division entre le Nord et le Sud. Juste comme nous avons ici les tories contre les réformistes. Le cœur humain déborde de querelle. C'est un monde en perdition, mes amies. Nous ne pouvons que tenter d'établir des havres de paix, là où c'est possible.

La bataille semblait perdue d'avance.

La révérende mère se tourna alors et s'empara du chèque de donation qu'avaient apporté les jeunes filles.

— Merci infiniment. Nous en ferons bon usage.

— Comment pourrions-nous vous aider encore plus ?

— « La justice est à moi », dit le Seigneur. Que les politiciens s'emportent les uns contre les autres, versent le sang et vivent en ennemis. C'est notre devoir d'aimer le pauvre, l'orphelin, le las et l'accablé. Matthieu 11.28 le dit bien. L'amour peut être une forme de guerre.

— Je veux ma maman... sanglota de plus belle Rachel.

La révérende mère sonna une cloche sur son bureau et la porte s'ouvrit.

— Sœur Catherine, voulez-vous bien emmener Mlle sWhite dans la cuisine. La pauvre jeune fille vient de vivre un événement très déstabilisant. Peut-être qu'un biscuit au sucre l'aidera à se calmer.

Sœur Catherine enveloppa les épaules de Rachel de son bras pour l'accompagner dans la cuisine. La révérende mère ferma la porte de son bureau et s'installa devant Marilla.

— Dès que je vous ai vue, j'ai senti la force. Puis-je vous confier une information ?

Marilla ne comprenait pas comment la révérende mère pouvait vouloir partager des secrets avec une paysanne presbytérienne de l'île du Prince-Édouard.

— Bien sûr, répondit-elle en déglutissant.

Elle pria rapidement en silence : *Pardonnez-moi de ne pas avoir obéi à Mme Lydia Jane. Pardonnez-moi d'avoir accepté le stratagème trompeur de Rachel. Pardonnez-moi de ne pas avoir été au chevet de ma mère quand elle avait besoin de moi. Pardonnez-moi pour les bois et le ruisseau... et John.* Elle voulait être absoute du plus de péchés possibles avant d'écouter ce que la révérende mère voulait lui révéler.

— Vous souvenez-vous de la jeune orpheline que vous avez rencontrée l'année dernière... Juniper ?

Comment aurait-elle pu l'oublier ?

— Est-elle encore ici ?

— Non.

La révérende mère ajusta la manche de sa tunique.

— Heureusement, non. Elle a été adoptée par une famille de Terre-Neuve.

Voilà une nouvelle rassurante ! Marilla imagina la jeune fille sous son chapeau bordeaux déambulant sur une route bucolique avec ses nouveaux parents.

— Je suis heureuse pour elle. Je n'imagine pas que ce soit facile.

Elle s'interrompit pour chercher ses mots.

— Pour une personne comme elle... une orpheline de son âge et...

— Une esclave africaine ?

Marilla baissa les yeux.

— Mme White fait tricoter à son cercle de couturières et aux membres de son École du dimanche des bonnets. Elle est bien décidée à ce que tous vos orphelins soient habillés l'hiver prochain.

— C'est très gentil de sa part. Nous avons trop de rhumes l'hiver.

Oui, mais Marilla espérait que la révérende mère avait compris ce qu'elle lui disait vraiment.

— Et je pense qu'un bon bonnet est un excellent moyen de camouflage pour un orphelin qui en aurait besoin.

La révérende mère sourit et s'assit à côté de Marilla.

— Donc, vous comprenez bien.

— Je crois, oui, répondit Marilla en hochant la tête.

— Pour vous parler honnêtement, nous accueillons de plus en plus d'enfants nés esclaves ou devenus orphelins après la mort de leurs parents ou à cause de leurs difficultés. Pour Dieu, cela ne fait aucune différence. Ils sont seuls et Dieu est là pour leur accorder Sa grâce. Il existe très peu de refuges entre les États américains du Sud et notre porte. Ils arrivent à moitié affamés, blessés, malades et terrifiés par leur voyage. Nous faisons ce qui est en notre pouvoir… tout ce qui est en notre pouvoir. Malheureusement, avec si peu d'abris, il est impossible pour tous de trouver refuge. Nos dortoirs sont bondés. Il devient de plus en plus difficile de les protéger des chasseurs d'esclaves qui souhaitent les renvoyer à leur condition d'avant. Malgré les lois canadiennes, beaucoup de nos dirigeants sympathisent avec les trafiquants d'esclaves fortunés. Pour eux, ces orphelins sont des valeurs marchandes, pas des êtres humains. Les tribunaux sont trop occupés avec les rebelles, ils ferment les yeux sur les esclaves fugitifs et sur les propriétaires d'esclaves qui viennent les reprendre. Le système ne fonctionne pas et ni les tories ni les réformistes n'ont de solution. Il nous faut chercher dans les Saintes Écritures : « Vous n'êtes pas sous la loi, mais sous la grâce »,

Romains 6.14. Nous obéissons à cela et prions pour être protégés. Que Sa grâce suffise.

Elle se signa.

— Amen.

Une loi interdisait l'esclavage. Une autre l'entérinait. Les deux pensaient être justes. Marilla comprenait le besoin de passer à l'action et le grand danger que les esclaves encouraient s'ils étaient découverts.

La révérende mère brandit le chèque de banque.

— Je vais vous dire toute la vérité, parce que je dois me montrer honnête sur la façon dont cet argent sera dépensé. Il va nous permettre de déplacer les orphelins, même ceux qui ne sont pas adoptés, vers d'autres provinces. Les colombes de Dieu trompent la malice du serpent. Les dames de la société féminine d'Avonlea nous offrent bien plus qu'il n'y paraît. Avec ces dons, nous aiderons le pauvre, le las et l'accablé. « Si un étranger vient séjourner parmi vous, vous ne l'opprimerez pas. Vous le traiterez comme l'un des vôtres. Vous l'aimerez. » C'est ce que nous enseigne le Seigneur. L'amour alimente la vie qui alimente l'amour.

— Que pouvons-nous faire de plus ?

Elle attrapa la main de Marilla chaleureusement.

— Si nous pouvions multiplier le nombre de nos abris, nous le ferions. Mais dans l'état actuel des choses, nous ne pouvons agir que selon nos limites.

Marilla respectait la prudence de la révérende mère. Elle comprenait ce qu'elle devait représenter à ses yeux : une jeune provinciale issue d'une petite île. Et pourtant, elle brûlait du désir d'être plus que cela, de faire plus, dans le cadre que lui permettait sa vie. Une idée lui traversa l'esprit, mais avant qu'elle ne pût la soumettre à la révérende mère, sœur Catherine entrouvrit la porte.

— Les routes sont dégagées désormais, et Mlle White va bien mieux. J'ai appelé une calèche.

— Très bien. Vous devriez rentrer avant que la nuit tombe. Nous n'avons que peu d'heures de lumière pendant les mois d'hiver.

Marilla se leva.

— Révérende mère, je tiens à vous garantir que notre discussion ne sortira pas des murs de votre bureau. Cependant, je me demandais si vous m'autoriseriez à en faire part à ma tante Elizabeth Johnson, à Saint Catharines. J'ai entière confiance en elle et elle pourrait me souffler des idées pour que nous nous montrions plus utiles encore... en plus des châles et des bonnets de Mme White.

La révérende mère se tourna vers sœur Catherine.

— Les braves dames d'Avonlea tricotent à nos orphelins des bonnets pour l'hiver prochain.

Sœur Catherine tapa dans ses mains.

— Les enfants seront si contents. Plusieurs des sœurs s'abîment la vue à force de repriser ! Nous vous serons éternellement reconnaissantes.

— Ah oui, nous remercions de tout notre cœur tous ceux qui aident notre cause, confirma la révérende mère en esquissant une révérence.

Marilla interpréta sa phrase comme un oui. Les deux femmes la ramenèrent vers Rachel. Des miettes de biscuits parsemaient son manteau, mais elle avait le teint encore un peu verdâtre.

— Emmenez-les directement chez Mme Lydia Jane Spencer, demanda la révérende mère au cocher, avant de les embrasser toutes les deux sur les joues.

Je prie pour que, lors de votre prochaine visite, les esprits se soient calmés.

— Je vous écrirai, promit Marilla.

— Je surveillerai le pigeon voyageur, remercia la révérende mère en lui adressant un clin d'œil complice.

À l'intérieur de la calèche, Rachel se blottit contre Marilla.

— Heureusement, nous n'avons pas à faire la route de retour à pied. Je n'aurais pas supporté de traverser de nouveau Hopetown.

— Attention à la bassinoire sous le siège, les mit en garde le cocher. Ne la renversez pas, vous risqueriez de vous brûler aux charbons.

— Nous avons oublié la bassinoire pour cette nuit ! s'écria Rachel, effondrée. Tout cela pour rien.

Marilla remonta la couverture de la calèche sur ses jambes. Elle était trop préoccupée pour s'inquiéter d'avoir froid aux pieds dans leur lit.

— Je voudrais être à la maison, se lamenta Rachel.

— Demain. C'est pour bientôt.

De retour chez Lydia Jane, elles ne parlèrent ni des rebelles pendus, ni des rassemblements dans la rue, ni des orphelins, ni des Sœurs de la Charité. Lydia Jane se disait protestante convaincue et se méfiait de tout ce qui touchait à l'Église catholique. Elle affirmait ne pas pouvoir faire confiance à une religion avec tant de mystères cachés derrière des cloîtres, des confessionnaux et des habits de nonnes… même si la pudeur était une qualité. Elle évitait scrupuleusement de discuter religion, politique, argent ou pauvreté aux repas. Cela lui provoquait des indigestions. Les deux jeunes filles se contentèrent donc de complimenter Cookie sur son ragoût de mouton et son quatre-quarts et d'écouter Lydia Jane raconter les cabrioles et les bobos de ses petits-enfants.

En s'excusant, elles montèrent se coucher tôt, et Rachel ne prit pas la peine de se déshabiller avant d'entrer au lit.

— Ainsi, je serai prête plus tôt demain matin, et j'aurai moins froid dans la nuit.

Avec ses jupons en flanelle, elle laissa peu de place à Marilla, qui ne protesta pas. Ne trouvant pas le sommeil de toute façon, elle s'installa au bureau avec du papier et un stylo.

Chère tante Izzy, écrivit-elle avant d'expliquer aussi prudemment que possible la vérité sur l'orphelinat. *La révérende mère dit qu'ils ont besoin de plus d'abris dans les villes frontalières. Je suis bien consciente que c'est te demander d'endosser une immense responsabilité, au péril de ta vie, mais tu as toujours aimé vivre sans limites. Pourrais-tu agir depuis Saint Catharines ?*

Avant l'arrivée de la calèche, le lendemain matin, elle donna à Cookie la lettre pour qu'elle la poste. Elle ne voulait pas courir le risque de la perdre pendant le voyage.

Une semaine plus tard, elle reçut la réponse d'Izzy aux Pignons Verts :

Ma chère Marilla,
Je suis heureuse d'apprendre que ta visite à Hopetown a été un succès. Je suppose que tu es déjà rentrée chez toi, auprès de ton père et de ton frère. S'il te plaît, adresse-leur mes plus sincères salutations, et gratouille la tête de Skunk pour moi. Vous me manquez tous très fort.

En ce qui concerne le sujet de ta lettre, j'ai entendu dire beaucoup de choses sur les esclaves en fuite. Les journaux à Saint Catharines parlent de ces Africains arrivés dans le Nord pour échapper à leurs ravisseurs américains. Je viens de lire un article écrit par M. Jermain Loguen, un abolitionniste africain qui a prononcé plusieurs discours à la chapelle Bethel, ici. Il est très respecté dans la communauté. M. Loguen a surtout parlé des hommes et des femmes en captivité. Je dois reconnaître, à ma grande honte, que je n'avais même pas pensé aux nombreux enfants !

Tu as raison. Nous ne pouvons pas rester sans rien faire, bien au chaud, dans nos maisons, pendant que d'autres souffrent injustement. Je n'ai pas encore réfléchi à des solutions depuis que ta lettre est arrivée.

C'est une mission très controversée dans laquelle nous nous engagerions, étant donné les lois contradictoires de notre pays, mais comme tu l'as écrit, je n'ai jamais renoncé par peur de l'inconnu. Si quelqu'un frappait à ma porte pour trouver refuge, je ne le rejetterais pas. La même proposition que je t'ai faite, je la leur fais à eux aussi. Ils sont tous les bienvenus chez moi. Je suis certaine de pouvoir aménager un espace agréable dans le grenier de mon magasin. Je me tiens à la disposition de la révérende mère et comme toujours à ta disposition la plus totale, ma chère enfant.

Avec tout mon amour,
Tante Izzy

Marilla embrassa la lettre et envoya sans attendre un message à la révérende mère.

Demandez, et l'on vous donnera. Le miracle du nombre.

- 25 -

Refus de pardon navré

Heureusement que Marilla n'avait pas tardé à écrire à la révérende mère. En février 1839, Lord Durham publia son *Rapport sur les affaires de l'Amérique du Nord britannique*, et ce fut comme si une clé à molette s'était coincée dans les rouages de la nation. Le bureau de poste fut fermé pendant trois semaines consécutives. On disait que le conseiller Cromie avait verrouillé toutes ses portes et qu'avec sa femme et tout son personnel il s'était réfugié à l'intérieur de sa maison. Même le vieux M. Fletcher et ses marrons chauds avaient quitté les rues d'Avonlea. On se serait cru en pleine apocalypse.

La seule roue qui continuait de tourner, de plus en plus vite même, fut la toute-puissante presse d'imprimerie. Les journaux foisonnaient comme les lapins au printemps, provenant de Charlottetown, Hopetown, Montréal, Québec et même de Londres. À la place des petits pains, le matin, c'étaient les nouvelles que les gens dévoraient goulûment.

Lord Durham avait collecté toutes les proclamations de toutes les villes des provinces canadiennes et les avait compilées dans son rapport, où il déclarait que le seul moyen d'étouffer de futures rébellions était d'unifier les colonies britanniques du Bas et du Haut-Canada, l'île du Prince-Édouard étant une colonie du Bas-Canada. Lord Durham affirmait que cette intégration produirait une plus grande harmonie. La paix dépendait de la suppression des divisions raciales. Le peuple devait sentir qu'il formait un tout, quelles que soient la langue, la religion, la croyance ou la couleur. Proclamer une seule nation canadienne, bénie par la Couronne, permettrait une représentation égale au parlement, le regroupement du crédit et l'application uniforme de la loi à travers le pays.

« Le Canada-Uni approuvé par la reine », titraient les journaux. Avonlea mit du temps à digérer la nouvelle. Les gens en avaient assez de surveiller par leurs fenêtres le début des émeutes.

— La fin des temps approche ! prêchait le révérend Patterson depuis des années déjà, de toute façon.

Le bureau de poste finit donc par rouvrir ses portes, le conseiller Cromie, sa maison et M. Fletcher recommença à faire griller ses marrons.

Selon Marilla, c'était un match nul. Les libéraux avaient demandé des réformes, et elles étaient appliquées de façon conservatrice. Pourtant, tout le monde ne partageait pas son opinion. L'Agora était devenue encore plus populaire auprès des jeunes hommes. Matthew n'assistait plus à leurs réunions, mais cela n'empêchait pas John de lui apporter des nouvelles quotidiennes de leurs délibérations.

Le seul bon côté de l'hiver précoce fut l'arrivée prématurée du printemps. La première journée chaude de mars, Marilla ouvrit toutes les fenêtres de la maison pour laisser entrer une douce brise. Les branches des lilas étaient tachetées de vert, avec une pointe de mauve à leurs extrémités. Un couple de moineaux y avait établi son nid. Marilla guettait les signes de vie et d'amour, comme l'avait dit la révérende mère.

Maintenant que le courrier circulait de nouveau, une lettre arriva de Hopetown. La révérende mère avait pris contact avec Izzy, qui accueillait déjà des « invités » sous son toit. Marilla sentit son cœur s'emballer. Pour la première fois, elle envisagea d'accepter la proposition d'Izzy de venir lui rendre visite. Elle pourrait ainsi l'aider à s'occuper des fugitifs et participer à cette grande mission. Malheureusement, sa tante n'avait que son grenier pour héberger quelqu'un. Si Marilla s'y installait, Izzy ne pourrait recevoir quelqu'un d'autre. Elle rangea donc la lettre dans son tiroir, satisfaite déjà de savoir que la machine était lancée.

Dès l'aube, Hugh était parti pour Carmody. Après la longue période de gel du commerce, le bétail et les graines étaient de nouveau négociés, et la plupart des fermiers se rendaient en ville pour s'approvisionner en vue des semailles. Avant le souper, Matthew remontait la cour depuis l'étable, en grande conversation avec John.

— C'est bien le problème, Matthew, vous êtes trop nombreux à vous taire de peur de bouleverser les traditions. Mais il est clair que nous avons changé d'époque et que les vieux conservateurs ne peuvent pas diriger une nation nouvelle.

Ils arrivèrent sur la terrasse de derrière et, à travers la fenêtre ouverte, Marilla entendit Matthew gratter une allumette et tirer sur sa pipe. Une mauvaise habitude à laquelle il s'adonnait de plus en plus depuis la vente aux enchères. Ils n'avaient plus parlé de Johanna Andrews depuis des mois, et Matthew ne restait plus jamais à l'église après la messe.

— Dieu n'exige pas de moi des conversations vides de sens et d'intérêt pour être un bon chrétien, s'était-il justifié.

Marilla était du même avis.

Elle voulut fermer la fenêtre pour éviter que la fumée n'entre, mais ils sauraient alors qu'elle se trouvait là, et elle n'avait pas de temps pour les visites ce jour-là. Il fallait encore qu'elle termine de tremper les bougies à la cire, de remplir au puits la citerne de la cuisine et de renverser la casserole de lait écrémé dans le seau des cochons avant de préparer le repas du soir. Elle continua donc ce qu'elle était en train de faire, laissant la conversation et la fumée s'infiltrer par la fenêtre.

— Ce n'est pas que je ne suis pas d'accord avec toi, John. Je vois bien que nous avons besoin de réformes.

— Alors tu es un réformiste !

— Ce n'est pas blanc ou noir, objecta Matthew en suçant le bec de sa pipe. J'ai des liens qui vont jusqu'en Écosse, tout le monde dans ma famille est presbytérien depuis des générations. Tu ne peux pas tourner le dos à tes racines. Alors, même si je suis d'accord avec les convictions des réformistes, je dois me ranger auprès des tories pour la religion. Ce sont les dirigeants nommés par Dieu, et comme le révérend Patterson le dit dans son prêche, nous devons être fidèles à la Couronne.

— J'ai dû rater ce sermon. Où est-ce que tu as vu dans les Saintes Écritures que la Couronne britannique a été nommée par Dieu ? Nos voisins français ne pourraient-ils pas dire la même chose de leur roi

Louis-Philippe ? Et les Américains, de leur président Van Buren ? Et les Hollandais et les Belges… dis-moi, qui jouit des faveurs de Dieu ? Le monde est trop grand et trop varié pour que nous restions vissés dans une convention sociale qui ne sert plus le peuple pour lequel il a été créé.

— Encore une fois, je ne peux rien objecter à cela.

— Alors pourquoi continuer à soutenir un gouvernement qui veut rendre ses citoyens aveugles et impuissants devant des changements nécessaires et bénéfiques ? La seule solution est la démocratie, mais il nous faut le vote de tous pour y arriver.

Matthew poussa un soupir et Marilla se désola d'entendre sa frustration.

— Le changement est en cours. Les tories sont pour l'unification, et Lord Durham soutient un gouvernement responsable.

— Après que nous le lui avons rabâché encore et encore, et il est bien là, le problème, Matthew. Si nous ne nous étions pas ralliés tous ensemble avec courage et clarté, nous n'aurions aucun droit pour demander l'égalité entre les classes sociales. Ce sont des gens comme toi qui nous retiennent en arrière. Des gens comme toi qui doivent prendre parti. Chaud ou froid, mais pas tiède !

Marilla en avait suffisamment entendu. Cela l'exaspérait de voir comment John coinçait son frère dans cette joute verbale. Matthew était bien trop docile et gentil pour riposter. Elle n'allait pas le laisser mettre à mal, et surtout pas aux Pignons. Matthew avait déjà subi assez d'humiliation par Johanna Andrews. Marilla n'avait rien pu faire pour le défendre, mais maintenant, elle ne se gênerait pas.

— Tu es tellement imbu de toi-même, John Blythe ! déclara-t-elle par la fenêtre, avant de sortir sur la terrasse. Pourquoi ne peux-tu pas t'arrêter ? J'ai vu exactement où mène ce genre de discours. Cela rend les gens barbares et assoiffés de sang ! Je l'ai vu à Hopetown. Des innocents, des enfants sont chassés et pendus pendant que tu fais quoi ici ? Parler ? Vous ne faites que débattre de guerre pour vous amuser dans votre Agora. Vous ne faites que rendre la tâche plus difficile à ceux qui pourraient passer à l'action, même s'il ne s'agit pas de l'action libérale que tu estimes appropriée. Qui es-tu pour juger ? L'anarchie n'est jamais la solution. Tout ce que je vois des réformistes libéraux est la rébellion et la mort.

John ouvrait de grands yeux, inquiets et surpris.

— Marilla...

Elle brandit son index devant son visage pour qu'il se taise.

— Ce qui me déconcerte le plus, c'est pourquoi cela te dérange tant que nous soyons conservateurs ? Nous ne t'imposons pas nos convictions politiques, alors pourquoi veux-tu nous changer ?

Fulminant et dégoulinant de sueur, elle entendit la casserole de ragoût à la tomate qui bouillonnait dans la cuisine.

— Et maintenant, tu vas aussi gâcher mon dîner !

Elle retourna à l'intérieur, claquant la porte derrière elle.

John la suivit, Matthew sur les talons.

— Marilla, s'il te plaît, calme-toi. Ce n'est pas nécessaire de s'enflammer ainsi, déclara John.

Elle retira la casserole du poêle et faillit la lui lancer

à la tête. Comment osait-il venir ici et lui dire comment se comporter !

— Penses-tu que tu peux entrer chez quelqu'un et prendre le contrôle de sa maison ? Matthew est conservateur, tout comme mon père et ma mère, et comme moi. Nous ne voulons pas changer. Et si cela ne te plaît pas, tu peux partir et ne jamais revenir.

— Marilla... lâcha Matthew, bouleversé. Tu ne peux pas penser ce que tu dis.

Elle leva le menton.

— Sur l'âme de maman, je le pense.

Elle arrivait à peine à croire les mots qu'elle venait de prononcer.

John rougit. La cicatrice sur sa tempe devint violette. En silence, il hocha la tête en direction de Matthew, fit volte-face et partit.

Marilla sentit sa tête dans un étau. Sa vision se rétrécit. Elle ne voyait plus que du rouge.

Elle passa le lendemain au lit, la migraine rendant chaque couleur trop vive, chaque son trop fort, chaque mouvement une agression. Quand la douleur diminua le matin suivant, Marilla se leva et découvrit que Rachel était venue lui apporter le bulletin de l'École du dimanche. Depuis leur visite à Hopetown, la jeune fille avait redirigé sa vie vers la noble cause de la salvation et des réformes libérales. Elle prétendait que l'Église était la voie de la libération. Elle avait vu le jour du Jugement dernier de ses propres yeux et était déterminée à ne pas se laisser traîner à l'échafaud. Elles n'avaient jamais parlé des pendus. Marilla n'avait pas oublié, mais avec le temps le souvenir se dissipait et lui faisait moins mal. C'était pour le mieux.

Matthew se servait son petit déjeuner dans la cuisine. Une assiette de jambon froid et de fromage.

— Papa est rentré de Carmody ? demanda-t-elle en enfilant son tablier.

— Il est déjà parti dans les champs avec ses nouvelles graines.

— N'y vas-tu pas ?

— J'espérais d'abord te parler en privé.

Il repoussa son assiette et essuya ses lèvres cachées sous sa barbe qu'il laissait désormais pousser.

— Je t'écoute. Qu'as-tu à me dire ?

À l'instar d'une éponge mouillée sur un tableau noir, son mal de tête effaçait jusqu'au souvenir des équations de la veille.

Il s'éclaircit la voix.

— Au sujet de l'autre jour, la visite de John Blythe.

— Je ne vois pas ce qu'il y a à en dire.

— Alors c'est à moi de prendre la parole.

Matthew qui prenait la parole ? Rien que l'idée la rendait nerveuse, alors l'écouter…

— Tu as grandi très vite depuis que nous avons perdu maman. Tu as des opinions tranchées et une langue bien accrochée pour les exprimer. Je suis très fier de toi, Marilla. Mais je ne pourrais pas garder la tête haute en tant qu'homme et en tant que grand frère si je ne te disais pas ce que je ressens. Il est temps que je te dise ce que j'ai sur le cœur. Tu as eu tort de dire ce que tu as dit à John Blythe. J'ai eu honte de toi.

Son commentaire la blessa profondément et la douleur dans son crâne recommença de plus belle. Elle s'appuya contre l'évier.

— Je te défendais, toi et notre famille.

— Je n'ai pas besoin qu'on parle à ma place. J'ai

une voix, aussi bien que toi. C'est un choix que nous devons faire à chaque instant. Quelles vérités doivent être exprimées et lesquelles on doit garder pour soi. C'est cela, le pouvoir. Tu dois te montrer perspicace. Tu peux changer d'idée aussi souvent que tu le veux, mais tu ne peux pas reprendre tes mots. Jamais.

Marilla se mordit la lèvre inférieure et se détourna pour qu'il ne vît pas ses larmes couler. Elle avait pensé tout ce qu'elle avait dit à John, mais n'avait pas pris le temps de savoir si elle devait vraiment le dire, ni comment. Sa fierté l'avait guidée, et maintenant elle était écorchée vive.

Matthew se leva et enfonça son chapeau sur sa tête.

— Tu devrais dire à John Blythe que tu l'aimes. C'est une vérité à dire.

Elle pivota sur elle-même pour réfuter son affirmation, mais il était déjà parti sans un au revoir, la laissant à ses regrets. Elle n'avait pas eu l'intention de se montrer cruelle ni malhonnête. Jusqu'à cet instant, elle n'avait jamais pris conscience de combien ils se ressemblaient.

Une semaine passa, puis deux, puis trois. Les cerisiers et les narcisses fleurirent, offrant un merveilleux spectacle en rose, en jaune, en blanc, mais Marilla ne le remarqua même pas. Elle n'avait plus revu John depuis tout ce temps, et il occupait toutes ses pensées. Ils n'étaient pas juste en froid, elle l'avait rabroué devant son frère. Elle avait juré sur l'âme de sa mère. Elle avait prononcé des mots irréparables.

— Les Blythe viennent de rentrer d'une visite à des cousins à Charlottetown, annonça Matthew derrière son journal, un soir.

— Je me demandais où ils étaient passés, répliqua Hugh, derrière le sien. Je voulais que John examine Starling. Je me disais qu'on pourrait l'accoupler avec un de leurs veaux.

Assise entre les deux, les doigts sur sa couture, Marilla s'empourpra. Elle était soulagée que l'absence de John s'explique ainsi.

Le lendemain, elle était à bout de nerfs, quand elle le vit marcher sur le sentier qui menait aux Pignons Verts. Elle monta rapidement se coiffer avec le peigne en corne et écrasa des pétales de géranium sur ses poignets.

Il frappa à la porte et elle lui ouvrit.

— Bonjour, John, contente de te voir.

Il retira sa casquette dans un geste solennel.

— Mademoiselle Cuthbert.

Il parlait sur un ton froid, des cernes noirs soulignaient ses yeux.

Elle fronça les sourcils de le voir si formel.

— Je suis ici de la part de mon père, sur une demande de ton père, afin d'examiner votre génisse, Starling.

Elle sentit le feu embraser ses joues et éprouva une profonde honte d'avoir pensé que sa visite pouvait avoir d'autres motivations.

— Je pense que papa est à l'étable.

Il s'éclaircit la voix.

— Et puisque je suis ici, je voudrais m'entretenir avec toi, si c'est possible.

Enfin ! Il allait s'excuser, elle allait s'excuser et ils allaient continuer, débarrassés de cette grossièreté entre eux. Peut-être même qu'ils iraient se promener ensuite. Le sentier des érables était tapissé de fleurons écarlates de printemps et elle voulait lui raconter sa nouvelle idée de stand pour la Société féminine.

— Je suis désolé de vous avoir offensés, toi et ta famille, avec mes idées libérales. J'ai cru à tort que j'étais assez proche de vous pour vous parler ouvertement. Mais je peux te le garantir, je ne ferai plus jamais la même erreur.

Le cynisme avec lequel il parlait et la provocation dans ses yeux n'échappèrent pas à Marilla. Il ne s'excusait pas, bien au contraire. Elle se redressa.

— Tu apprendras que l'effronterie a des conséquences, John Blythe.

Il émit un grognement méprisant.

— Bonne journée à toi.

Marilla inspira la colère dans ses poumons.

— Bonne journée, John Blythe.

Elle ferma la porte et y appuya son dos pendant si longtemps que John eut le temps de parler à son père dans l'étable et de repartir avant qu'elle n'ait bougé. Quand elle l'entendit devant la maison, elle posa la main sur la poignée. Si elle ouvrait, il la verrait et s'arrêterait. Ils pourraient enfin parler. Il suffisait qu'elle ouvre.

Tu dois te montrer perspicace, lui avait dit Matthew. Sa langue débridée semblait de nouveau ligotée.

John ordonna à son cheval de partir et elle l'écouta galoper, ses sabots broyant son cœur jusqu'à ce que le son disparaisse. Matthew avait raison. Les mots ne se reprennent pas... ni ceux qu'on prononce, ni ceux que l'on tait.

Elle s'empara de son balai et sortit dans la cour pour retirer jusqu'à la plus infime particule de poussière. Elle recommencerait le lendemain et le jour suivant et aussi longtemps qu'il le faudrait.

TROISIÈME PARTIE

Marilla dans sa maison de rêve

- 26 -

Un enfant est né

Novembre 1860

Toujours baigné de la lumière dorée d'automne aux reflets écarlates, un mois de novembre glacial mais sans neige s'installa sur l'île. Les arbres s'agrippaient à leurs dégradés de couleurs malgré le mordant du vent. Le soleil traversait avec une douceur embrumée la canopée frigorifiée.

Assise seule dans la cuisine, au coin du feu, Marilla raccommodait une paire de chaussettes en laine de Matthew, quand Robert, le fils aîné de Rachel, descendit à toute allure le sentier qui provenait du vallon des Lynde. Bâti comme un renard, petit et alerte, il courait à une vitesse qui fit trembler les genoux de Marilla. Il lui rappelait Rachel jeune – si Rachel avait été un garçon autorisé à galoper librement.

— Marilla ! appela-t-il en approchant. Mademoiselle Marilla, le bébé est arrivé !

Marilla détacha son tablier et le suspendit sur le crochet au-dessus du coffre en bois, afin que Matthew le voie en rentrant et comprenne qu'elle était sortie.

La veille, Marilla était allée chez les Lynde pour leur apporter autant de pommes qu'elle avait pu en cueillir dans son verger. À peine suffisant, sans doute, pour remplir les petits ventres de leurs neuf bébés.

Fidèle à sa parole, Thomas Lynde avait travaillé consciencieusement jusqu'aux dix-huit ans de Rachel et avait économisé suffisamment d'argent pour acheter une ferme à Avonlea. Une ravissante parcelle de terre avait été mise en vente au bout de la route principale, là où Hugh aurait dû construire sa maison, selon tous les habitants de la ville. Cela aurait été un choix plus sociable. Pour satisfaire le désir de Rachel, Thomas avait acheté le domaine au nord des Pignons Verts. Les Cuthbert et les Lynde étaient ainsi devenus voisins, une petite balade sur le sentier et Marilla arrivait chez Rachel.

Robert n'avait pas atteint la maison de Marilla que celle-ci avait déjà enfilé son manteau et ses gants. En la voyant sur la terrasse, il s'arrêta, le visage rouge et en sueur.

— Garçon ou fille ? s'enquit Marilla.

Robert prit le temps de reprendre son souffle.

— Un garçon ! Papa et la sage-femme prennent soin de lui. Maman m'a envoyé te chercher.

— Et où sont tous les autres ?

— Les plus petits sont chez grand-mère White.

— Elle doit être dans un état ! commenta Marilla. Ta grand-mère n'a jamais supporté trop d'agitation sous son toit.

Il acquiesça d'un hochement de tête.

— En effet. Mais ils ont reçu l'ordre strict d'être sages, sinon c'est Mme Winslow qui viendra les coucher.

Marilla réprima un rictus.

— Vous voilà dix, maintenant. Espérons que le petit dernier héritera de la réserve de ton père, plutôt que du caractère catégorique de ta mère.

Robert sourit de la plaisanterie et, ensemble, ils remontèrent d'un bon pas le sentier. Marilla n'assistait jamais aux accouchements de Rachel. Les naissances constituaient un phénomène aussi commun et naturel que les averses, et pourtant un seul éclair et tout pouvait changer pour toujours. Sa mère et sa famille avaient été foudroyées. Par Dieu ou le destin ? Après toutes ces années, la réponse lui semblait plus ambiguë encore. Rachel avait déjà traversé cette épreuve onze fois, avec neuf bébés bien portants, récompenses de ses souffrances, et deux enterrés dans le cimetière d'Avonlea, preuve des risques encourus.

Une petite Patsy était morte à deux ans de la grippe. Marilla la revoyait encore dans les bras of Rachel, son visage aux charmantes fossettes entouré de bouclettes. Un ange venu sur terre l'espace d'un court instant. Cette perte avait failli briser Rachel, mais elle avait ses autres enfants, et bientôt de nouveaux encore. Petit à petit, la fêlure dans son cœur s'était cicatrisée. Ensuite, elle avait eu un enfant mort-né. Marilla s'était dit que cette mort serait moins douloureuse. Rachel avait eu moins de temps pour connaître le bébé, elle ne l'avait même pas vu faire ses premiers pas, elle n'avait pas investi autant d'amour. Mais Marilla s'était trompée. L'événement avait été presque plus affreux que le décès de Patsy. Rachel ne s'était même pas résolue à lui donner un nom. Elle parlait simplement de lui en disant « mon tendre fils » et l'avait enterré à côté de sa sœur aînée. Pendant leur deuil, Marilla était venue faire à manger à la famille. Rachel avait perdu son appétit légendaire, elle ne mangeait plus que quelques bouchées de porridge et était devenue si maigre que Thomas avait craint pour sa vie. Marilla n'avait pas baissé les bras. À force de gâteaux à la vanille et de puddings à la prune, elle était parvenue petit à petit à remettre Rachel sur pied. Jamais Marilla n'avait vu son amie traverser de période plus triste.

Ce douzième enfant les avait tous surpris. Sur ordre du Dr Spencer, Rachel était restée alitée pendant pratiquement toute sa grossesse. Son corps était fatigué, l'avait-il mis en garde, et si elle voulait voir grandir ses enfants, celui-ci devrait être le dernier. Marilla ne pouvait qu'imaginer combien une grossesse et un accouchement épuisent la chair.

Elle n'avait même pas porté un seul enfant, et pourtant les années avaient rogné ses os tel du vinaigre, l'affaiblissant jour après jour.

Marilla aimait les enfants, mais devenir mère lui paraissait au-dessus de ses capacités. Elle croyait de tout son cœur à la doctrine « Dieu donne », et le Seigneur lui avait donné Matthew, les Pignons Verts, la santé et les champs. C'était bien plus que pour beaucoup. Par conséquent, au lieu de regretter ce qu'elle n'avait pas, elle remerciait le ciel de ne pas avoir souffert comme Rachel, ni payé de sa vie comme sa mère. Le prix pour devenir mère était trop élevé, quand tant dépendait déjà d'elle. En outre, pour tomber enceinte, il faut avant tout avoir un mari… et sur ce point, Marilla ne pouvait nier ses regrets. Elle avait espéré que Matthew se trouverait une épouse, mais n'avait jamais osé l'exprimer. Tous les deux nourrissaient des déceptions silencieuses.

Matthew avait quarante-quatre ans et même si ses cheveux avaient pris une teinte argentée, sa barbe était restée châtain foncé, jusqu'à cet automne où elle était devenue toute grise du jour au lendemain. Il était désormais pris de malaises, des douleurs au cœur qui lui coupaient le souffle et l'épuisaient. Le Dr Spencer lui recommandait de ne pas porter de charges trop lourdes, d'arrêter de fumer et de manger plus de haricots. Matthew ne tenait compte d'aucun de ces conseils.

Le Dr Spencer se rendait régulièrement aux Pignons Verts depuis quelques mois. En plein été, une mauvaise toux avait coloré les mouchoirs de Hugh en rouge. La phtisie. Si maigre que ses gants glissaient de ses mains, il continuait pourtant à travailler à l'étable avec Matthew dès l'aube. Marilla avait beau essayer, elle n'arrivait pas à le convaincre de prendre du repos. Alors elle aussi s'était noyée dans le travail, refusant de voir l'imminence de sa mort. Elle préparait des œufs au plat pour le petit déjeuner, balayait la cour, nourrissait les poules, cueillait les fruits dans le verger, faisait cuire du pain, mettait la table pour les deux hommes, et leur servait des assiettes bien remplies de ragoût. La vie n'arrêtait pas de broyer le temps, alors même que leur moulin ralentissait.

Le matin des premiers givres de septembre, Marilla s'était rendue dans la chambre de Hugh avec un linge propre et une bassine d'eau chaude. Elle fut choquée de le trouver encore endormi, malgré le chant du coq et les premiers rayons du soleil qui s'étaient infiltrés dans la pièce. Le Dr Spencer expliqua que ses poumons avaient gelé dans la nuit. Il était parti. Deux jours de suite, Marilla ne quitta pas son lit, sans se nourrir, son oreiller trempé de ses larmes, jusqu'à ce que Matthew ose entrer dans sa chambre. Il n'était plus jamais remonté à l'étage après la mort de sa mère. Marilla avait été surprise de l'entendre frapper à la porte. Il était entré avec un bol de soupe de pomme de terre qu'il avait préparée lui-même.

— Tu dois manger, avait-il dit, les yeux aussi gonflés que ceux de Marilla.

La soupe était affreuse, fade et trop cuite, mais Marilla avait été contente de la manger et d'avoir Matthew pour la réconforter.

— Tout le monde est parti sauf nous, avait-il dit. Tu es la seule Cuthbert sur cette terre avec moi, désormais.

En effet. Ils avaient eu une tante, morte jeune, mais aucun oncle qui portait leur nom. Ils avaient des cousins à East Grafton, les Keith, et les Johnson en Écosse, comme tante Izzy à Saint Catharines, mais pas d'autres Cuthbert. Bien sûr, Matthew pouvait toujours prendre une épouse plus jeune qui lui donnerait des enfants. Mais seuls les veufs le faisaient. Et Matthew était tellement timide. Depuis sa déconvenue avec Johanna Andrews, il n'avait plus posé les yeux sur aucune autre femme. Décrétant qu'elles le rendaient nerveux, il les évitait comme la peste. Marilla lui avait objecté qu'elle était une femme et qu'il s'entendait très bien avec elle.

— Je ne sais pas, c'est différent. Tu es ma sœur, et il se trouve que tu es une femme, avait-il expliqué, même si Marilla ne comprenait pas vraiment la logique de son raisonnement.

Rapidement, les mois devinrent des années et les années s'additionnèrent pour former des décennies. L'idée que quelqu'un perturbe leur quotidien devint inconcevable. Ils formaient les rouages d'une horloge bien huilée. Pourtant, avec la mort de Hugh, ils avaient quelque peu perdu leur équilibre. Matthew s'était toujours chargé des tâches d'extérieur, Marilla, du travail à la maison et Hugh, des transactions commerciales. Matthew n'avait aucun talent pour les négociations et même si Marilla maîtrisait parfaitement les chiffres, en tant que femme, elle n'avait pas sa place dans les réunions de fermiers. De toute façon, il lui était impossible de s'absenter des Pignons Verts aussi souvent qu'il l'aurait fallu. Si elle avait passé une partie de son temps à Carmody, qui aurait pu cuisiner, nettoyer, laver, recoudre, s'occuper du potager et du jardin, faire les courses et toutes les autres tâches indispensables pour le bon fonctionnement des Pignons Verts ? Matthew avait déjà assez de mal, avec ses problèmes de santé, pour veiller sur le bétail et moissonner les récoltes. Il avait besoin d'elle sur place. Elle avait fait une promesse à sa mère, elle la tiendrait.

Hugh avait fait venir un ouvrier et sa femme pendant quelque temps, mais ils avaient déménagé à la Nouvelle-Écosse après la naissance de leur premier enfant. Après le décès de leur mère, John Blythe aussi avait travaillé pour eux. Mais ils étaient tous jeunes à l'époque, presque des écoliers encore. Cela faisait si longtemps, plus personne ne s'en souvenait vraiment.

— Quel âge as-tu, maintenant, Robert ? demanda Marilla à l'aîné des Lynde alors qu'ils marchaient vers le vallon.

— Quatorze ans.

Elle hocha la tête. Rachel les laisserait peut-être l'employer au moment des vacances. Robert était un garçon vif et intelligent. Seulement, les Lynde avaient eux aussi une ferme à diriger et dix bouches à nourrir. Non, ce ne serait pas juste de le leur demander, surtout maintenant que Rachel aurait besoin de lui à la maison. Matthew et elle n'auraient de toute façon pas pu le payer très cher.

Chez les Lynde, Robert attendit en bas de l'escalier, tandis que Marilla monta dans la chambre. La sage-femme posait le bébé emmailloté dans les bras de Rachel.

— Marilla ! Viens voir, c'est un garçon. Un garçon !

Marilla s'approcha du lit et écarta la couverture du petit visage rouge.

— Un autre beau Lynde voit le jour ! Félicitations, Rachel... et Thomas.

Dans le coin de la pièce, Thomas souriait, touché par le compliment.

— Mais ne reste pas planté là, Thomas. Apporte une chaise à Marilla !

Il s'exécuta aussitôt avec un air hébété.

Rachel secoua la tête.

— Douze fois, et il s'évanouit toujours à la vue du sang. Il devrait savoir maintenant que les bébés n'arrivent pas dans de jolis paquets tout propres, tu ne crois pas ? Mais Thomas s'obstine à nier l'évidence. Il a repris conscience peu avant que tu arrives.

Le bébé soupira, attirant l'attention des deux femmes. Il avait une peau d'un rose parfait. Ses lèvres étaient joliment dessinées et chacun de ses doigts, une œuvre d'art miniature, agrippant et relâchant le sein de sa mère. Marilla éprouva un pincement au cœur, comme pour tous les autres bébés de Rachel, mais le sentiment se dissipait à mesure que l'enfant grandissait.

— C'était tellement étrange, Marilla. Il est né avec le hoquet. Ce n'est pas un cri qu'il a poussé. Quel petit être humain arrive au monde sans hurler « Eh, je suis là ! » ? Mais quand j'ai entendu ses petits sons, j'ai su qu'il allait bien.

— Un esprit calme, commenta Marilla. Je les comprends.

— Sûrement. Il te revient d'autant plus de lui trouver un nom.

Marilla recula d'un pas.

— Tu me demandes de le nommer. Oh, non, je ne peux pas. C'est ton fils, un nom est quelque chose de bien trop important. Il appartient au père et à la mère.

Rachel fronça les sourcils.

— Tu es ma plus vieille amie, celle en qui j'ai le plus confiance. S'il te plaît, ne discute pas. J'ai passé des mois coincée dans ce lit et des heures à souffrir.

Elle baissa le menton, prenant une expression dramatique.

— Veux-tu bien me faire l'honneur de donner un nom au dernier enfant que je mettrai au monde ?

Comment aurait-elle pu refuser ? Rachel utilisait à merveille le sentimentalisme pour arriver à ses fins. Prise au dépourvu, Marilla n'avait pas le choix.

— Eh bien, je ne sais pas…

Rachel poussa un soupir bien plus venteux que son fils.

— Marilla, j'ai donné dix noms, et je n'ai plus d'inspiration. S'il te plaît, réfléchis. Tout ce que tu diras, je l'accueillerai comme un cadeau. Tu m'épargneras une migraine.

— Eh bien, je…

L'esprit de Marilla tournait à plein régime. Un beau petit garçon calme, qui ne faisait pas d'histoires.

— Le seul nom qui me vient en tête est celui de mon père. Que penses-tu de Hughie ?

— Hughie Lynde ? demanda la sage-femme.

Rachel déplaça le bébé pour mieux voir son visage.

— Hughie Lynde. Un beau nom en l'honneur d'une belle personne.

La sage-femme le nota soigneusement. Thomas revint avec une chaise.

— Tu en as mis, du temps. Marilla a déjà trouvé un nom.

— Oh ? lâcha Thomas en posant la chaise à côté du lit.

— Je te présente notre fils Hughie Lynde.

Thomas sourit en hochant la tête.

— Merci beaucoup, Marilla. Je n'aurais su trouver mieux.

Marilla sentit les larmes poindre. Elle avait pourtant pensé ne plus en avoir à verser depuis longtemps. S'installant à côté de son amie, elle passa un doigt sur le front du bébé.

— Bonjour, Hughie. Bienvenue dans ce monde.

- 27 -

Des félicitations, une proposition et un vœu

Le lendemain, Marilla cousait les initiales « HL » sur un vêtement du bébé quand elle entendit les roues d'une calèche et le trot d'un cheval.

Elle pensa que le Dr Spencer profitait d'une visite chez Rachel pour la saluer. Plusieurs amis s'étaient déjà rendus chez les Lynde et d'autres allaient encore passer les voir. Marilla crut que ses lunettes lui jouaient des tours lorsqu'elle constata que le cocher n'était autre que John Blythe. Même si Matthew et John étaient restés amis, John ne venait que rarement chez eux et jamais sans que Matthew la prévînt à l'avance. Elle partait alors au bureau de poste, montait sur une échelle cueillir des fruits, ou s'affairait dans son potager, les haricots demandant soudain à être arrachés du sol en urgence. Il était plus facile qu'on aurait pu le penser d'éviter quelqu'un dans une aussi petite ville qu'Avonlea. Il suffisait d'avoir l'air occupé et de regarder dans l'autre direction. Du moment que tout restait pareil, rien ne changeait.

À présent, John avançait vers sa porte comme si de rien n'était, comme s'il lui rendait visite ainsi tous les vendredis. Elle ne bougea pas, se concentrant sur ses points de couture pour former un « L » parfait. Elle compta ses pas, un, deux, trois, quatre jusqu'à la terrasse. Puis un, deux, trois, quatre jusqu'à la porte. Il frappa. Elle inspira, compta un, deux, trois, quatre, expira et se leva en même temps.

La main sur la poignée, elle éprouva un sentiment de déjà-vu : n'avait-elle pas vécu la même scène par le passé ? Bien que sa vision baissât, elle pouvait encore se vanter d'avoir l'esprit alerte. La mémoire, en revanche, n'est jamais fiable, aussi vaporeuse qu'un brouillard qui se dissipe en milieu de journée.

Elle eut l'impression que la porte s'ouvrait toute seule.

— Bonjour, John Blythe.

Il retira son chapeau, libérant ses boucles toujours aussi foisonnantes mais peut-être un peu plus grises. Ou bien Marilla était simplement éblouie par la lumière du jour.

— Bonjour, répondit-il dans une expiration. Je ne voulais pas te déranger.

— Tu ne me déranges pas, assura Marilla en l'invitant à entrer. Je t'en prie.

Avec le temps, elle avait appris à filtrer ses émotions : retenir le plus dur et laisser passer le doux. La curiosité était tout ce qu'elle s'autorisait à ressentir. Plus que cela et elle se mettrait à tout éprouver de nouveau.

— Je viens de rendre visite au nouveau bébé Lynde.

— Un beau garçon en pleine santé.

— Oui, et Rachel va bien aussi.

— Grâce à Dieu, confirma Marilla.

— Oui.

Il baissa les yeux vers son chapeau. Le souvenir de Clara emplit l'espace entre eux.

Marilla lissa sa jupe, son cœur soudain déchiré. Pas tant pour sa mère, non, cette douleur-là, cela faisait longtemps qu'elle avait appris à l'étouffer, mais Skunk, son vieux chat, lui manquait. Il savait toujours apparaître au bon moment, quand l'atmosphère devenait pesante. Elle n'avait jamais voulu prendre un autre chat. Elle en aurait bien accueilli un, mais plus aucun n'avait cherché refuge aux Pignons Verts. Cela faisait désormais neuf ans que Skunk était mort. Juste l'année qui avait suivi le décès des deux parents de John. Mme Blythe avait rendu son dernier souffle et, à peine quelques mois plus tard, M. Blythe l'avait rejointe au ciel. Tout le monde en avait conclu que c'était l'attraction des âmes sœurs. Était-ce vrai ? Et que se passait-il quand on n'avait pas d'âme sœur ?

Elle ne s'était plus retrouvée aussi proche de John depuis les funérailles de M. Blythe. Il l'avait gratifiée d'un imperceptible hochement de tête quand elle était venue leur rendre hommage. Perdu dans sa perte. Elle comprenait cette détresse plus qu'elle ne comprenait l'amour. Cela l'avait attendrie et elle s'était dit que s'il revenait aux Pignons Verts, elle ne lui tiendrait plus rigueur du passé. Comment aurait-elle pu savoir qu'il se passerait presque dix ans avant leur prochaine rencontre, à l'occasion de la naissance du dixième enfant des Lynde ? $1+2+3+4=10$. La tetractys. C'était une de ses figures géométriques préférées. Dix, le nombre parfait.

— Rachel et Thomas m'ont dit que c'est toi qui as trouvé le nom de leur bébé.

— En l'honneur de mon père, confirma Marilla.

— Oui, dit-il en fronçant les sourcils. Je voulais t'adresser mes condoléances.

Hugh avait demandé un enterrement discret et privé, à l'image de l'homme qu'il était. Seuls Marilla, Matthew et le nouveau pasteur, le révérend Bentley, avaient entouré la tombe creusée. Le parfum de la pierre fraîchement taillée embaumait l'air :

À la douce mémoire de
Hugh Cuthbert
Et de sa chère femme
Clara Johnson Cuthbert

Ils avaient descendu le cercueil de Hugh au-dessus de celui de Clara. En voyant le bois rongé, le cœur de Marilla avait chaviré avec l'envie insupportable de toucher la main de sa mère. Elle avait serré les poings pour chasser sa peine et s'était réconfortée en se disant que ses parents reposeraient ensemble, bercés par le murmure de la mer et réunis avec les bébés qu'ils avaient perdus.

De retour aux Pignons, immergée dans les tâches quotidiennes, elle n'avait même pas pris le temps de se demander qui avait rendu hommage à son père et qui lui avait envoyé un petit message de soutien. Les habitants d'Avonlea s'étaient toujours montrés bons avec son père, et son père avec eux. Cela suffisait amplement.

— C'est gentil, le remercia-t-elle.

— Si j'avais été ici, je serais venu immédiatement, assura-t-il en levant les yeux vers elle.

Même si leur couleur avait pâli avec le temps, ils n'avaient rien perdu de leur éclat.

— J'étais dans la Terre de Rupert.

— Oh ?

Marilla se rappela les rumeurs. Elle n'avait pas cherché à vérifier l'information, pas même auprès de Matthew. Que les affaires de John le conduisent à Charlottetown ou dans les grands espaces sauvages du Canada, quelle importance ? Il était absent, elle était présente, et il ne pouvait exister de rencontre dans cette équation.

— Oui, la famille de ta mère habite là-bas. Ton oncle Nick et tes cousins, c'est bien ça ? Tu me l'avais dit une fois. Tu leur rendais visite ?

— Oui, répondit-il en souriant à l'évocation de leur conversation de l'époque. Et pour profiter du grand air.

Elle l'imagina au sommet des montagnes, devant les lacs gelés, et dut détourner la tête pour cacher sa propre nostalgie. Depuis tout ce temps, elle n'avait jamais voyagé à l'ouest. Comment aurait-elle pu le faire sans penser à lui ?

— Tu en as fait le plein ?
— Non.

Elle le dévisagea, étonnée par sa candeur. Il lui sourit.

— Mais je suis content d'être rentré. Monsieur Bell a bien voulu s'occuper de la ferme pour moi. Je n'étais pas sûr de revenir. Mon oncle Nick espérait que je resterais pour rejoindre l'entreprise familiale de trappeurs, rencontrer une femme sur place et m'installer près d'eux.

Voyons donc ! Marilla fronça les sourcils. Comment s'imaginer qu'on puisse abandonner son bétail et la terre sur laquelle on a grandi ?

— Pourquoi t'installerais-tu ailleurs que chez toi ?

Matthew arriva depuis la cuisine.

— Eh, mais c'est mon vieil ami John Blythe que j'entends là !

— Eh, mais c'est mon vieil ami Matthew Cuthbert que je vois là !

Ils se serrèrent la main.

— Tu es devenu plus blanc que décembre. Il te manque juste le houx et les nœuds.

Matthew éclata de rire et se caressa la barbe.

— Et toi, tu es parti hiberner comme un ours, donc nous sommes tous les deux des personnes de l'hiver. Comment vas-tu ?

John haussa les épaules. Il regarda tour à tour Marilla et Matthew.

— Mieux, mais pas aussi bien qu'au bon vieux temps. Allez, je ne vais pas me plaindre.

— Sage décision. Depuis combien de temps es-tu rentré ?

— Trois jours. Je suis passé chez les Lynde pour voir leur nouveau-né, Hughie.

Il se racla la gorge.

— Mais Rachel avait plus envie de me raconter les derniers ragots d'Avonlea que de me montrer son fils. Elle m'a dit, en passant, qu'après le décès de M. Cuthbert vous cherchiez de la main-d'œuvre.

Matthew se gratta la nuque.

— Pas faux. Papa se chargeait des ventes et des achats. Je me débrouille assez bien aux réunions de fermiers, mais si je dois m'absenter, qui fera mon travail, ici ? Marilla a déjà bien assez à faire dans la maison...

Matthew jeta un regard à sa sœur.

— On avait pensé engager un gars du coin pour remplacer Matthew quand il doit partir, seulement il faudra le payer. Un employé à plein temps n'est pas une petite dépense et nous ne pouvons pas nous le permettre pour le moment.

Parler d'argent lui donnait toujours l'impression de plonger les mains dans un seau de suif. Elle avait beau se laver après, ses doigts restaient longtemps gras et poisseux.

— Oui, c'est ce que m'a expliqué Rachel.

Marilla sentit tressauter le muscle entre ses omoplates. Après toutes ces années, la tendance de Rachel à parler de ce qu'elle ignorait s'était muée de mauvaise habitude en trait de caractère dominant.

— Eh bien, comme tu as l'air de déjà tout savoir, aurais-tu une suggestion pour nous ?

— En effet, confirma John. Je vous propose mes services.

Matthew ne put réprimer un sourire timide, et il se caressa la barbe pour le cacher. Le cœur de Marilla accéléra. Elle dut faire des efforts pour respirer normalement.

— Tes services ?

— Oui. Maintenant que je suis rentré, j'ai l'intention de reprendre toutes les transactions de ma famille. Nos vaches laitières continuent d'être rentables, j'ai pu employer deux des garçons de ferme de M. Bell à temps plein pour pouvoir mener mon commerce. Je serais ravi de me rendre utile dans ce domaine pour vous également. Matthew pourra ainsi rester à la ferme et toi, aux Pignons.

— Excellent ! se réjouit Matthew. Je te félicite, John, c'est excellent.

Marilla fut moins prompte à accepter sa proposition.

— Donc, tu parlerais en notre nom aux réunions de fermiers à Carmody et tu négocierais les prix pour nous. Comment aurions-nous la garantie que tu traiterais en notre faveur ? Notre subsistance reposerait entièrement sur tes épaules.

Le dos droit, le menton relevé, il plongea les yeux dans ceux de Marilla.

— Tu n'as peut-être pas apprécié tout ce que j'ai dit par le passé, mais jamais je ne vous ai porté préjudice. Pas un seul jour de ma vie.

La gorge de Marilla se serra de honte. Elle déglutit plusieurs fois mais se retrouva incapable de répondre. Heureusement, Matthew intervint.

— Nous te faisons pleinement confiance, John. Tu es le frère que je n'ai jamais eu.

Ses mots restèrent suspendus dans l'air.

Matthew lui donna une tape dans le dos.

— Veux-tu fumer avec moi ?

Ils partirent ensemble s'asseoir sur la terrasse, derrière les Pignons.

— Le Dr Spencer t'a dit de ne pas fumer, murmura Marilla, mais seul son reflet sur la vitre du salon l'entendit.

Quand Marilla revint de sa traite du soir, seul dans la cuisine, Matthew graissait son harnachement en cuir.

— John est parti ? Je lui aurais proposé une soupe de porc et pois cassés pour le remercier.

Matthew posa son chiffon.

— Tu ne te montres pas très accueillante, tu sais ?

— Non, je ne sais pas. Je l'aurais invité à dîner, comment être plus accueillante ?

Matthew laissa échapper un soupir.

— Vous avez laissé trop de temps passer. C'en est arrivé à un stade où tu ne te souviens même plus comment on peut ne pas avoir l'air offensé.

Elle remplit la casserole d'eau et y jeta le jambon sans ménagement.

— Je sais exactement pourquoi j'agis ainsi avec John Blythe, et tu le sais aussi.

— Non, je l'ignore. C'est terminé maintenant. Maman est morte. Papa est mort. Le passé est le passé. Tu ne peux pas le faire revenir. Alors sortons de ce qui a été et acceptons avec bienveillance ce qui se présente à nous, Marilla.

Elle prit une cuillère en bois.

— Je ne suis pas en colère contre John Blythe. Nous ne voyons simplement pas la vie de la même façon.

— Tu n'as pas besoin de t'entendre sur tous les points avec quelqu'un pour l'aimer.

Elle lui jeta un regard mauvais et il leva les mains en signe de défense.

— Je ne fais que citer les Écritures. Elles nous disent d'aimer nos ennemis.

Elle n'avait jamais dit que John était son ennemi. Elle se remit à mélanger la soupe.

Matthew enchaîna :

— Quelles que soient vos divergences, tu dois reconnaître que c'est très généreux de la part de John d'offrir ses services sans en tirer aucun avantage pour lui-même.

— Oh, parce que tu penses qu'il n'en tirera aucun avantage ?

Matthew posa son harnais sur la table.

— Dis-moi un peu, Marilla, quand es-tu devenue tellement cynique ?

Elle lâcha sa cuillère et se tourna vers lui.

— Très bien, oui. John est un bon ami à nous. Nous lui sommes redevables.

Matthew secoua la tête.

— Ce n'est pas une question de dette. Tu prends tout à l'envers.

— Alors remets-moi à l'endroit.

Il hésita, examina Marilla et décida que ce qu'il avait à dire valait bien la mauvaise humeur de sa sœur.

— D'accord. Je l'ai gardé pour moi bien trop longtemps. John n'est plus un jeune homme. Il aurait dû se marier depuis des années. Mais il ne l'a pas fait, ne le fait toujours pas, et je suis sûr que tu es sensible aux rapports entre les hommes et les femmes. Tu te mens à toi-même si tu refuses l'évidence des sentiments qui existent entre John et toi. Je me suis tu sur le sujet, Dieu sait que je n'ai pas l'expérience pour parler, et que cela ne me concerne pas. Mais, Marilla, je me permets de te dire, parce que je suis ton grand frère : il est temps que tu cesses de regarder la table en l'appelant « éléphant ».

— De quoi parles-tu ?

— Je te dis de reconnaître la vérité, telle qu'elle est !

Matthew n'élevait pratiquement jamais le ton, et encore moins sur elle. Au lieu d'enflammer sa colère, il la sidérait. Elle s'essuya les mains sur son tablier. Le bout de ses doigts avait pris une teinte bleu-mauve à cause du froid.

— Ne penses-tu pas que je prie tous les soirs pour que John se trouve une jolie jeune femme à épouser et pour qu'elle lui donne des fils et des filles qui travailleraient sur sa ferme ? Ne penses-tu pas que je sache quel homme merveilleux il est ? *Ne penses-tu pas que je sache ce qu'est l'amour ?*

Elle sera les poings.

— Je le sais trop bien.

Matthew ne dit rien et les mots de Marilla résonnèrent dans le silence de la pièce. Ils dînèrent séparément. Il laissa son bol vide sur la table. Une faible lumière rose filtrait sous la porte de sa chambre. Marilla ne s'occupa pas de la cheminée et prit à la place une bouillotte dans son lit, mais ne parvint pas à chasser le frisson qui la rongeait.

Le lendemain matin, Matthew prépara la calèche pour conduire Marilla à sa réunion de la Société féminine, chez Mme Irving. C'était désormais elle la présidente, Marilla lui ayant passé le flambeau après dix ans. Rachel avait été vice-présidente pendant un peu moins de six mois, mais avait dû démissionner pour relayer sa mère à l'École du dimanche et à la Société des missionnaires étrangers en plus du cercle des couturières, à la commission de l'école d'Avonlea et auprès de ses neuf bambins, maintenant dix. Marilla estimant qu'il valait mieux se concentrer sur une seule tâche pour l'accomplir au mieux, elle continua donc son action en tant que membre du conseil administratif de la Société féminine.

Des femmes franchissaient le portail quand Matthew arrêta la calèche devant la maison. Marilla redressa son chapeau et le col en fourrure de son manteau.

— Nous n'en avons pas pour plus de deux heures.

Elle lui adressait la parole pour la première fois depuis la veille.

— D'accord. Je viendrai te chercher.

Elle lui décocha un sourire reconnaissant. C'était la dernière personne sur terre avec qui elle voulait se disputer.

— Merci, Matthew.

Il lui prit la main pour l'aider à descendre. Quand elle posa un pied à terre, elle sentit qu'il se raidissait. Elle se retourna et aperçut Johanna Knox et ses sœurs qui traversaient la chaussée.

— Bonjour, mademoiselle Cuthbert, salua Johanna en repoussant les plumes de son chapeau et en décochant un petit signe de tête à Matthew.

— Madame Knox, quelle surprise ! À tout à l'heure, Matthew.

Heureusement, la barbe de Matthew lui cachait pratiquement tout le visage. Marilla avait remarqué qu'il rougissait toujours en présence de l'ancienne Mlle Andrews. Il secoua fermement les rênes et le cheval repartit.

Marilla pivota vers les dames.

— Qu'est-ce qui te ramène en ville, madame Knox ?

Johanna avait déménagé à White Sands et épousé le fils de M. Joseph Knox, le président de la banque First Savings and Loan. Elle avait toujours voulu trouver un bon parti, nul ne l'ignorait à Avonlea.

Marilla trouvait Johanna affreusement prétentieuse. Un homme se jugeait par la richesse de son cœur, pas de son portefeuille. Malgré l'attitude de la jeune fille à son égard et son mariage avec John Fox, Matthew ne disait jamais de mal d'elle. Pourtant, il grimaçait encore quand la vieille blessure se rouvrait. La voir devant lui était comme se saupoudrer du sel sur la plaie. Marilla ne savait pas qui l'exaspérait plus : Johanna d'oser apparaître sans crier gare, ou Matthew d'avoir toujours un faible pour elle.

Elle connaissait assez son frère pour savoir qu'il n'était pas avide. Il ne désirait pas la femme mariée que Johanna était devenue, mais la jeune fille qu'elle avait été. Cette personne restait figée dans le miroir brisé de ses souvenirs, et Marilla rageait qu'il ne voie pas son reflet tel qu'il était à présent.

— Mon mari avait des affaires à Avonlea, je l'ai accompagné pour voir mes sœurs.

Johanna parlait désormais avec un étrange accent britannique. Sûrement pour mieux entrer dans la peau de Mme Knox de White Sands.

— Franny m'a parlé de la réunion et je me suis dit que je pourrais y assister. Je peux apporter mon aide.

Elle passa une main sur le sac à main qui pendait à son coude.

— Il n'est pas facile de collecter des fonds dans une petite ville de province. Je voudrais apporter ma contribution, payer ma dette à la communauté qui m'a vue grandir.

Marilla ne détestait rien plus que l'hypocrisie.

— Le retour de l'enfant prodigue, commenta-t-elle. Nous t'accueillons les bras ouverts.

Elle n'attendit pas que Johanna lui réponde et se dépêcha de s'abriter du froid dans le salon de Mme Irving parfumé des biscuits au beurre et de la crème d'érable.

- 28 -

Une fête de Noël

À l'approche de décembre, tout le monde ne parlait plus que des Blair. Après avoir dirigé leur magasin depuis aussi loin que Marilla s'en souvînt, ils décidèrent de fermer leur dépôt d'une pièce à Avonlea pour permettre à leur fils William d'agrandir leur commerce avec un magasin bien plus important à Carmody. L'état des routes avait été amélioré depuis l'enfance de Marilla et le voyage était plus rapide et plus sûr que par le passé. Elle pouvait harnacher la calèche et se rendre à Carmody en moins d'une heure. En outre, les Blair étaient trop vieux désormais pour porter les paquets et monter sur l'escabeau. William avait rejoint l'entreprise familiale avec deux filles, un fils et trois petits-enfants.

« La boutique des Blair à Avonlea ferme ses portes », pouvait-on lire sur le panneau d'affichage du bureau de poste. L'annonce fit sensation, bouleversant aux larmes les plus vieux, qui se demandaient comment ils allaient faire pour se procurer leur savon à la soude, leur paraffine et leur avoine. La semaine suivante, la nouvelle fut développée : « Ouverture d'un magasin bien plus grand à Carmody, sous la supervision de William J. Blair ». Et même s'ils ne pouvaient aller faire leurs courses à pied, les habitants de la ville furent ainsi soulagés d'apprendre que les Blair continuaient leur commerce.

Pour célébrer la restauration de leur maison, M. et Mme Blair organisèrent une fête le premier samedi de décembre. Un passage de flambeau : William viendrait avec sa famille rendre hommage à l'héritage de ses parents et promettre à leurs fidèles clients un service de qualité sur le nouveau site de Carmody.

Marilla repensa à Izzy. Célèbre styliste à succès, elle s'occupait à Saint Catharines d'un des abris du chemin de fer clandestin, le réseau de routes qu'empruntaient les esclaves pour fuir le Sud. À soixante ans, elle travaillait et s'investissait bien plus que les femmes de son âge, et cela n'aurait jamais été possible si elle avait épousé William J. Blair. Izzy était heureuse, et Marilla aussi... ainsi que Matthew et les Sœurs de la Charité, et la reine Élisabeth Ire d'Angleterre. L'histoire comptait bien plus de personnages heureux et jamais mariés. Pour quelles raisons devait-on devenir le mari ou la femme de quelqu'un ? Ne pouvait-on pas simplement être soi-même ? Et surtout, il existait, dans ce monde, des problèmes beaucoup plus graves et urgents que les colombes, l'amour et les cloches.

À la réunion de la Société féminine, cette semaine-là, les dames s'apprêtaient à voter pour ce qu'elles allaient vendre au marché de Noël – confitures contre mouchoirs brodés –, quand Mme Sloane souleva la question du prix du fil de couleur.

— Exorbitant ! se lamenta-t-elle. Il n'a jamais coûté

aussi cher. Il pourrait aussi bien être en soie plutôt qu'en coton.

— C'est à cause des troubles en Amérique, expliqua Mme Barry. Le coton a flambé, depuis le fil jusqu'au tissu.

— J'espère que leur président Lincoln règle la situation.

— Mais tout vient de lui ! C'est lui le problème. Les États sont au bord de la mutinerie.

— Ce serait peut-être la meilleure solution. Comme notre rébellion, regardez le Canada maintenant : réuni !

Les femmes se lancèrent dans des discussions enflammées, ignorant Mme Irving qui leur demandait un peu d'attention. Elle finit par renoncer au vote sur les confitures et les mouchoirs, pour participer au débat.

— J'ai une cousine au troisième degré à Wilmington, confia-t-elle à Marilla. C'est bien pire que ce que les journaux rapportent, à ce qu'elle m'a dit. Les esclaves se révoltent, assassinent, volent et s'enfuient vers le Nord. De la folie pure. Elle a envoyé Heyward, son fils aîné de treize ans, dans sa famille, en Écosse. Ils sont assoiffés de sang dans les États du Sud. Je prie juste pour qu'ils n'en arrivent pas là.

Mme Irving continua à décrire les déboires de sa pauvre cousine en Caroline du Nord, mais Marilla ne l'écoutait plus. Elle s'inquiétait pour Izzy et ceux qu'elle abritait.

Chez elle, le soir, elle décida de lui écrire. Elles avaient maintenu une correspondance régulière au fil des années. Les lettres arrivaient par périodes, plus en hiver, quand elles étaient toutes les deux coincées à l'intérieur. Elles avaient élaboré un code pour parler des fugitifs. « Invités privilégiés » désignait les esclaves qui entraient dans le magasin de robes d'Izzy et demandaient une « nouvelle garde-robe » pour leur « changement de profession » ou « une occasion spéciale ». Respectant leur simulacre, Izzy parlait de jeunes filles nerveuses qui reprenaient confiance dans des robes mieux coupées. La cuisinière qui disait se sentir comme une reine sous son chapeau pivoine éblouissant. Les mères qui souriaient fièrement à leurs filles habillées de nouveaux jupons ou pantalettes. Cela lui réchauffait le cœur de servir des clients tellement reconnaissants, racontait Izzy.

Marilla savait que c'était bien plus encore. Leurs vêtements représentaient pour eux leur salut. À l'instar de Cendrillon, ils se transformaient, la nuit du bal, et Izzy était leur bonne fée.

Elle n'était plus retournée aux Pignons Verts depuis la mort de Clara, et pourtant, d'une certaine façon, Marilla sentait au fond d'elle qu'elle était toujours là, comme par magie. Malgré son esprit pragmatique, elle avait envie d'y croire.

La veille de la fête des Blair, Bonny-D, la génisse de la fille de Darling, leur vache, s'enfonça un clou dans le sabot.

— Je ne peux pas la laisser comme cela, déclara Matthew. La blessure pourrait s'infecter.

Bien que Matthew prît une mine déçue, Marilla savait qu'il était au contraire soulagé. Son aversion pour les rassemblements n'avait fait que se renforcer avec les années. Marilla ne réagit même pas quand il lui dit qu'il ne viendrait pas. Il trouverait un prétexte, elle l'avait toujours su. Elle connaissait Matthew et l'acceptait tel qu'il était, tout comme il l'acceptait, elle.

Les températures étaient montées légèrement au-dessus de zéro. Même si les routes étaient sèches, l'humidité d'une neige invisible imprégnait le vent et charriait les odeurs des pins et de la mer.

— Je pense aller à pied à la fête, dit-elle à son frère. Nous n'aurons plus beaucoup de belles journées comme celle-ci. J'ai laissé un rôti de bœuf avec des navets sur le poêle. Je présenterai tes excuses à tout le monde.

Et elle s'en alla avec un pot de marmelade et une bouteille de vin de groseille emballés dans du papier de couleur. Elle arriva chez les Blair quand les derniers éclats de lumière viraient du bleu au pourpre. Ce qui avait été autrefois la vitrine du magasin rayonnait désormais de plusieurs bougies alignées. Un grand sapin touffu se dressait au milieu de la pièce, ses branches couvertes d'épines ployaient légèrement sous le poids des décorations en verre, des sucres d'orge et des petites poires. Les cadeaux des invités s'accumulaient sous l'arbre, de toutes les couleurs et de toutes les formes.

Dans un coin, un des petits Pye dévorait un bonbon à la menthe qu'il avait chapardé parmi les friandises. Un violon et un fifre jouaient des chants de Noël, et le balancement des convives à l'intérieur indiqua à Marilla qu'ils dansaient déjà.

Elle profita du moment : elle était dans sa ville avec ses amis et tous ceux qu'elle aimait. Elle serait bien restée là toute la nuit, à contempler les festivités sans y participer, comme dans un livre de contes.

Malheureusement, dès qu'elle entrerait, la page se tournerait.

— Marilla ? l'appela M. Blair depuis la porte. Ne reste pas dehors, ma chère. Mme Blair a demandé après toi. Est-ce une bouteille du vin des Cuthbert que je vois là ?

Elle sortit les cadeaux de son panier.

— Du vin et des fruits. De l'alcool et des douceurs pour fêter le nouveau magasin de William à Carmody et la maison que vous retrouvez enfin.

Il tapota le montant de la porte comme s'il s'agissait d'un être vivant.

— Le vieux est redevenu jeune. Les saisons de l'existence n'en finissent jamais d'évoluer. Cela donne envie de recommencer une deuxième vie.

Elle sourit. Si seulement.

Elle entra, excusa l'absence de son frère et prit un verre de punch au rhum. Sur la demande insistante de Mme Blair, elle entonna une douzaine de chants de Noël, joua une partie de « Chaud froid », et dansa la gigue avec le révérend Bentley, qui lui écrasa les pieds trois fois de suite, avant de s'asseoir avec une tranche de gâteau aux fruits confits. Ce ne fut qu'à cet instant qu'elle aperçut John, aussi élégant que d'habitude : costume noir, cheveux noirs gominés, et pattes aux reflets argentés sous les chandeliers. L'âge l'avait rendu plus raffiné encore. Il croisa le regard de Marilla et lui adressa un sourire alors que Mme Bell et Mme Sloane lui tournaient autour. À cause du punch, du feu de cheminée, des accords du violon, ou peut-être de la saison en général, elle s'autorisa à éprouver une vague d'amour pour lui.

Aussi rapidement que la flamme jaillit, elle l'éteignit.

— Je dois rentrer, annonça-t-elle à Mme Blair.
— Vraiment ?
— Oui, Matthew va m'attendre.
— Merci pour tes cadeaux, répondit alors Mme Blair, adoucie par les années.

Elle prit Marilla dans ses bras.

— Venez nous rendre visite, ton frère et toi. Notre magasin est peut-être fermé, mais notre porte sera toujours ouverte pour vous.

Marilla promit de leur rendre visite. Sentant le regard incandescent de John sur elle à travers la pièce, elle se fraya un chemin parmi la foule pour sortir. Le froid de la nuit calma ses sens et elle en fut soulagée. Après quelques mètres, la route principale laissa sa place aux pâturages. Les lumières de la ville disparurent et le ciel étoilé projetait ses ombres violettes. Au loin, les vagues s'écrasaient sur le golfe. Le vent soufflait régulièrement et soudain s'interrompit pour permettre à un petit flocon blanc de descendre. Marilla retira son gant pour l'attraper, mais il fondit avant d'atterrir. Un autre le suivit. Et un autre encore. Rapidement, l'air se transforma en un treillage de neige. Marilla pencha la tête en arrière pour qu'elle se pose sur ses cils, son nez et ses lèvres. Magnifique spectacle. Pourtant, au rythme où elle tombait, le sol serait vite recouvert d'un épais tapis blanc. Elle hâta le pas pour profiter d'un terrain encore solide.

Elle sentit la vibration des sabots d'un cheval avant de voir la calèche derrière elle.

— Halte là ! cria le cocher.

Marilla ne distinguait qu'une silhouette. La neige s'était accumulée sur le toit telle la fourrure sur le bord d'un chapeau.

Elle se protégea les yeux d'une main comme elle l'aurait fait contre les rayons du soleil.

— Qui est là ?

John se pencha vers elle, la main tendue.

— Ne prends pas le risque de te geler les pieds... enfin, si tu veux bien faire la route avec le vieux bonhomme que je suis.

Elle n'eut pas le temps de sourire à sa plaisanterie, trop occupée à retenir son cœur qui voulait s'enfuir par sa gorge. À sa grande surprise, un rire s'en échappa. C'était bien là le centre de leur désaccord : il savait trop bien la troubler.

La neige tombait de plus en plus fort. Marilla ne voyait pas à plus de deux centimètres devant elle, alors comment pourrait-elle atteindre les Pignons Verts ? Cela aurait été déraisonnable de continuer à pied, elle accepta donc la main de John et grimpa au chaud à côté de lui. Il remonta la couverture sur leurs jambes et claqua ses rênes. Le cheval repartit au trot, et elle dut s'agripper au bras de son compagnon pour rester au sec.

— Jolie fête, commenta-t-il.

— Très.

— Je dois avouer que je n'avais jamais mis les pieds dans une maison éclairée au gaz. Je me suis senti comme un bouseux devant ces flammes vacillantes. Aussi claires que le jour en pleine nuit.

Marilla s'était fait la même réflexion quand les Blair avaient installé leur système d'éclairage, six mois plus tôt. À l'époque, le magasin était encore ouvert.

— Tu es parti longtemps.

— Pour la première fois, les champs des Blythe n'ont pas été ensemencés, confirma-t-il en fronçant les sourcils. Cela n'allait pas.

Marilla le comprenait. Pas de semaille, pas de récolte. Champs vierges, celliers vides. Elle tressaillit à cette idée.

— Cela a dû être difficile de partir.

— Plus difficile encore de revenir.

— La Terre de Rupert doit être une sorte de paradis, si un homme accepte de quitter sa ferme et sa ville pour y aller.

Il se racla la gorge.

— Tu te rappelles que je t'avais promis de t'y emmener ?

Comment aurait-elle pu oublier ? Elle baissa les yeux vers les rênes sur les mains de John. Une vague odeur de cuir et de pin se dégageait toujours de lui. Elle s'appuya sur son épaule un peu plus encore. Pas assez pour qu'il le remarque, mais suffisamment.

— Oui, je m'en souviens.

Il posa une main sur les siennes sous la couverture.

— J'ai beaucoup réfléchi quand j'étais loin, Marilla. Je... je me demandais si nous pouvions nous pardonner.

Enfin. Elle aimait John, même si elle ne pouvait pas l'exprimer, même s'ils étaient séparés par leur mésentente.

— Moi aussi, j'ai réfléchi.

Il tira sur les rênes avec la main gauche pour laisser la droite sur celle de Marilla. Le cheval ralentit.

Elle avait tenu sa promesse de s'occuper de son père, de son frère, des Pignons Verts... il était peut-être temps qu'elle laisse quelqu'un s'occuper d'elle. Ils s'en sortiraient : la ferme des Blythe d'un côté de la ville, les Pignons Verts de l'autre. Rien n'était impossible s'ils s'y mettaient à deux. Elle se rappela le cliquetis régulier de la craie sur leurs ardoises et la chaleur des bras de John, après toutes ces années. Ils s'étaient rencontrés au printemps. Au printemps, ils avaient échangé leur premier baiser. Le printemps. Comme le prêchait le révérend Bentley : aussi longtemps que la terre existerait, il y aurait des jours et des nuits, la chaleur et le froid, l'hiver et le printemps. Parfois, un hiver pouvait durer plus longtemps qu'un autre. Elle venait de connaître un hiver de vingt ans. Le retour de John marquerait une nouvelle saison pour elle. Son printemps.

La douceur enveloppa son cœur comme la neige sur le paysage. Le regard de John brillait d'espoir. Un frisson agréable la traversa.

— Je pense que nous pouvons, affirma-t-elle.
— Cette brouille entre nous a trop duré.
— C'est vrai.

Il était épuisant de rester constamment sur la défensive. Comme un bateau ancré à contre-courant.

— Je suis heureux que nous soyons à nouveau amis, conclut-il en lui adressant un clin d'œil.

Oh, ce clin d'œil coquin, comme il lui avait manqué ! Elle aurait voulu l'embrasser sur-le-champ, mais ne savait comment. Ses lèvres brûlaient de sentir sa bouche sur elles, au moment où il retira sa main pour reprendre les rênes. Les bords de la route commençaient à disparaître sous la neige. Il donna l'ordre à son cheval de repartir.

Ils se turent un moment et, pour la première fois de sa vie, Marilla aurait préféré qu'ils parlent : elle aurait tant voulu lui dire à côté de quoi il était passé toutes ces années, entendre ce qu'elle avait raté pendant ses voyages, apprendre à le connaître de nouveau, et qu'il apprenne à la connaître, pour qu'aucune cicatrice ne demeure cachée. Ils sauraient tout.

— Marilla ?

Elle se tourna aussitôt.

— Oui, John ?

Quel bonheur de prononcer de nouveau son nom sans amertume, culpabilité ni remords.

— Je voulais te parler d'autre chose, aussi.

Sa pomme d'Adam se souleva et elle sourit de voir que rien n'avait changé.

— D'une fille, enfin, une femme, la fille d'un vétérinaire que j'ai rencontré dans l'Ouest.

Cette annonce lui tomba dessus de nulle part et l'ébranla si violemment qu'elle faillit basculer hors de la calèche. Elle avait prié pour qu'il rencontre quelqu'un, l'avait répété encore et encore, mais que cela arrive maintenant... son cœur se brisa en mille morceaux. Le reste du trajet, elle compta ses respirations : un deux trois quatre, un deux trois quatre, un deux trois quatre, un deux trois quatre.

La maison aux pignons verts se dressait tel un phare dans une mer blanche au moment où ils arrivèrent devant la cour.

— Je suis content que nous ayons pu parler, déclara John. Il fallait que j'arrange la situation entre nous.

Elle sourit à travers les flocons qui lui voilaient les yeux. Qu'aurait-elle pu faire d'autre ? Elle cacha son visage décomposé derrière son chapeau et courut droit dans sa chambre pour éviter d'avoir à répondre aux questions de Matthew sur la fête. Aussi silencieusement que possible, elle se vida de ses larmes, et ensuite se reprocha d'être une imbécile trop sentimentale. Il avait à peine mentionné cette autre femme et elle habitait à des kilomètres, dans la Terre de Rupert. Il ne pouvait entretenir une relation à cette distance, n'est-ce pas ? Elle n'avait jamais connu de vraie cour, alors comment pouvait-elle en être sûre ? Tout ce qu'elle savait de l'amour, c'était lui.

- 29 -

Un télégramme

Quand Marilla vint prendre son courrier le lundi, elle fut surprise de découvrir un télégramme :

La compagnie des télégraphes de Montréal
À Mlle et M. Cuthbert

Reçu à Avonlea, p.e.i
De Mlle Elizabeth Johnson, Saint Catharines, Canada Ouest

Mes chers, cela fait longtemps que je ne vous ai pas rendu visite. Noël est la période idéale pour retrouver la chaleur d'une famille. J'arriverai le 24 décembre avec M. Meachum, mon majordome, et deux jeunes domestiques. Je sais que les Pignons Verts sont prêts à accueillir des invités privilégiés.
Avec amour, tante Izzy

— Un majordome et des domestiques ? demanda Matthew en déplaçant deux palettes dans la chambre des employés.

Marilla accrochait des nœuds en tartan sur les guirlandes en pin qu'elle avait enroulées autour de la balustrade de l'escalier.

— À son âge, on s'affaiblit beaucoup. Sans famille pour l'aider, elle a besoin de trouver des personnes pour l'épauler, expliqua-t-elle en redressant les boucles d'un nœud.

— J'imagine, acquiesça Matthew depuis le palier supérieur. L'âge et la santé changent une personne. Izzy s'est fait un nom à Saint Catharines. Quand on réussit, c'est peut-être ce qu'on fait.

Marilla piqua une épingle dans le nœud pour le maintenir en place, regrettant de ne pas en avoir une pour ses nerfs. Leur code était clair : « invités privilégiés » indiquait qu'Izzy venait avec des fugitifs. Mais qui était ce M. Meachum et ces deux domestiques ? Elle l'ignorait pour le moment. Elle avait relu le télégramme dans tous les sens pour le décoder, mais n'y avait trouvé aucun indice. Elle consacra donc toute son énergie à la décoration des Pignons.

Ils ne se donnaient généralement pas autant de peine. Marilla posait sur la table une couronne de sapin baumier qui diffusait un parfum agréable avec une bougie au milieu pour la lumière. Elle préparait également un gâteau sec au gingembre et ils buvaient un verre de vin de groseille. Une messe de Noël était suivie par une matinée de réflexion tranquille. C'est ainsi qu'ils avaient passé trop de Noëls pour qu'ils puissent les compter. Mais cela ne suffirait pas s'ils avaient des invités, et encore moins si deux d'entre eux étaient des enfants. Famille, domestiques ou esclaves en fuite, des enfants étaient des enfants. Et quand célébrer l'impartialité, si ce n'est à Noël ?

Elle s'était rendue au nouveau magasin de William Blair à Carmody pour chercher un ruban de tartan, du gingembre, de la cannelle, du café, une carte de vœux pour Izzy, le magazine *Harper's Weekly* pour Matthew et des bonbons à la menthe pour les petits. Depuis des années, ils n'apportaient plus de sapin dans la maison. Trop fastidieux. Marilla détestait nettoyer les épines qui tombaient. Cette année, en revanche, avec leurs invités, il leur fallait un arbre. Ce ne serait pas digne de bons chrétiens de faire sans !

— En revenant du magasin de William Blair, j'ai repéré un beau sapin d'un mètre et demi dans les bois de derrière. Je ne veux pas qu'il soit plus grand, c'est trop difficile à décorer.

— D'accord, accepta Matthew. Je pars avec ma hache dès que j'aurai terminé les couchettes. Où veux-tu que je les installe ?

— Sous le lit pour l'instant. M. Meachum pourra les sortir la nuit pour les garçons.

Elle entendit les matelas recouverts de toile tirés sur le plancher au-dessus de sa tête. Elle détestait cacher à son frère un secret aussi gros, mais elle le gardait pour elle depuis si longtemps qu'elle ne savait même pas comment elle pourrait le lui révéler.

— Tu penses que je devrais offrir à M. Meachum et aux garçons des cadeaux pour Noël ? demanda-t-elle. Je sais qu'ils sont déjà payés, mais je ne suis pas à l'aise de ne rien leur donner.

Depuis le rez-de-chaussée, elle contemplait la cascade de rubans sur la rambarde.

— Nous n'avons jamais eu d'employés ici. Comment se comporte-t-on avec un majordome et des domestiques qui viennent d'une autre maison ?

Elle tira sur un nœud pour le redresser.

Matthew posa une main sur son épaule.

— Tu leur offres ton hospitalité, Marilla, tu le fais pour nous tous.

Il leva la tête en souriant.

— Les Pignons n'ont jamais été aussi beaux depuis la mort de maman.

— J'aurais sans doute dû faire plus d'efforts pour les rendre chaleureux toutes ces années, dit-elle en s'appuyant sur lui. C'est bon de rendre la maison si agréable.

— Tu l'as toujours rendue agréable. Par ta seule présence.

Il lui embrassa le dessus de la tête et partit vers la cuisine, pour s'emparer de sa hache dans son coffre en bois.

— Tu auras des pommes de terre chaudes et du fromage en croûte à ton retour.

Il enfila son manteau et enfonça son chapeau sur sa tête, posa sa hache sur son épaule et inspira profondément avant d'affronter le froid dehors. Marilla enfourna les pommes de terre avant de partir allumer des bougies devant chaque fenêtre pour que les Pignons clignotent joyeusement dans la nuit. Bientôt, Matthew rentra avec, attaché à sa luge, un joli petit sapin vert-bleu d'un mètre cinquante et pas plus.

— C'est parfait !

Pendant que Matthew dînait, Marilla éparpilla les branches cassées dans le salon et décora l'arbre avec des noix, des fruits confits, des éclats de verre cassé et de coquillages, des rubans en tartan et des guirlandes de canneberge qu'elle avait cousues elle-même. Au sommet, elle plaça une étoile de Bethléem en cuivre, qui rayonnait dans la lumière des bougies. Jamais elle n'avait vu de sapin plus beau.

Matthew n'était pas musicien, mais William Blair lui avait vendu un harmonica, expliquant que c'était « le nouvel instrument qui faisait sensation ». Matthew avait appris quelques airs, encouragé par Marilla qui aurait tout fait pour le tenir loin de sa pipe. Son cœur faisait déjà des siennes, et ses poumons n'allaient pas beaucoup mieux. Le Dr Spencer lui disait de les entraîner plus régulièrement. L'harmonica constituait pour cela l'outil idéal.

En voyant l'arbre de Noël dans le salon, Matthew s'assit dans le fauteuil et approcha le petit instrument de ses lèvres. Tout doucement, il joua *Douce Nuit*, une des chansons préférées de Marilla. Elle s'assit en face de lui sur le divan et posa la tête pour se détendre.

Douce nuit, sainte nuit,
Dans les cieux, l'astre luit.
Le mystère annoncé s'accomplit.
Cet enfant sur la paille endormi.
C'est l'amour infini,
C'est l'amour infini[1]…

La chanson bouleversa Marilla, qui ne se retint pas de pleurer. On comprend mal les larmes et le plus souvent on ne les verse pas à bon escient. Elles constituent une réaction personnelle de l'être. Parce que parfois, la vie déborde. Les larmes sont la façon pour le corps de se débarrasser du trop-plein d'émotions, de la tristesse à la joie en passant par un dégradé que les mots ne

---

1. « *Silent night, holy night, All is calm, all is bright. Round yon virgin, mother and child, Holy infant so tender and mild. Sleep in heavenly peace, Sleep in heavenly peace.* »

peuvent même pas décrire. Comme maintenant. Marilla éprouvait un soulagement infini qu'une nuit douce puisse être sainte, que le calme puisse briller, qu'une mère puisse être une vierge, et que la mort et le sommeil soient les deux facettes d'une même paix céleste.

— Dors dans la paix céleste, maman, murmura-t-elle sur la même tonalité que la chanson de Matthew. Dors dans la paix céleste, papa.

Le lendemain, Matthew rentra de la ville plus nerveux que jamais. Marilla pétrissait de la pâte à génoise dans la cuisine, ses mains couvertes de farine. Il brandit le journal devant elle, mais elle n'avait pas ses lunettes et ne parvint à déchiffrer que la date : 20 décembre 1860.

— Qu'est-ce que c'est, Matthew ? Je ne vois pas ce qui pourrait causer une telle agitation à quelques jours de Noël.

Elle lui fit signe de retirer ses bottes à côté du coffre en bois. Il avait mis des traces de pas humides sur le sol qu'elle venait de laver.

— La Caroline du Sud a fait sécession. Tout le Sud va suivre son exemple. Les États-Unis sont sur le point de se scinder en deux. Ce qui signifie qu'une guerre va sûrement éclater à notre porte.

Marilla pensa aussitôt aux « invités privilégiés » d'Izzy.

Heureusement, elle venait aux Pignons Verts, loin de la frontière.

— Et ils agissent ainsi dans le but de garder leurs esclaves en servitude ?

Matthew retira ses bottes.

— Ce n'est pas la seule raison, ou du moins, ils le prétendent, répondit-il.

Marilla s'essuya les mains en fronçant les sourcils.

— Ne parlons pas politique pendant le séjour d'Izzy. Cela me retourne l'estomac. Izzy n'est plus revenue depuis tant d'années. Je voudrais qu'on passe un Noël dans la joie sans gâcher la fête avec des conversations de guerre. Que les Américains s'occupent de leurs affaires, et nous, des nôtres.

— Les conflits ne s'arrêtent pas à une ligne dans la poussière.

Elle en était bien consciente, et pourtant elle espérait tout de même qu'une ligne dans la poussière protégerait les innocents.

— Si cette ligne est le détroit de Northumberland, alors pourquoi pas ? conclut-elle en plaçant la pâte sur le poêle pour la laisser lever.

Tandis que Matthew ajoutait du petit bois à l'âtre du salon, Marilla mit ses lunettes pour lire l'article.

« Édition spéciale du *London Times* : Voici le résultat de l'esclavage. Il a d'abord été toléré. C'est désormais une institution agressive qui menace d'anéantir l'Union et de se répandre tel un virus à l'ensemble de la planète. Il faut l'éradiquer pour que l'égalité puisse s'ancrer dans notre société moderne. Noirs et Blancs, la couleur de peau d'une personne ne doit pas décider de sa liberté... »

Quand Matthew revint, elle se remit prestement à ramasser les miettes sur la planche. L'idée qu'on asservisse quelqu'un à cause de la couleur de sa peau semblait ridicule, risible même, si elle n'était pas aussi monstrueuse. Pourtant, des gens tuaient et mouraient pour cela. Le rouge coulait de tous les corps.

- 30 -

Tante Izzy et les trois Rois mages

La nuit de Noël, alors que le crépuscule étendait sur le paysage un voile de velours bleu, une calèche couverte roulait doucement sur le sentier des Pignons Verts. Les cloches des chevaux se turent quand elle s'arrêta devant la terrasse, et Matthew et Marilla sortirent en courant pour accueillir leurs invités.

— Vous devez être les Cuthbert, lança le cocher en retirant son chapeau pour les saluer. Je suis Martin Meachum.

D'un certain âge, la peau mate, il était aussi grand que les Français des Antilles. Ses yeux marron pétillaient dans l'obscurité. Mais ses boucles noires et ses paumes roses ne trompaient pas sur ses origines.

Malgré tous ses discours et son investissement, Marilla n'avait jamais reçu un Noir chez elle et se demanda pourquoi. Des familles africaines habitaient à Avonlea, en Nouvelle-Écosse, et dans toutes les provinces canadiennes. Pourtant, ils se tenaient à l'écart de la communauté blanche plus importante, certainement à cause des troubles en Amérique.

M. Meachum lui adressa un sourire magnétique.

— Mademoiselle Izzy !

Il avait prononcé son nom avec une telle chaleur que Marilla se retrouva attirée par lui tel un géranium en pot par le soleil.

La tête d'Izzy apparut à travers le rideau. Elle avait les cheveux aussi gris que le ventre d'une colombe, mais elle était toujours aussi belle. Le cœur de Marilla s'emballa devant la représentation de ce que sa mère aurait pu devenir. Sa vision se troubla en périphérie, mais elle garda les yeux bien ouverts dans le froid pour se ressaisir.

— Ma petite fleur ? Matthew ? s'étonna Izzy en ouvrant la porte. Est-ce bien vous ? Vous avez vieilli d'autant de jours que moi, c'est-à-dire aucun !

M. Meachum l'aida à descendre. Marilla remarqua un petit balancement et une fragilité nouvelle dans son corps, pareil à un roseau sur la plage. Plus de dix centimètres de neige étaient encore tombés dans la nuit, cachant la glace sous la poudreuse. Elle aurait pu facilement glisser, M. Meachum resta donc tout près d'elle pour la retenir.

— Venez, les garçons, appela Izzy. Je veux vous présenter ma nièce et mon neveu. Ne soyez pas timides.

Marilla jeta un regard à Matthew, inquiète qu'il trouve étrange le ton maternel d'Izzy à l'égard de simples domestiques. Deux petites têtes noires sortirent de la cabine, le plus jeune sous le bras de l'aîné.

— Voici Abraham et Albert.

Matthew sourit.

— Bienvenue. Je suis content que les hommes soient en majorité, pour une fois. Entre Marilla, les vaches laitières et les poules, je finis par me sentir seul.

Albert, le cadet, osa descendre. La neige lui arrivait aux genoux. Il passa une main dessus, fasciné.

— Il y en a tellement, chuchota-t-il à son frère. On dirait une dune de sable, mais en plus doux et plus froid.

M. Meachum se racla la gorge.

— Al n'a jamais vu autant de neige.

— J'ai déjà vu sept hivers, mais je me rappelle que les trois derniers. La neige, c'est comme les graines de pissenlit pendant les récoltes, elle vole dans le vent. Elle s'empile pas à un endroit.

Il se tourna vers Abraham qui lui décocha un regard sévère pour le faire taire.

Leur allure et leur façon de s'exprimer indiquaient qu'ils venaient du sud des États-Unis. Marilla posa une main sur Matthew, non pas pour le réconforter mais pour trouver du soutien.

— Ce n'est que le début des averses. Entrez donc vous installer, proposa Matthew. Je vais aider M. Meachum avec les valises.

— Du thé chaud et des gâteaux secs au gingembre vous attendent à l'intérieur, annonça Marilla.

Abraham arborait une vieille casquette militaire décorée, qu'il enfonçait profondément sur son front. En entendant le mot « gingembre », il remonta la visière, mais effaça rapidement le sourire qui s'était dessiné sur ses lèvres.

— Oui, allons à l'intérieur, acquiesça Izzy. Et ne regardez pas derrière vous, ou vous vous transformerez en statues de glace !

Matthew descendit les valises du toit avec M. Meachum, tandis qu'Izzy conduisait les enfants au chaud.

— Ma Marilla ! s'écria-t-elle en prenant enfin sa nièce dans les bras.

Marilla ferma les yeux et se laissa aller au plaisir de retrouver sa tante. Le parfum des lilas. Le temps les rattrapait et les enveloppait. Marilla sentit le cœur de sa mère battre de nouveau ; la présence tranquille de son père ; les Pignons aussi vivants qu'au printemps ; la vie et l'amour prospérant sous un ciel de possibilités palpables. Elle se plongea si intensément dans les souvenirs qu'elle faillit ne pas voir les regards éberlués des garçons.

Le sapin les dominait, gigantesque à côté de leurs petites carrures. Chacune de ses branches croulait sous des friandises qui étincelaient dans la lumière de l'âtre crépitant.

— J'avais oublié que c'était Noël !

C'était la première fois que Marilla entendait Abraham parler. Il se reprit aussitôt, plaquant une main contre sa bouche.

Al partit se blottir dans la cape bleue d'Izzy, et tira dessus pour attirer son attention.

— Mademoiselle Izzy, lâcha-t-il d'une voix plus douce qu'un moineau. C'est la maison de mes rêves.

Izzy lui caressa la joue.

— C'est la maison de Marilla. Plus sûre encore qu'un rêve.

Marilla osa jeter un coup d'œil à Izzy, mais à cet instant M. Meachum et Matthew entrèrent avec les bagages. Ils montèrent tous s'installer à l'étage.

Marilla avait préparé l'ancienne chambre d'Izzy dans l'aile est des Pignons. Avec ses murs blanchis à la chaux et son tapis tressé, la pièce respirait le propre. Des années plus tôt, Marilla y avait trouvé un des coussins de couture de sa tante : velours rouge comme une pomme sur sa branche. Elle l'avait posé sur la coiffeuse devant le miroir pour que sa couleur se réfracte dans la chambre. Elle avait apporté la chaise jaune sur laquelle Izzy avait tenu compagnie à Clara et suspendu sur la fenêtre une des créations en mousseline qu'elles avaient cousues ensemble.

Izzy s'en approcha, passant son doigt sur le bord. Elle l'écarta ensuite pour admirer le cerisier, devenu si grand et majestueux avec ses branches qui cognaient doucement la maison. Chaque printemps, il fleurissait à tel point que Marilla craignait de laisser entrer tous les écureuils de l'île si elle ouvrait la fenêtre. Dans le jardin qui bordait les fondations des Pignons, elle avait planté, spécialement pour Izzy, des lilas à côté du rosier écossais de sa mère. Elle savait qu'elle reviendrait un jour.

— De la chambre de papa et maman dans l'aile nord, on a fait une chambre d'amis. Elle est plus grande, mais je me suis dit que tu préférerais dormir ici.

— C'est comme avant, même s'ils sont partis. Je pensais que je ressentirais une autre atmosphère, déclara Izzy en embrassant sa nièce sur la joue. C'est exactement ce qu'il faut… la vie continue.

À l'autre bout du couloir, Matthew emmenait M. Meachum et les garçons dans la chambre des employés.

— J'espère que vous y serez à l'aise.

— Bien plus encore. Nous vous sommes très reconnaissants de nous héberger.

— C'est dur de dormir le jour, dit Al en bâillant.

— Vous avez voyagé de nuit ? demanda Matthew.

— Mlle Izzy voulait qu'on arrive à temps pour fêter Noël, expliqua M. Meachum. Il fallait maintenir le rythme.

Marilla se tourna vers Izzy qui semblait lire dans ses pensées. Elle lui prit la main et la tapota.

— C'est la veille de la naissance de notre Sauveur. Il n'y a rien d'autre à savoir. Mon cœur est rempli de paix et de joie de me trouver ici.

— Marilla ? appela Matthew. Je pense que les garçons sont prêts à dévorer tes pâtisseries.

— Ton ventre a parlé, dit Al à son frère.

— Pas du tout, se défendit Abraham. C'était ma chaussure.

— Alors c'était peut-être le mien. Quand j'ai froid, je sens un vide.

Izzy partit vers eux, mais ses genoux flanchèrent imperceptiblement. Pourtant, Marilla le remarqua tout de même.

— Je m'en occupe, proposa-t-elle. Profites-en pour te changer. Je vais donner un petit en-cas aux enfants pendant que M. Meachum déballe ses affaires.

Izzy lui adressa un sourire de gratitude. Sa fossette s'était creusée sous un tourbillon de rides.

— Je te servirai ton thé quand tu descendras.

Marilla ferma la porte derrière elle et traversa le palier pour retrouver Matthew et les garçons.

— Notre vache Bonny-D vient de donner son lait pour la nuit. Rien de mieux avec les gâteaux secs. Tu ne crois pas, Matthew ?

Matthew se pinça les lèvres, perplexe.

— Je pense, oui, même si du bon lait chaud d'une des meilleures génisses de l'île n'est pas du goût de tout le monde.

Il se tourna vers Abraham.

— Quel âge as-tu ?

— Dix ans, monsieur.

Matthew hocha la tête lentement.

— Assez grand pour te former ta propre opinion sur la question. Qu'en penses-tu ?

Abraham déglutit et son ventre gargouilla. Al se racla la gorge et le dévisagea comme pour lui signifier « je te l'avais bien dit » et il reçut un coup de coude dans les côtes.

— J'aime beaucoup le lait frais, monsieur.

— Moi aussi ! s'exclama Al.

— Très bien alors, conclut Matthew en se caressant la barbe. Trois grands verres de lait de Noël.

Marilla les guida vers le salon, où ils trempèrent leurs gâteaux dans le lait encore chaud, au coin du feu. La collation et la chaleur eurent sur eux un effet soporifique. Ils dormaient déjà pratiquement quand elle les reconduisit dans leur chambre. M. Meachum avait sorti les couchettes de sous son lit.

— Faites de beaux rêves, les garçons, leur souhaita Izzy. Je pars dormir aussi, mes chéris.

En chemise de nuit, elle s'était déjà lavé le visage et avait tressé ses cheveux. Il ne lui restait plus pour seule parure que le pendentif en quartz, la pierre porte-bonheur, qui scintillait tels des flocons de neige sur le rebord de la fenêtre.

— C'était une journée chargée. Je nourris une profonde admiration pour les Rois mages qui suivaient l'étoile, dit-elle en adressant un clin d'œil à Marilla. Comme eux, ce que j'ai trouvé au bout du voyage a exaucé mes rêves et mes espoirs. Tu as fait un travail magnifique avec les Pignons. Clara serait si fière de toi.

Elle l'embrassa sur le front.

Rapidement, le silence se fit dans la chambre des employés. La lumière s'éteignit.

Matthew resta seul à lire dans le salon.

À l'étage, dans le couloir, Marilla posa une main sur les deux murs, nord et sud. La maison était remplie de monde. Elle ferma les yeux pour sentir la chaleur des souffles et des corps à travers les planches. Comme cela faisait du bien. Les Pignons Verts avaient été bâtis pour une famille et elle se réjouit de savoir les chambres enfin pleines. Son père les avait construites dans ce but.

C'était une nuit pour croire aux miracles. Une mère vierge. Le fils de Dieu. Une étoile qui guidait les bergers. À cet instant, les bras écartés entre les murs, elle pria pour que la vie et l'amour reviennent habiter ces lieux.

Au lieu de préparer la cuisine pour le lendemain matin, elle monta au grenier. Éclairée par une faible lueur, elle ouvrit le coffre où elle avait rangé les gants et les écharpes qu'elle avait tricotés avec sa mère mais jamais portés, ayant grandi trop vite. Elle s'était souvent grondée de les garder ainsi dans l'espoir « qu'un jour ». Mais quel jour ? Alors tous les ans, elle avait crocheté plus de vêtements pour les orphelins de Hopetown en guise de pénitence pour son refus de s'en séparer. À présent, elle n'en revenait pas de l'élan avec lequel elle allait chercher ces accessoires pour Al et Abraham.

Marilla souleva une paire de gants et passa le pouce sur les brins soigneusement enchevêtrés. Le talent qui faisait défaut à sa mère en couture, elle le compensait avec le tricot.

Marilla approcha les gants de ses lèvres, se rappelant les mains gracieuses de sa mère sur son ouvrage, le cliquetis des aiguilles qui faisaient de la musique en se croisant. Il était temps qu'ils servent.

Elle enveloppa deux paquets avec du papier Kraft et ajouta des nœuds qu'elle fabriqua avec le reste du ruban en tartan. Elle descendit les placer sous le sapin de Noël avec des bonbons à la menthe.

— Joyeux Noël à vous tous, murmura-t-elle avant de souffler sur sa bougie.

- 31 -

Un Noël aux Pignons Verts

Tôt le lendemain matin, le ciel s'ouvrit comme un sac de sucre, saupoudrant tout le paysage d'une neige fraîche. Le bois dans la cheminée pétillait d'étincelles vives. Les garçons étaient ravis et cela faisait plaisir à voir. Pour la première fois depuis des années, Marilla ne s'imposa aucune corvée. Elle était heureuse d'être, et rien de plus.

— C'est pour nous ? demanda Al.
— Saint Nicolas sait où se trouvent tous les enfants.

Du coin de l'œil, elle vit Abraham tressauter, avant de perdre son regard par la fenêtre.

— Viens, dit-elle en l'attirant contre elle.

Dans le salon, Matthew lisait un passage extrait de la Bible de son père : Luc, chapitre 2. Izzy et M. Meachum penchaient la tête pour prier, tandis que des rafales blanches frappaient sur les vitres, pareilles aux ailes d'un ange. Les garçons déballèrent leurs cadeaux avant de s'empiffrer de biscuits à la groseille, à la cannelle et au sirop d'érable. Ensuite, Matthew plaça son damier sur la table et les frères se lancèrent dans un tournoi.

Pendant qu'ils bougeaient les pièces en plaisantant, les adultes partirent dans la cuisine. Marilla prépara du café et Izzy mangea son biscuit nature. Ses goûts n'avaient pas changé. Elle s'assit à sa place habituelle autour de la table en bois, avec M. Meachum à côté d'elle et Matthew en face.

— Ma nièce est une cuisinière réputée.

— Je le vois bien, confirma M. Meachum en se resservant. Je vous suis très reconnaissant pour ces repas, Marilla. Pour mes garçons, surtout, c'est une bénédiction.

Marilla remarqua le pronom qu'il avait utilisé : « mes » ? M. Meachum semblait trop âgé pour être leur père, mais elle ne s'y connaissait pas vraiment en la matière. À l'évidence, ils étaient parents. Elle versa du café fumant dans les tasses.

— Abraham et Al sont des costauds, affirma Izzy. Il leur faut juste un peu plus de chair sur les os pour les hivers canadiens.

— Ils vont habiter chez toi à Saint Catharines, dorénavant ? s'enquit Matthew.

M. Meachum se racla la gorge, mais Izzy posa une main sur la sienne pour l'empêcher de répondre. Le geste surprit même Matthew par son intimité.

— Marilla, Matthew. Vous êtes ma famille et jamais je n'ai craint d'exposer la vérité entre nous. Nous avons tant partagé.

Marilla s'assit avec ses invités.

Izzy adressa à M. Meachum un regard confiant et il tourna la main pour accueillir celle d'Izzy.

— Martin n'est pas mon majordome, avoua-t-elle. C'est mon fidèle compagnon. Nous nous sommes rencontrés il y a dix ans, par l'intermédiaire de la révérende mère de Hopetown. Martin travaillait pour l'orphelinat. Il faisait passer des enfants au Canada grâce au chemin de fer clandestin. Une amitié est née, fondée sur l'admiration et notre mission commune. Rapidement, c'est devenu bien plus.

Elle lui serra la main et quelque chose dans ce mouvement retourna l'estomac de Marilla : le souvenir de sa main à elle dans celle de John.

— J'ai offert à Martin un bon travail dans mon magasin et le poste de majordome chez moi pour que nous puissions garder nos rôles auprès des fugitifs. C'est un simulacre efficace. Personne ne soupçonne une vieille fille styliste et son majordome de quoi que ce soit. Cela nous a permis de rester ensemble, aussi peu conventionnel que ce soit.

Marilla s'était arrêtée de respirer à un moment. Elle reprit enfin son souffle. Que penser de ces révélations ? Sa tante en couple avec un homme, un Noir… un ancien esclave ? Elle jeta un regard à Matthew qui avait sorti sa pipe. Pour une fois, elle ne lui reprocherait pas de fumer.

— Donc… lâcha-t-elle en se grattant le front.

Par où commencer ? Avec la question qui la taraudait le plus.

— M. Meachum et les garçons sont-ils des esclaves en fuite ?

— Je suis libre, répondit-il. Les garçons sont mes petits-enfants. Quand ma femme est morte de maladie, nos cinq enfants ont été vendus à différentes plantations à travers le sud des États-Unis. Mon maître m'a promis que je pourrais acheter ma liberté, ce que j'ai fait légalement, avant de partir pour Saint Catharines. Là-bas, on m'a présenté à Jermain Loguen et au chemin de fer clandestin, alors que j'essayais de retrouver la trace de mes enfants. Mais rien. J'ai alors rejoint cette organisation. J'ai travaillé avec les nonnes à Hopetown et c'est ainsi que j'ai rencontré Izzy.

Il lui serra encore une fois la main.

— Nous avons réussi à faire passer des centaines de personnes pendant toutes ces années.

— Et alors Martin a reçu des nouvelles des siens, intervint Izzy.

— Ma fille en Caroline du Sud a essayé de s'enfuir. Son maître l'a rattrapée et lui a tranché les orteils du pied droit pour qu'elle ne puisse plus se sauver. Elle peut à peine travailler maintenant. Quand l'assemblée générale de la Caroline du Sud a annoncé son attention de faire sécession, le mois dernier, elle s'est dit que c'était le moment ou jamais de faire partir ses fils. Elle avait appris que j'habitais à Saint Catharines, et a confié ses deux garçons à un de nos passeurs à la frontière. Le jour où j'ai reçu la nouvelle de leur arrivée imminente, votre tante vous a envoyé le télégramme. La maison d'Izzy est un abri sûr, mais pas permanent. Tous les chasseurs d'esclaves d'Amérique ratissent notre ville. Nous fournissons les ressources pour continuer vers d'autres sites, mais c'était la première fois que nous devenions la destination finale.

— Pour protéger ces garçons ainsi que nos opérations, il fallait que nous quittions Saint Catharines le plus rapidement possible, expliqua Izzy. D'où mon télégramme si précipité. Je vous demande pardon. L'endroit le plus logique pour nous où séjourner sans attirer les soupçons était les Pignons Verts.

— Noël est une fête de famille, affirma Marilla. Tu n'as aucun besoin de t'excuser, ni de t'expliquer.

— Je savais que je pouvais vous faire confiance, remercia Izzy en souriant.

Marilla avait toujours su qu'une force tranquille mais puissante circulait entre le Canada et l'Amérique. Elle l'avait perçue déjà enfant, et cela n'avait fait que grandir au fil des années. Jamais elle n'en avait discuté avec Matthew. Elle se tourna vers lui pour voir sa réaction. Il souffla sur sa pipe. La fumée enveloppa sa tête. Il tira une fois, deux fois et une troisième fois, avant de souffler encore.

— Ces enfants t'ont ramenée ici et nous leur en sommes reconnaissants. Tu es notre tante. Par conséquent, si tu considères M. Meachum et ses petits-enfants comme ta famille, alors ils ont leur place dans la nôtre.

Marilla frappa la table de ses deux mains pour confirmer la déclaration de son frère et des ondulations se dessinèrent sur les cafés.

— Restez aussi longtemps que vous le souhaitez. Vous êtes les bienvenus ici.

Izzy se pencha pour lui embrasser la joue.

— Grande et magnifique comme toujours.

M. Meachum serra la main de Matthew avant de reprendre celle d'Izzy, et ils échangèrent un regard débordant d'amour. Cela donna à Marilla l'espoir qu'on pouvait le trouver à tout âge. Le cœur était un territoire sans limites si on était prêt à tout risquer.

Trois jours après Noël, Rachel vint leur rendre visite.

— Quand j'ai entendu que Mlle Izzy Johnson était en ville, j'ai dit à Robert d'harnacher le traîneau et de m'emmener aux Pignons Verts pour lui présenter le filleul des Cuthbert.

M. Meachum et les garçons aidaient Matthew dans l'étable. Robert y avait abrité le cheval afin qu'il soit au sec. Les femmes se réchauffaient devant le poêle de la cuisine. Izzy tenait le bébé endormi dans ses bras.

— Il est parfait.

— Il porte fidèlement son prénom. C'est le plus calme de mes enfants. Je ne l'ai entendu pleurer qu'une seule fois, et il y avait de quoi : sa sœur lui avait fait tomber une chaussure sur le visage.

Rachel passa un doigt sur sa joue.

— Quel petit amour, celui-là.

— Je suis flattée de le rencontrer et je peux t'assurer que Hugh l'aurait beaucoup aimé.

— C'est le numéro douze, le petit veinard.

— Comme les apôtres.

— Dix enfants vivants plus Thomas et moi, cela donne une belle douzaine digne des Évangiles, confirma Rachel, rayonnante. C'est bon de vous revoir parmi nous, mademoiselle Izzy.

— S'il te plaît, transmets à ta mère mes amitiés. Cela fait si longtemps. Comment va-t-elle ?

— Oh, vous connaissez maman. Depuis la mort de papa, elle ne fait rien d'autre que de pouponner ses petits-enfants… et nettoyer après leur départ ! expliqua Rachel en riant.

— Mme White n'a pas changé d'un pouce, déclara Marilla. Ella travaille toujours pour elle.

— Comment va cette chère enfant ?

— Très bien. Elle a cinq petits maintenant, répondit Rachel.

— Eh bien… quelle abondance divine.

Izzy berçait Hughie délicatement.

— Allons dans le salon pour que vous puissiez discuter autour d'un bon thé sans craindre de le réveiller.

— Oh, pas de problème. Cet enfant dort avec neuf frères et sœurs qui sautent dans tous les sens. Ce n'est pas le sifflement d'une bouilloire qui va le déranger.

— Tout de même. Installons-nous à côté du sapin. Un bébé endormi à côté d'un arbre de Noël a des effets bénéfiques sur l'esprit.

Et elle sortit de la cuisine sans attendre d'autorisation.

— Elle va s'asseoir sur le canapé, expliqua Marilla. Ses os la font souffrir.

— C'est l'arthrite ?

— Je pense. Bien sûr, elle ne m'en a jamais parlé, mais j'ai vu comment elle fléchit quand elle se déplace.

Rachel secoua la tête.

— Le corps est un ami peu fiable. Il t'aime quand tu es trop jeune et idiote pour l'apprécier, il s'épanouit avec les années et soudain.

Elle leva les mains au ciel.

— La machine rouille, que tu sois préparée ou pas.

Marilla posa le reste du gâteau de Noël sur une assiette et mit l'eau à bouillir.

— Rachel Lynde, je n'aurais jamais songé que tu deviendrais un oiseau de mauvais augure, prompt à annoncer la mort.

— La mort fait partie de la vie, non ? Nous passons toute notre vie à la fuir, on n'ose pas en parler, on la redoute pour nos proches.

Elle secoua la tête et plia sur ses genoux le bavoir du bébé.

— Mais après tout ce que nous avons vu de ce monde, j'ai décidé de garder ma bonne humeur pour les jours qui me restent et d'accepter que la mort finira bien par venir me chercher. Les feuilles sur un pommier fleurissent, fanent et tombent. Pas la peine de pleurer pour le fruit qui ne sera plus, il faut juste le cueillir tant qu'il est mûr et passer à la suite. C'est l'imbécile qui se lamente sur ce qu'il pense avoir perdu. Je suis sûre qu'on trouve tout cela dans les Saintes Écritures.

Même si ce n'était pas le cas, Rachel trouverait des passages qui pourraient être interprétés dans ce sens. Certains le lui auraient reproché, pas Marilla. Rachel était sa plus proche amie, elle préféra donc se taire, à la façon des Cuthbert. Celui qui retient sa parole possède la connaissance, c'était dans les proverbes et Hugh l'avait souligné dans sa Bible. Elle mit en pratique cette retenue, ignorant où son amie voulait en venir avec son sermon. Parfois, Rachel s'embarquait dans une idée relativement commune et la retournait dans tous les sens jusqu'à la faire sienne. Il valait mieux changer de sujet.

— Heureusement pour nous, nous avons un verger généreux et nos paniers sont tellement pleins de fruits que nous ne savons qu'en faire. Les étagères de la cave croulent sous les bocaux de confiture. Tes petits aimeraient-ils de la compote de pomme ou de prune pour le nouvel an ? Nous en avons en quantité.

La bouilloire siffla et Marilla versa l'eau sur les feuilles d'Assam noir dans la théière.

— Le meilleur verger de l'île est ici aux Pignons Verts. Thomas est amoureux de vos fameuses prunes noires.

Rachel aussi, Marilla le savait bien. Elle se dirigea vers le garde-manger.

— Je te rapporte quelques bocaux.

Rachel posa une main sur son poignet pour l'arrêter.

— Marilla, il faut que je te parle de quelque chose. Cela me tourmente, j'arrive à peine à dormir.

Une vague d'inquiétude envahit Marilla : leur secret avait-il été dévoilé ? Avonlea était une petite ville, mais aucun de leurs invités n'avait quitté les Pignons Verts depuis leur arrivée. La neige n'avait cessé que la nuit dernière. Rachel était la première personne qu'elle voyait sur la route et seulement parce qu'elle habitait à côté.

— Dis-moi, ne garde pas cela pour toi. Je déteste penser que tu manques de repos à cause de moi.

Rachel prit un air désolé.

— Je l'ai dit à Thomas et il pense que cela n'a pas d'importance, mais je sais que c'est faux. Il m'a conseillé d'attendre après Noël, dès que je pourrais t'éloigner de tes invités. Je ne voulais pas que cela te tombe dessus par quelqu'un d'autre...

Elle haussa les épaules.

— Tu me fais peur, Rachel.

De la fumée montait de la théière sur la table.

— D'accord. Je vais aller droit au but, affirma Rachel en hochant la tête, déterminée. John Blythe s'est marié. Elle n'est pas d'ici. La fille d'un vétérinaire, à ce que j'ai entendu dire. Une cérémonie modeste avec juste John, son épouse et les parents de son épouse. Pas d'amis. Ils ont échangé leurs vœux dans le salon du pasteur de Charlottetown. Après la soirée des Blair, je pense. Ils ont passé les fêtes à Boston en guise de lune de miel.

Rachel secoua une nouvelle fois la tête, évitant le regard de son amie.

— Scandaleux, poursuivit-elle. Une fille de la Terre de Rupert ? Une lune de miel à Boston ? Les États-Unis sont au bord de la guerre et ils jouent les amoureux dans les rues !

La pièce se mit à tourbillonner. Marilla se retint au bord de la table.

Sentant son trouble, Rachel reprit la parole.

— Elle a dix ans de moins que lui. Affligeant ! Elle a quoi, trente ans ? J'imagine que c'est assez vieux. Mais un mariage improvisé, sans aucune invitation, aucune annonce ? Ils n'avaient sûrement même pas de cadeaux, grands dieux ! Peut-on vraiment parler de noces ? Je me demande si le pasteur était vraiment ordonné.

Marilla entendit un bourdonnement dans son oreille gauche. Elle tira sur son lobe pour le faire taire, en vain. Il lui transperçait la nuque et le côté de la joue.

Les mains de Rachel s'agitaient nerveusement. Elle leur confia la mission de verser le thé que Marilla avait négligé.

— Tiens. Bois ça, Marilla, tu es plus pâle qu'un champignon blanc.

— Je n'ai pas beaucoup mangé aujourd'hui, mentit-elle, et elle en éprouva immédiatement des scrupules.

Elle aurait dû se réjouir pour John. Pourtant, des années de bons sentiments honorables venaient de s'effacer en une seconde. Le regret, c'est tout ce qui restait. Marilla n'était pas du genre à consacrer beaucoup de temps à ses émotions, mais à présent elle ne pouvait plus penser à rien d'autre. Rachel se trompait. L'imbécile, ce n'est pas celui qui se lamente, c'est celui qui n'a pas croqué dans le fruit tant qu'il le pouvait. Seulement, jusqu'à cet instant, elle n'avait jamais pris conscience de combien elle était affamée.

Elle mangea un biscuit sans en goûter la saveur et le fit glisser avec du thé. La nausée se dissipa quelque peu.

— Je suis contente que tu me l'aies dit, Rachel. Je suis heureuse pour John. Je...

Elle se leva.

— Je vais te rapporter les bocaux.

Dans le garde-manger, avec pour seuls témoins les conserves de fruits et de légumes, elle se couvrit les yeux avec une main. Elle ne pouvait rien faire de plus pour maîtriser son vacarme intérieur.

Des pas résonnèrent sur le sol de la cuisine.

— Marilla ?

Matthew, avec le petit Robert et M. Meachum.

Elle déglutit avec peine, prit les compotes sur l'étagère et se retourna, les traits de son visage parfaitement recomposés. Elle penserait à John demain, elle en avait eu assez pour aujourd'hui. *Ma coupe déborde*, songea-t-elle.

- 32 -

Présentation de Mme John Blythe

Marilla voulait servir un gigot d'agneau au dîner de Hogmanay, le nouvel an. Dès l'aube, elle traversa les champs avec son panier de courses pour se rendre chez le boucher.

Le ciel formait une étendue bleue limpide, sans le moindre nuage et avec un soleil tellement éclatant que Marilla aurait pu se croire en plein mois de juin si elle n'avait pas eu le nez congelé. La chaleur sur ses épaules et le mouvement régulier de ses pieds dans la neige la réconfortaient. La nature lui nettoyait l'esprit.

Lorsqu'elle entra dans la boucherie, elle ne vit que des silhouettes. Ses yeux mirent du temps à s'adapter à la luminosité réduite. Pendant toute une minute, elle crut que le jarret de porc suspendu la fixait de son regard perçant, un rictus aux lèvres. Elle l'aurait salué, si Theo Houston n'était pas sorti à cet instant de l'arrière-boutique avec deux poulets plumés.

— Mam'zelle Cuthbert, bon Hogmanay à vous !

Elle ouvrit grand les yeux pour y voir clair.

— À vous aussi, Theo. Je voudrais un gigot d'agneau pour le réveillon.

— Vous avez de la chance, il m'en reste plus qu'un ! J'ai déjà presque tout vendu. La période des fêtes est toujours chargée.

Il accrocha les poulets la tête en bas, et s'essuya les mains sur son tablier.

— J'ai entendu dire que vous aviez de la visite aux Pignons Verts.

— Ma tante Izzy, confirma-t-elle. Vous étiez encore en culottes courtes la dernière fois qu'elle est venue. Je doute que vous vous souveniez d'elle.

— Beaucoup de nouveaux visages ces derniers temps. Il y a un monde fou en ville.

— Et j'imagine qu'ils adorent tous le mouton.

— On dirait, oui, répliqua-t-il en riant. Je vais vous chercher le dernier.

Il repartit derrière le rideau et la cloche de la porte d'entrée résonna. Des voix emplirent l'espace.

Elle tourna la tête vers un couple en contre-jour. L'homme retira rapidement son chapeau et pivota vers la femme. Marilla repéra alors une toute petite cicatrice sur sa tempe.

— John ?

Le mot était sorti sans qu'elle le décide. Il s'était échappé de ses lèvres.

À son bras, se tenait une dame avec des yeux de biche, des joues pareilles à des pêches et un sourire plus immense que l'horizon. À trente ans, elle faisait bien plus jeune que Marilla au même âge. On distinguait facilement ceux qui n'étaient pas nés dans les provinces maritimes. Les rafales de vent sur l'île laissaient leurs marques, crues et évidentes. Cette femme avait à peine été frôlée par la brise.

— Marilla... je... voici... bredouilla John. Je voulais vous appeler, Matthew et toi... pour faire les présentations... mais j'ai su que vous receviez de la famille et nous venons à peine de rentrer des États-Unis.

Il laissa échapper un soupir douloureux. Sa pomme d'Adam rebondit.

— Voici Katherine. Katherine Blythe.

Marilla examina son épouse. Un visage inconnu dont les traits ne semblaient marqués par aucun traumatisme.

— Marilla Cuthbert, dit-elle en tendant la main.

La femme lâcha le bras de John pour s'approcher.

— Appelez-moi Kitty, lança-t-elle avant de serrer la main de Marilla. J'ai entendu tellement de bonnes choses sur vous, mademoiselle Cuthbert. John considère les Cuthbert comme sa famille. Je serais flattée si vous vouliez bien me faire l'honneur de m'y faire entrer. J'ai tant à apprendre sur Avonlea. Ce que j'en sais, ce sont les histoires que John me raconte.

— Marilla. Appelez-moi simplement Marilla. Le « mademoiselle » me donne l'impression d'être... vieille.

Elle esquissa son plus beau sourire.

— Marilla, répéta Kitty, et dans sa bouche, son nom sonna comme un baume apaisant.

Les cheveux châtains de Kitty étaient coiffés en une torsade délicate attachée à l'arrière de son crâne avec un peigne. Quand elle bougeait, la lumière faisait miroiter les pierres violettes qui le décoraient.

— Votre peigne est ravissant, déclara Marilla pour combler le silence. J'ai une affection toute particulière pour l'améthyste.

Kitty posa sa douce main sur sa tête.

— John me l'a acheté à Boston. Un cadeau de lune de miel.

Elle le regarda avec une admiration éblouissante et les éclats du peigne étincelèrent sur la joue de Marilla.

— J'aime les pierres colorées plus que les diamants. Elles sont tellement plus intéressantes, ne trouvez-vous pas ?

Sans laisser le temps à Marilla d'intervenir, John prit la parole.

— Nous sommes venus acheter de l'agneau à Theo.

— J'ai vu une telle quantité de moutons ici, déclara Kitty. John m'a dit que le bétail de l'île est le meilleur de toutes les provinces maritimes. Est-ce quelque chose dans le sol ?

— Il est très riche en fer, expliqua Marilla. Les animaux broutent l'herbe qui rend leur viande nourrissante.

— Merveilleux ! ponctua Kitty en battant ses longs cils noirs.

Theo revint de l'arrière-boutique avec le gigot.

— M. Blythe et... salua-t-il en adressant un regard intrigué à Kitty.

— La nouvelle Mme Blythe, répondit Marilla. Elle vient d'arriver à Avonlea. Vous la verrez souvent désormais.

Elle se tourna vers Kitty.

— Voici Theo Houston, notre boucher.

Theo examina tour à tour ses trois clients.

— Mais bien sûr ! s'écria-t-il. J'ai appris que vous vous étiez marié, monsieur Blythe. Félicitations. Enchanté de vous rencontrer, madame Blythe.

— Également, monsieur Houston, répondit-elle, repérant alors le gigot qu'il apportait. Est-ce du mouton ?

— Oui. Le dernier morceau qui me reste.

— Comment avez-vous fait pour deviner ? demanda Kitty en tapant dans ses mains. Vous n'êtes pas seulement boucher, vous êtes prophète aussi !

Confus, Theo grimaça, et Marilla intervint pour clarifier la situation.

— Eh oui, il a toujours eu une intuition remarquable, affirma-t-elle en lui adressant un regard complice. Enveloppez donc ce gigot pour Mme Blythe. Je prendrai, pour ma part, un de vos jambons fumés.

Theo hocha la tête doucement.

— Comme vous voulez, mademoiselle Cuthbert.

— Ce gigot sera excellent avec un peu d'ail, de romarin, de sel et de poivre, assura Marilla à Kitty. Si vous en avez.

— Je pense, oui.

— Un gigot de cette taille, je le ferais rôtir sur le feu tout doucement, pendant deux heures. Peut-être plus. Jusqu'à ce que le jus coule. Cela devrait suffire à vous fournir plusieurs dîners à tous les deux.

— Oh, merci ! John m'a raconté que vous étiez une excellente cuisinière. Je vous suis très reconnaissante de bien vouloir partager vos recettes secrètes avec moi.

Marilla secoua la tête.

— Cette recette n'a rien de secret. C'est la façon dont on mélange tous les ingrédients qui rend le plat unique.

— Eh bien, j'espère être à la hauteur, mademoiselle... Marilla.

Une fille agréable, douce et vraiment plaisante : Marilla comprenait que John ait pu tomber amoureux d'elle. Il avait choisi avec sagesse, et tant qu'elle gardait les yeux sur Kitty, elle supportait d'avoir le cœur brisé. Quand il apparaissait dans son champ de vision, elle s'occupait l'esprit en se demandant comment elle préparerait le jambon, le lendemain. Elle avait déjà décidé tous les accompagnements pour le gigot.

— Nous viendrons vous rendre visite, John et moi.

Peut-être un assaisonnement au sucre roux et vinaigre.

— Oui, avec plaisir.

— Après le départ de vos invités, bien sûr. Nous ne voudrions pas nous imposer, même si j'ai hâte de venir chez vous. Je parie que vous mangez comme des rois !

Des haricots verts. Deux bocaux dans le garde-manger.

— Nous mangeons bien et simplement, comme tous les habitants d'Avonlea.

— Eh bien, j'aimerais apprendre à cuisiner aussi bien que vous. John ne tarit pas d'éloges sur vos bons petits plats.

Pas trop sucré, le dessert. Ce ne serait pas très digeste après le porc. Tarte tatin.

Theo tendit enfin à Kitty son gigot et John le paya.

— Merci encore, Marilla. C'était un réel plaisir de vous rencontrer. Nous allons devenir de grandes amies, je le sais.

— Bonne chance avec la cuisson du gigot.

— Pas besoin de chance si j'ai la bénédiction de Marilla Cuthbert !

John entraîna Kitty vers la porte, et Marilla fit volte-face, si bien qu'elle l'entendit juste la saluer.

— Au revoir, Marilla.

Elle rentra chez elle avec son jambon, sans rien voir du paysage. Matthew lustrait son harnachement dans la cuisine.

— J'ai pris un jambon fumé pour le dîner, plutôt.

— Un jambon ? Nous en avons déjà dans la cave, non ?

En effet, mais ce n'était pas le moment qu'on le lui rappelle.

— Un seul ne suffira pas pour six mois.

Matthew posa le licou. Les pièces métalliques cliquetèrent sur la table.

— Tu as raison.

Il se tut et attendit. Ils avaient passé trop d'années ensemble. Il la connaissait par cœur.

— J'ai rencontré la femme de John Blythe aujourd'hui.

Elle retira le papier du jambon.

— Excellent parti pour lui. Rayonnante, joyeuse, belle et jeune.

Elle fit plusieurs encoches dans la viande pour l'assaisonner.

Matthew ne dit rien. Quand elle partit dans le garde-manger pour chercher le sucre et le vinaigre, il quitta la pièce.

Dans le salon, Abraham et Al jouaient aux dames plus calmement qu'aucun enfant qu'elle eût jamais vu.

— Où sont les autres ? demanda-t-elle.

— Mlle Izzy et Pa Meachum sont partis en promenade, répondit Abraham.

— Ils nous ont dit de rester ici et de ne pas faire de bruit, ajouta Al.

Elle n'était pas à l'aise de voir les garçons si sages et obéissants.

— Vous avez déjà ficelé un jambon du nouvel an ?

Ils secouèrent la tête.

— Venez alors, laissez votre jeu. Perdant comme gagnant, tout le monde doit manger.

- 33 -

Chasse aux esclaves fugitifs

    Une semaine plus tard, alors que Marilla tricotait au coin du feu, elle ressentit une douleur dans les yeux. Elle les frotta pour y voir de nouveau clair, mais sa vision restait trouble et molle comme du beurre sur la lame d'un couteau. Elle songea à consulter le Dr Spencer pour qu'il lui prescrive un traitement. Rachel lui avait parlé d'un élixir de ginkgo à la myrtille qui avait ralenti la cataracte de Mme White.
    Le salon était mal éclairé. Elle n'avait pas eu l'énergie d'allumer les lanternes, et Matthew et elle s'étaient installés si près de la cheminée que le feu les brûlait presque. Izzy et M. Meachum les rejoignirent après avoir couché les garçons. Marilla était émue de voir sa tante si investie avec Abraham et Al, comme s'il s'agissait de ses propres enfants. Tous les soirs, avec M. Meachum, elle bordait les garçons sur leurs couchettes et leur récitait une prière. Une partie de Marilla l'enviait d'avoir à s'occuper d'eux.
    — Marilla, Matthew, nous avons des nouvelles, déclara Izzy.

Matthew posa son *Harper's Weekly* et Marilla, son tricot.

— Notre contact du chemin de fer clandestin à Charlottetown nous a écrit. Les enfants vont recevoir des papiers. Il a tracé une route de l'île du Prince-Édouard à Terre-Neuve. Un couple sur place a accepté de prendre les garçons aussi longtemps qu'il le faudrait. En attendant que Martin puisse les réunir avec leur mère, bien sûr.

— *Si jamais* c'est possible, corrigea M. Meachum, mais sans sourciller, contrairement aux autres. Je suis lucide face à la réalité de la situation. Personne n'a entendu parler de ma fille en Caroline du Sud depuis qu'elle m'a envoyé les garçons. Les propriétaires d'esclaves ne sont pas tendres quand ils perdent leurs biens. Un avis de recherche a déjà été placé pour Abraham et Albert. Leurs têtes sont mises à prix pour une belle somme.

Il dirigea son regard vers les flammes qui crépitaient dans la cheminée. Izzy lui prit la main. Une lueur d'inquiétude brillait dans ses yeux.

— Plus ils iront au nord, plus ils seront en sécurité, continua-t-il. Nous devons les déplacer. Nous ne pouvons plus nous cacher aux Pignons Verts. Une visite de famille pendant les fêtes, très bien, mais maintenant, les gens vont commencer à s'interroger. Il faut les conduire à Terre-Neuve et revenir à Saint Catharines.

— Et de Saint Catharines nous ferons de notre mieux pour brouiller les pistes aux chasseurs d'esclaves, expliqua Izzy.

Marilla comprenait. Elle ne voulait pas qu'ils partent, mais c'était la seule solution. La protection des garçons passait avant tout. L'île du Prince-Édouard se situait trop près du continent. Ce n'était plus qu'une question de temps avant qu'on ne les retrouve.

— Comment pouvons-nous vous aider ?

— Nous devons d'abord chercher les papiers à Charlottetown. Ensuite, nous irons sur la côte. Un abri nous attend là-bas avec un bateau en partance pour Port aux Basques.

— Je vous y conduirai, se proposa Matthew. Personne n'y verra quoi que ce soit à redire. Mais si vous y allez tous les deux seuls... cela risque de faire parler.

— Il a raison, confirma M. Meachum.

— C'est un jour et une nuit de voyage jusqu'à Charlottetown et retour, déclara Marilla. Avec le bétail parqué dans l'étable, il ne me reste que les travaux domestiques. Abraham et Al m'aideront.

— Merci, dit Izzy en serrant la main de sa nièce. Nous partirons aux premières lueurs du jour.

D'accord sur les détails de l'entreprise, ils partirent se coucher, l'angoisse s'immisçant dans leurs rêves.

Levée bien avant l'aube, Marilla emballait des gâteaux à l'avoine et du bacon pour le trajet. Matthew avala son café en trois gorgées et sortit rapidement préparer sa calèche. Il préféra prendre son cheval pour laisser celui d'Izzy se reposer en vue du voyage jusqu'à la côte. Ils partirent au petit matin.

Les garçons n'émirent pratiquement pas un son pendant le petit déjeuner. Abraham se força à manger une bouchée de crêpe, tandis qu'Al se contenta de passer et repasser sa fourchette dessus, si bien qu'elle finit par ressembler à un champ labouré.

— Je comprends que vous n'ayez pas d'appétit, les garçons, compatit Marilla. Mais il va bien falloir affronter la journée. Vous avez de l'air à respirer, des champs à explorer, des tâches à accomplir. Vous devez vous nourrir pour être en mesure de tout faire.

Elle versa du sirop d'érable sur les crêpes, et avant qu'elle revînt du garde-manger, les assiettes étaient vides.

— Bravo ! Tout semble plus beau le ventre plein.

Ils l'aidèrent à faire la vaisselle avant d'aller dans l'étable pour traire les vaches et les nourrir, laver le fumier et remplir les abreuvoirs. Les garçons avaient des caractères calmes et paisibles. Ils proposaient volontiers leurs services, sans traînasser et rêvasser comme les enfants avaient tendance à le faire. À dix et sept ans, ils avaient l'air d'adultes déguisés en petits garçons. Marilla les admirait, et en même temps se désolait que leur enfance eût été ainsi écourtée. Perdre une mère faisait irrémédiablement grandir, elle le savait bien, mais au moins, elle n'avait jamais craint qu'on lui arrachât sa vie à elle aussi. Cette terreur lui paraissait inimaginable à n'importe quel âge. Et pourtant, ces deux-là la supportaient plus dignement que des princes. Ils l'attendrissaient profondément, et avec eux elle sentait poindre les prémices de l'instinct maternel.

— Bonny-D vous adore, les complimenta-t-elle. Elle ne nous donne jamais autant de lait à Matthew et à moi.

À midi, les garçons revinrent fièrement dans la cuisine, leur seau rempli de lait, la chaufferie réapprovisionnée, une demi-douzaine d'œufs ramassés dans le poulailler et leurs gants de Noël en train de sécher sur le poêle.

— Je sais que Matthew vous a fait goûter le merveilleux lait de Bonny-D, mais avec tout le travail que vous avez fourni, je voulais vous récompenser en l'améliorant encore un peu. Du sucre et du cacao, ça vous dit ?

Un large sourire se dessina sur le visage d'Al.

— Miam ! C'est ce que maman nous prépare quand Madame lui donne un chocolat spécial. Elle le fait bouillir dans le lait pour nous.

— Je t'ai dit de pas parler de maman ! le gronda Abraham.

Al faillit pleurer. Sa lèvre inférieure trembla nerveusement.

— Voyons, lâcha Marilla en entourant les épaules des garçons de ses bras pour former un cercle. Pourquoi Al ne pourrait-il pas parler de sa mère ? C'est une femme remarquable, et elle a très bien fait de vous envoyer chez votre Pa Meachum. Vous devriez vous raconter tous les jours des souvenirs heureux d'elle. C'est le meilleur moyen pour garder une personne tout près de vous, malgré les kilomètres et les mois qui vous séparent d'elle. Même la tombe ne peut vous retirer cela. Je le sais. Ma mère est partie quand j'étais à peine plus âgée que toi, Abraham.

Comment en était-elle arrivée à se confier ainsi ? Et à présent, tel un nid d'abeilles qu'on presse, elle ne pouvait arrêter le flot qui montait en elle.

Abraham en eut les larmes aux yeux.

— Votre maman est partie au ciel ?

L'émotion du petit garçon raviva la sienne. Elle dut déglutir pour se ressaisir.

— Oui.

Et cela la piqua comme une aiguille : l'hypocrisie de ce qu'elle venait de dire et de ce qu'elle n'avait jamais fait. Matthew et elle n'avaient jamais parlé de

Clara, et rarement de Hugh après sa mort. Soudain, elle éprouva le besoin que Matthew fût là pour discuter avec lui.

— Elle vous manque ? demanda Al.

Une larme coula sur sa joue.

Marilla prit son petit visage entre ses mains.

— Exactement autant que la tienne te manque.

Elle réprima l'envie de lui embrasser le front et essuya plutôt sa joue avec son pouce.

— Et si vous alliez jouer aux dames pendant que je vous prépare votre chocolat chaud ?

— Oui, madame, répondirent-ils en chœur avant d'aller sans bruit dans le salon.

La nuit tombait trop tôt en hiver. Elle eut à peine le temps de remplir les deux tasses que ses yeux se mirent à picoter à force de les plisser. C'était certainement mieux ainsi. L'obscurité soulage celui qui ne veut pas être retrouvé. Elle espérait qu'Izzy et M. Meachum avaient accompli leur mission et se reposaient confortablement dans l'auberge de Charlottetown. Ils repartiraient bientôt pour le Nord, et les Pignons Verts se retrouveraient de nouveau vides.

En peu de temps, elle s'était habituée à les avoir chez elle. Comment imaginer la maison sans eux ? Mais demain était un jour nouveau, libéré des souvenirs et des sentiments de la veille. *Merveilleux*, songea-t-elle. *Et tragique à la fois.*

Elle alluma une lanterne et apporta aux enfants leurs boissons.

— Voilà pour vous !

Elle posa le plateau sur la table du salon à côté du damier.

Alors que les garçons prenaient chacun une tasse, un martèlement résonna au loin. Des chevaux. Qui galopaient vers sa maison.

Les garçons les entendirent également et ils écarquillèrent les yeux.

— Partez ! leur ordonna Marilla. Dans la chambre de couture de l'aile ouest des Pignons. Il y a un coffre noir en crin de cheval avec des clous en étain. Entrez-y et couvrez-vous. Ne descendez pas, quoi que vous entendiez !

Leurs tasses se renversèrent quand ils s'élancèrent vers l'escalier.

Heureusement, Marilla n'avait allumé qu'une seule lanterne et elle la souffla sur-le-champ. Elle se précipita à la fenêtre du salon et se concentra pour voir du mieux qu'elle pouvait. Une nuée d'abeilles noires se rapprochaient à toute allure. Des sauterelles géantes fonçaient droit sur les Pignons Verts. Que faire d'autre qu'attendre ? Son esprit tournait furieusement. Son cœur tambourinait. Une peur incontrôlable l'envahissait. *Fais ce que tu ferais par une nuit normale. Fais ce que tu ferais si tu étais seule.* Elle partit vers la cuisine, remplit la casserole d'eau, de carottes, de navets et d'oignons et la posa sur le poêle. Elle prit son tricot et le maintint sur les genoux pendant ce qui lui sembla un temps infini. Pourtant, elle sursauta quand ils frappèrent à sa porte.

— Qui est-ce ? cria-t-elle assez fort pour que les enfants l'entendent à l'étage. Un instant !

Elle déposa ses aiguilles et, lentement, calmement, elle tira le verrou.

Les hommes ne se ruèrent pas à l'intérieur comme elle l'avait craint. Un groupe de quatre se tenaient sur la pelouse de devant, des fusils dans les mains et, à côté, leurs chevaux agitaient leurs crinières noires. Leur chef la salua sur la terrasse.

— Bonsoir, êtes-vous madame Cuthbert ?

— Mademoiselle Cuthbert, le corrigea-t-elle, la tête haute pour cacher le tremblement de ses genoux. Et vous, qui êtes-vous pour vous présenter dans ma propriété à cette heure de la nuit ?

— Mademoiselle Cuthbert, je suis monsieur Rufus Mitchell de la patrouille d'esclaves, se présenta-t-il en montrant le badge accroché à sa veste.

— Jamais entendu parler de vous, répliqua Marilla en plissant les yeux.

Il lâcha un petit rire sec qui rappela à Marilla la lame d'une charrue qui frappe une pierre.

— Veuillez accepter mes excuses, dit-il avec une courbette. Bien sûr que non. Nous ne sommes jamais venus dans cette partie du Canada. Une île n'est pas l'endroit habituel où se retrouveraient des Nègres.

— Pas tant que cela, contredit Marilla. La Nouvelle-Écosse en compte plusieurs familles. Et nous en avons quelques-uns qui travaillent ici à l'île du Prince-Édouard.

— Alors vous avez des Nègres ici, s'étonna-t-il. Dans votre maison, aussi ?

Elle ne répondit pas tout de suite, ne sachant combien elle pouvait en dire. Seuls Rachel et Robert avaient vu les garçons. Le reste de la ville croyait qu'Izzy était en visite en compagnie de son majordome, un domestique libre qui voyageait avec elle de son propre accord.

Son silence la rendit tout de suite coupable aux yeux de Mitchell, qui fit un pas en avant.

— Vous ne verrez aucune objection à ce qu'on jette un œil. Vous n'avez rien à cacher, n'est-ce pas ?

Les trois autres arrivèrent derrière lui.

Marilla bloqua la porte avec un bras.

— Vous n'avez aucun droit.

— Les lois de propriété disent le contraire.

— C'est ma propriété et je ne vous autorise pas à entrer.

— Si les biens de mon employeur sont à l'intérieur, alors je dois insister.

Il la bouscula pour entrer.

Elle tira sur le col de sa robe.

— Par souci de décence, alors... Personne ici ne correspond à ceux que vous recherchez. Je vis avec mon frère, Matthew Cuthbert, et il est absent. Il serait totalement inapproprié pour une femme célibataire de recevoir des hommes chez elle. Les gens du Sud sont réputés pour leur honneur. Faites-vous exception à la règle, monsieur ?

Mitchell leva les deux mains au ciel, prenant un air innocent, même si elle voyait la bosse de son pistolet sous sa veste.

— Je n'ai pas l'intention de poser les mains sur vous, mademoiselle Cuthbert. Vous avez ma parole de gentleman de la Confédération des États d'Amérique.

— De quel pays parlez-vous ? demanda-t-elle. Je ne connais pas.

— Patience, vous allez très bientôt en entendre parler, assura Mitchell.

Ses compagnons entrèrent, leurs bottes couvertes de boue foulant lourdement son plancher. L'un d'eux partit dans le salon et poussa sans ménagement le sapin. Des épines tombèrent par terre. Les trois autres fouillèrent la cuisine, la chambre de Matthew et l'étable. Marilla devait les empêcher de monter à l'étage. L'homme dans le salon s'empara de la Bible de Hugh Cuthbert et tourna les pages, à la recherche de messages cachés. Marilla éprouva une haine immédiate à le voir mettre ses sales pattes sur ses affaires privées.

— Le Seigneur déteste les menteurs, lâcha-t-il avec un rictus de dégoût. Proverbes 12.

Vous connaîtrez la vérité, et la vérité vous affranchira, songea-t-elle. *Mais comment ?* Et soudain, elle sut.

— Monsieur Mitchell, s'il vous plaît.

Elle reprit la Bible au patrouilleur et lui montra avec un geste du bras le sol souillé.

— J'apprécierais que vos hommes respectent ma maison. Si vous me demandiez simplement si j'ai des esclaves sous mon toit, je vous répondrais honnêtement.

Mitchell claqua la langue, mécontent, et fit signe à ses hommes de s'arrêter.

— D'accord, mademoiselle Cuthbert. Je vais vous donner une chance de nous dire la vérité.

Elle se força à faire deux pas et se retrouva si près de lui qu'elle aurait pu compter tous les poils de sa barbe.

— J'ai accueilli le majordome de ma tante, un esclave affranchi, qui a ses papiers sur lui. Ils étaient ici pour les fêtes et sont partis à Charlottetown faire une course. Mon frère les accompagne.

Les hommes revinrent par la cuisine.

— Rien à signaler. Tu veux qu'on monte jeter un coup d'œil en haut ?

Mitchell dévisagea Marilla sévèrement. Elle retenait sa respiration pour ne pas frémir.

— Monsieur Mitchell, je ne peux tolérer...

— Vous êtes une honnête femme, mademoiselle Cuthbert. Je le pense. Vraiment.

Il posa tout naturellement les mains sur le dossier de la chaise de Matthew et jamais elle ne fut plus heureuse d'avoir recouvert son mobilier de têtières.

— Êtes-vous prête à me jurer que nous n'avons aucune raison d'aller vérifier à l'étage ?

Elle lui décocha un regard déterminé.

— Aucune.

Il se tourna vers ses hommes.

— Rien trouvé de suspect ?

Ils secouèrent la tête.

— Le dîner cuit sur le poêle, commenta un autre.

Le troisième se lécha les babines.

Un sourire de loup se dessina sur les lèvres de Mitchell.

— Alors, je suppose qu'on devrait simplement partir pour Charlottetown. Mais avant de vous quitter, nous souhaiterions profiter de votre hospitalité. Nous avons fait une longue route.

Marilla n'avait aucune envie de nourrir ces hommes, mais si cela suffisait à avoir la paix...

— Bien évidemment. Prenez tout ce que j'ai. Comme vous pouvez le voir, je suis seule, je n'ai aucun moyen de vous en empêcher.

Elle entra dans la cuisine. Un bouillon de légumes ne constituait pas un vrai repas, mais elle leur servirait le ragoût aussi et ensuite ils lui débarrasseraient le plancher. Elle entoura les poignées d'une serviette pour soulever la casserole, mais Mitchell l'interrompit en reprenant la parole.

— J'adore jouer aux dames. Vous jouez avec qui, mademoiselle Cuthbert ? Et je vois que vous avez trois tasses de chocolat chaud.

Les murs de la chambre tournoyèrent telle une pièce de monnaie qu'on lance vers le ciel.

— C'était plus tôt dans la journée, répondit-elle d'une voix éraillée avant de se racler la gorge, en vain. Je jouais avec... avec...

Elle entendit leurs pas dans le couloir vers l'escalier.

— Non !

Elle lâcha la casserole et, avant de pouvoir s'élancer derrière eux, la porte d'entrée s'ouvrit et une vague d'air froid s'engouffra à l'intérieur avec un rayon de clair de lune.

- 34 -

Un ami plus proche qu'un frère

John. Encore une fois, et comme toujours, il était là. Marilla n'avait jamais été aussi heureuse de voir qui que ce fût. Il tenait un fusil chargé et armé sous le bras.

— Messieurs, puis-je vous demander ce que vous voulez à Mlle Cuthbert ?

Le chasseur de prime à côté de Mitchell fit un pas vers John, et les autres se réunirent autour de lui. Mitchell leva les mains pour apaiser la situation. Aucun des patrouilleurs n'était prêt à tirer, ce qui donnait un avantage à John. Même s'ils étaient plus nombreux, John avait le temps d'en tuer un avant qu'ils ne puissent réagir.

— Calmons-nous, proposa Mitchell. Nous ne voulons pas avoir d'histoires avec vous, monsieur.

— Vos actions demandent une réponse immédiate, rétorqua John. Manifestement, vous n'êtes pas d'ici. Vous ne devez pas savoir que pénétrer dans une propriété privée de nuit est une violation de notre code criminel. Je suis en droit de vous abattre, vous et vos hommes, sans aucune autre raison que votre présence ici.

— Êtes-vous monsieur Cuthbert ? Parce que, dans le cas contraire, vous n'êtes pas non plus sur votre propriété et nous abattre serait un meurtre.

— Pas si Mlle Cuthbert m'en donne la permission.

— Je te la donne, affirma Marilla aussitôt.

Mitchell leva les mains plus haut encore.

— Nous sommes désolés de devoir déranger Mlle Cuthbert. Nous sommes à la recherche d'esclaves en fuite pour le compte de M. Laurens de la plantation Cottage Point en Caroline du Sud. Nous ne faisons qu'obéir à la loi, tout comme vous.

— Je vous ai dit et répété que je suis seule ici, insista Marilla.

— Vous l'avez entendue, dit John en agitant le fusil. Partez maintenant. Des Pignons Verts et d'Avonlea.

Mitchell posa un doigt sur le bord de son chapeau.

— Très bien, nous allons donc partir à Charlottetown où Mlle Cuthbert prétend que sa tante s'est rendue. Nous verrons si son esclave a des informations qu'il voudrait partager avec nous.

— C'est un homme libre. Il est son majordome et son assistant au magasin.

— Noir, c'est noir, mademoiselle Cuthbert, commenta Mitchell avec un rictus de dégoût. Ce ne sont pas des papiers qui changent cette évidence.

Marilla sentit un frisson d'effroi lui parcourir la colonne vertébrale.

John indiqua la porte avec son fusil.

— Partez !

Les hommes sortirent par la porte de devant, descendirent les marches de la terrasse et enfourchèrent leurs chevaux. John pointait son arme sur chacun d'eux, tour à tour.

— C'était un plaisir de vous rencontrer, mademoiselle Cuthbert, la salua Rufus Mitchell, avant de donner un coup d'éperon à sa monture qui la fit pousser un hennissement de douleur avant de détaler au galop.

Les quatre autres le suivirent.

Laissant le froid de la nuit les envelopper, John et Marilla restèrent sur la terrasse longtemps après que le martèlement des sabots se fut tu au loin. La sueur sur leur front brillait dans la nuit claire de l'hiver. Marilla ne prit conscience qu'elle tremblait que lorsque le bras de John lui entoura les épaules pour l'attirer à l'intérieur. À cet instant seulement, elle s'autorisa à baisser sa garde. Elle se blottit contre son torse. Il posa la tête sur la sienne et la serra dans ses bras. Elle appuya l'oreille contre son cœur et écouta les battements réguliers. Aucun souvenir du passé. Aucune inquiétude pour l'avenir. Juste le tic-tac des secondes : maintenant, maintenant, maintenant.

Elle ne changea de position que pour suivre ses mouvements, son corps agrippé au sien.

— Comment as-tu su que tu devais venir ? demanda-t-elle en claquant des dents.

John l'approcha du feu et lui frotta les bras jusqu'à ce que sa peau s'enflamme.

— Rachel. Elle a vu ces inconnus passer à côté de sa ferme pour se rendre aux Pignons Verts. Thomas est à Spencerville, alors elle a envoyé Robert me prévenir. À cette heure de la nuit, elle se doutait que ce n'était pas bon signe.

Marilla hocha la tête, toujours pelotonnée dans ses bras. Elle n'aurait sans doute plus jamais quitté ce cocon douillet si elle ne s'était pas rappelé...

— Les garçons !

Elle monta les marches deux à deux, John sur les talons. Dans la pièce de couture de l'aile ouest, elle ouvrit le coffre en grand.

— Abraham ! Al !

Sous les rouleaux de tissu surgirent deux petits corps noirs et les yeux les plus brillants qu'elle eût jamais vus. Marilla les enveloppa de ses bras, heurtant leurs têtes sans douleur.

Derrière eux, John s'émerveillait de la scène.

— Je vous présente John Blythe. Il a chassé les méchants hommes.

Des larmes inondaient les joues d'Al.

— Ils sont partis ?

John posa une main sur l'épaule du garçon.

— Oui, mon petit, ils sont partis.

Abraham contempla le fusil dans les mains de John.

— Vous allez rester avec nous ?
— Oui.

Abraham serra son petit frère contre lui et ils restèrent enlacés tels deux maillons d'une chaîne.

Les garçons refusèrent de s'endormir loin de John et Marilla et, pour être honnête, Marilla ne voulait pas non plus rester loin d'eux. Elle apporta des oreillers et des couvertures dans la chambre de couture. C'était la pièce la plus sûre au cas où les chasseurs de prime reviendraient. Les garçons pourraient se cacher rapidement.

— Je n'arrive pas à dormir, chuchota Al à son frère. Maman nous raconte des histoires quand le marchand de sable ne vient pas.

Abraham posa une main dans le dos de son frère.

— Je n'arrive pas à en trouver une.

Al soupira.

— Mademoiselle Marilla, vous en connaissez une ?

— Oh, je ne sais pas si je vais réussir à me souvenir…

Le visage fatigué et triste d'Al attendrit Marilla aux larmes.

— Mlle Izzy me lisait des comptines quand j'étais enfant. Des histoires gaies pour passer le temps. Vous voulez en écouter une ?

Les garçons acquiescèrent tous les deux.

Elle n'avait plus repensé à ces comptines depuis des années.

— Ma préférée s'appelle « L'Étoile ».

Elle se racla la gorge.

— *Brille, brille, petite étoile, comme j'aimerais savoir qui tu es ! Si haut au-dessus du monde…*

Elle s'interrompit, convoquant ses souvenirs pour retrouver la suite.

— *Comme un diamant dans le ciel*, enchaîna John.

— Vous la connaissez aussi, monsieur Blythe ? s'enquit Al, tout bas.

— Celle-ci, oui.

Avec l'aide de John, quand elle termina de réciter la comptine, les garçons dormaient déjà. Al était roulé en boule comme un chat dans le creux de l'épaule de John. La tête d'Abraham s'appuyait sur les genoux de Marilla et il ouvrait grand la bouche, comme la pleine lune. Il ressemblait trait pour trait au bébé Hughie. Avec dix ans de plus, bien sûr. Elle remonta la couverture sous son menton et quand elle leva les yeux, elle vit que John l'observait. Il souriait. Elle lui rendit son sourire. Elle se sentit attirée vers lui et se demanda si cela aurait pu être ainsi. Si leur famille aurait pu ressembler à cela.

Cette idée lui donna l'impression d'avoir basculé par-dessus le rebord d'une falaise invisible. Elle tombait et volait en même temps.

— Merci, John, murmura-t-elle.

Dans ses yeux, elle vit luire des pensées inexprimées. Elle n'aurait sans doute jamais l'occasion de prononcer les siennes. Mais les mots d'amour ne se disaient pas chez les Cuthbert.

— Tu as toujours été mon plus fidèle ami... le plus cher.

John soutint son regard, la lueur dans ses yeux plus vive encore.

— Pareil pour moi.

La situation était si grave. Elle sombra dans le sommeil avec la comptine qui résonnait dans ses rêves :

Lorsque le soleil disparaît
Lorsqu'il ne peut plus briller
Tu montres un peu de lumière,
Brille, brille, toute la nuit
Brille, brille, petite étoile[1].

---

1. « *When the blazing sun is gone, When he nothing shines upon, Then you show your little light, Twinkle, twinkle all the night.* »

- 35 -

Révélations matinales

Marilla fut réveillée par le hennissement d'un cheval. Elle se leva d'un bond avant de se rendre compte qu'elle était seule dans la pièce. Elle avait confondu Abraham avec un oreiller sous son bras. John et les garçons étaient partis. Affolée, elle sortit sur le palier où elle perçut le parfum du café et des murmures.

— John ? appela-t-elle.

Pas de réponse. Elle traversa le couloir vers la chambre d'Izzy, dans l'aile ouest, pour regarder la route par la fenêtre à travers les branches nues du cerisier. Elle y vit John à côté de leur calèche, avec Matthew, Izzy et M. Meachum.

Marilla posa une main sur la vitre baignée de lumière, soulagée d'être enfin le matin. Le verre embué mouilla ses mains et ses yeux se remplirent également de larmes. Elle les essuya et se coiffa en un chignon soigné avant de descendre.

— Notre contact a été mis au courant de la visite des chasseurs de prime aux Pignons Verts, expliqua Izzy. Matthew a roulé toute la nuit pour les éviter à Charlottetown et revenir ici.

John avait lavé les tasses renversées dans la cuisine et s'était occupé du petit déjeuner pendant que Marilla dormait. Les garçons mangeaient du porridge fumant. Elle n'avait rien avalé depuis vingt-quatre heures, mais n'avait pourtant aucun appétit. Son estomac n'accepterait d'ingurgiter rien d'autre que du café, et heureusement John en avait préparé. Izzy et Marilla s'installèrent autour de la table avec Abraham et Al, les hommes restant debout.

— Vous avez sauvé mes petits-enfants, je vous serai éternellement redevable, affirma M. Meachum.

John secoua la tête.

— Vous ne me devez rien. Nous ne partageons pas les principes de nos voisins du Sud. Abegweit, c'était le nom d'origine de l'île. Une femme sage l'a autrefois appelée « une terre de renouveau où toutes les couleurs de toutes les créatures sont libres de s'épanouir de tout leur éclat ». Je ne l'ai jamais oublié.

Les mots de Marilla, griffonnés sur une ardoise, il y a si longtemps, semblaient chargés des années et des regrets qui les séparaient de ce moment. Ils lui rappelaient qu'elle avait autrefois eu une voix et qu'elle avait toujours un choix pour son avenir.

— Abegweit, répéta M. Meachum. Très joli nom, il sonne bien, déclara-t-il avant de s'adresser à Abraham et Al. À partir de maintenant, quand nous parlerons des Pignons Verts, nous les appellerons Abegweit.

— Un nom de code ? Comme Canaan ? demanda l'aîné des deux frères.

— « Canaan » est le terme des chemins de fer clandestins pour « Canada », expliqua M. Meachum.

— Mlle Cuthbert est un berger dans le train de l'Évangile ? demanda Al.

— Oui, d'une certaine façon.

Le petit garçon enfonça sa cuillère dans son bol.

— Je l'ai su dès que je suis arrivé. La maison de Mlle Marilla est une maison de rêve.

Marilla sourit. C'était une jolie pensée pleine de fantaisie.

On frappa à la porte et tout le monde sursauta.

— Mademoiselle Cuthbert... Marilla ? John ?

C'était Kitty, vêtue d'une jupe et de bottes d'équitation. Attaché à un poteau, son cheval soufflait son exaspération dans l'air du matin. Marilla dut admirer son cran. Elle lui ouvrit la porte.

— Dieu soit loué ! s'exclama Kitty en la prenant dans les bras. Je n'ai pas fermé l'œil de la nuit.

En voyant son mari dans l'entrée, elle libéra Marilla pour se jeter à son cou et l'embrasser. Ce qui s'était ouvert chez Marilla la nuit précédente se referma aussitôt.

— Mon mari !

Le soulagement de Kitty était palpable.

— Je vais bien. J'ai très bien fait de venir.

Gardant un bras autour de la taille de John, elle pivota vers les autres.

— Quand Robert Lynde nous a annoncé que des cavaliers se ruaient vers les Pignons Verts, j'ai tout de suite dit à John : « C'est un mauvais présage. Il faut que tu y ailles de ce pas. Marilla a besoin de toi ! » Mais je ne pouvais plus tenir toute seule, à la ferme. Je me faisais trop de souci. Dès les premiers rayons du soleil, j'ai enfourché ma monture. Après tout, nous aussi, nous avons besoin de toi.

Elle posa une main sur son ventre.

John l'examina, intrigué.

— Nous ?

Elle hocha la tête.

— Déjà ? s'étonna-t-il.

— Cela fait déjà deux mois que nous sommes mari et femme, répliqua-t-elle en rougissant. Cela peut aller très vite.

En effet, songea Marilla.

À nouveau, la pièce se mit à tourner, avec John et Kitty en son centre. Le reste était flou. John souleva sa femme dans les airs avant de la reposer si délicatement qu'on aurait cru ses pieds faits en pétales de fleur. Le sol se déroba sous Marilla, mais elle n'osa pas s'asseoir de peur de ne plus jamais pouvoir se relever. Un enfant. Son enfant. Leur enfant. Elle avait prié pour cela toutes ces années. Elle voulait qu'il vive heureux.

Marilla examina les visages autour d'eux dans la maison que son père et sa mère avaient construite. Dans chaque ride et chaque cicatrice, elle lut les décisions qui l'avaient menée où elle était à cet instant. Elle n'aurait pu changer aucune d'elles sans modifier le tout.

— Marilla, appela Matthew pour la sortir de ses pensées. La calèche de M. Meachum est chargée. La patrouille est partie à Charlottetown, mais ils ne mettront pas longtemps à revenir. L'agent attend les garçons sur la côte. Il faut qu'ils partent maintenant.

Alors que M. Meachum installait les deux frères dans la calèche, John aida Kitty à remonter à cheval.

— Est-ce bien prudent pour toi ?

— Être enceinte ne rend pas une femme plus fragile, John, assura Kitty.

Marilla sentit son genou la lâcher quand elle fit un pas. Son dos la torturait après la nuit sur le plancher en bois. Kitty était jeune et forte. Leur enfant serait le symbole de la nouveauté et du bien. Kitty aimerait John comme il le méritait.

— Merci, Kitty, lança Marilla. D'avoir envoyé John… et pour tout le reste.

Kitty sourit. John esquissa une révérence. Ils pivotèrent et repartirent ensemble vers leur ferme.

Enveloppée dans sa cape bleue, Izzy s'approcha de Marilla. Elle comprenait la douleur d'un amour présent, si proche, mais impossible. Pour le cœur, il représente un véritable océan capable de l'avaler. Les deux femmes regardèrent les deux silhouettes s'éloigner. Le soleil brillait haut dans le ciel, au-dessus des pâturages enneigés marqués des empreintes des sabots, des pas et des bottes.

— Regarde ! indiqua Izzy.

À la lisière des bois s'était immobilisée une biche, délicate et élégante. Son faon grignotait les épines sur un sapin blanc. Elle observa les deux femmes qui l'observaient.

— Les sentiers de la nature ne trompent pas. Ils mènent à la vie. Là où le cœur bat, l'amour naît. Reste ouverte aux miracles inattendus, ma jolie fleur.

Izzy glissa le bras dans celui de sa nièce. Tel un point de rosette, ce mouvement les souda. La fragrance de sa poudre lilas se mêla au parfum minéral de la neige et réconforta Marilla. Elle ne se rappelait plus l'odeur de Clara. Elle ne l'avait connue que treize ans. Le double pour Izzy. Des jumelles, taillées dans le même moule. Marilla se demanda si leur esprit occupait trop d'espace pour le monde. Tellement même qu'il avait été divisé à la naissance, pour être réuni plus tard. Ainsi, sa mère était présente en Izzy et ne les avait jamais quittés.

Les contours de John et Kitty finirent par disparaître dans le paysage, pareils aux derniers mots d'un conte de fées. Marilla n'avait jamais réfléchi à ce qui se produisait après.

Izzy se pencha et ramassa deux morceaux de quartz rose dans la cour.

— Ce n'est pas Hope River, mais cela fera l'affaire.

Elle ferma les yeux avant d'en jeter un des deux vers le champ. Le quartz glissa sur la neige et s'immobilisa, petite tache d'encre sur une feuille blanche.

Elle tendit l'autre à Marilla.

— Fais un vœu.

Marilla s'en empara, la caressa entre ses doigts et finit par ouvrir son cœur. Elle se taisait depuis bien trop longtemps.

— J'aimerais tant connaître l'amour d'un enfant.

Izzy lui embrassa la joue.

— Tu le découvriras.

De toutes ses forces, Marilla lança à son tour la pierre.

Note de l'auteure

J'ai écrit ce roman sans beaucoup d'ambition. J'ai commencé avec ce passage si mystérieux tissé dans *Anne… la maison aux pignons verts*[1], au chapitre 37 :

« – Quel beau jeune homme il est devenu, dit Marilla, songeuse. Je l'ai vu à l'église dimanche dernier. Il était si grand et paraissait si adulte. Il ressemble beaucoup à son père au même âge. John Blythe était un bon garçon. Nous étions très bons amis, lui et moi. Les gens disaient même que c'était mon prétendant.
Anne leva les yeux, soudain très intéressée.
— Oh, Marilla… Et que s'est-il passé[2] ? »

La question d'Anne avait résonné dans mon cœur, toute ma vie : « Oh, Marilla, que s'est-il passé ? » Ce roman donne la réponse. Il s'agit de mon invention de

---
1. *Anne of Green Gables*, dans sa version originale, publié en 1908. Au Québec, il est paru en 1986 sous le titre *Anne… la maison aux pignons verts*, et en France en 1964 sous le titre *Anne et le bonheur*.
2. Traduction de Laure Valentin. *(N.d.l.T.)*

Marilla Cuthbert et des débuts des Pignons Verts, avant qu'Anne Shirley n'apparaisse avec son esprit libre et malicieux.

Ce roman a cela d'inhabituel que nous connaissons déjà la fin. Lucy Maud Montgomery nous a dépeint le dernier acte de la vie des Cuthbert avec maestria. Ce livre est une machine à remonter le temps qui va raccrocher la fin d'une aventure avec le début d'une autre. Voyez-le comme le symbole de l'infini, qui se construit autour et à travers le temps et l'espace, le réel et la fiction, saison après saison. L'art imitant la vie.

Je me livre ouvertement à vous : je ne suis pas Lucy Maud Montgomery. Les magnifiques travaux que nous avons d'elle sont à notre disposition dans ce monde et le resteront toujours. Ce roman-là, c'est moi qui l'ai imaginé, Sarah McCoy. Je l'ai écrit avec tout le respect et l'admiration que je dois à un paysage de fiction, source inépuisée de fascination. Je l'ai écrit en priant pour qu'il fasse honneur à cet univers et y apporte une touche qui rendrait fière sa créatrice. Et désormais, j'écris avec l'espoir que les lecteurs comprendront Marilla pour ce qu'elle était, une femme à part entière… comme je le suis, moi aussi.

Afin de rendre justice à Marilla, j'ai étudié rigoureusement la série *Anne…* En outre, j'ai fait des recherches sur la vie de Lucy Maud Montgomery et entrepris un voyage sur l'île du Prince-Édouard, au Canada. J'ai foulé ses propres pas : dans les pâturages qu'elle avait parcourus ; à travers les bois de sapins et les bois « hantés » ; sur les terrains de sa maison d'enfance avec ses grands-parents, les MacNeill ; chez sa cousine, qui habite désormais aux Pignons Verts ; et à Silver Bush, la ferme de sa tante préférée, Annie Campbell. J'ai observé la plage de Cavendish plus rouge que le feu et j'ai couvert mes yeux pour ne pas être aveuglée par l'éclat du lac Chatoyant. J'ai passé des heures passionnantes auprès de sa famille qui vit toujours sur l'île et dirige le Anne of Green Gables Museum. J'ai touché au lieu où elle est née, et à sa tombe, j'ai murmuré des promesses à ses os et prié pour son âme. J'ai accompli tout cela pour que mon histoire s'imprègne de la sienne. Je voulais sa bénédiction, oui. Tout comme elle a si avidement cherché la bénédiction de ses lecteurs, je la cherche moi aussi, désormais.

Notes techniques concernant mes recherches et mes lectures :

Je me suis adaptée au langage de l'époque, celui de Marilla, pour l'orthographe et le nom de plusieurs personnes, lieux et choses. Ils ont été approuvés par l'Association culturelle des lecteurs canadiens, que je remercie chaleureusement. Cependant, nous devons garder en tête qu'il s'agit de l'angle fictionnel de Lucy Maud Montgomery pour recréer le Canada, l'île du Prince-Édouard et le monde en général, que j'ai à présent élargi à travers ma propre perspective d'auteure. Avonlea et les villages avoisinants n'ont jamais existé que dans ces pages et dans celles de Lucy Maud Montgomery.

Ci-dessous, une liste de ressources sur lesquelles je me suis appuyée à maintes et maintes reprises pendant le processus d'écriture. Je suis très reconnaissante à tous ces écrivains liés aux Pignons Verts :

— La série *Anne*, de Lucy Maud Montgomery
Anne... la maison aux pignons verts
Anne d'Avonlea
Anne quitte son île
Anne au domaine des Peupliers
Anne dans sa maison de rêve
Anne d'Ingleside
La Vallée Arc-en-ciel
Rilla d'Ingleside

— *The Annotated Anne of Green Gables*, de Lucy Maud Montgomery, publié par Wendy Elizabeth Barry, Margaret Anne Doody et Mary E. Doody Jones.
— *Anne's World, Maud's World : The Sacred Sites of L.M. Montgomery*, de Nancy Rootland.
— *In Armageddon's Shadow : The Civil War and Canada's Maritime Provinces*, de Greg Marquis.
— *Black Islanders*, de Jim Hornby.
— *Blacks on the Border : The Black Refugees in British North America, 1815-1860*, de Harvey Amani Whitfield.
— *A Desperate Road to Freedom (Dear Canada)*, de Karleen Bradford.
— *Finding Anne on Prince Edward Island*, de Kathleen I. Hamilton et Sibyl Frei.
— Lucy Maud Montgomery Online, publié par le Dr Benjamin Lefebvre.
— *North to Bondage : Loyalist Slavery in the Maritimes*, de Harvey Amani Whitfield.
— *Provincial Freeman Paper, 1854-1857*, de Mary Ann Shadd Cary.
— *Poèmes enfantins*, de Jane Taylor et Ann Taylor, 1806.

— *Spirit of Place : Lucy Maud Montgomery and Prince Edward Island*, de Francis W.P. Bolger, Wayne Barrett et Anne MacKay.
— *Slave Life and Slave Law in Colonial Prince Edward Island, 1769-1825*, de Harvey Amani Whitfield.
— *The African Canadian Legal Odyssey : Historical Essays*, publié par Barrington Walker.
— *The History of New Brunswick and the Other Maritime Provinces*, de John Murdoch Harper.
— *The Lucy Maud Montgomery Album*, de Kevin McCabe, publié par Alexandra Heilbron.
— *The Selected Journals of L.M. Montgomery, Vol. 1 : 1889-1910*, de Lucy Maud Montgomery, publié par Mary Rubio et Elizabeth Waterston.

Remerciements

L'écriture est un voyage du cœur et de l'esprit. Je suis infiniment reconnaissante aux merveilleuses personnes qui m'ont accompagnée lors de mon périple pour que ce roman voie le jour :

Rachel Kahan, je n'avais jamais pris conscience que la relation auteur-éditeur pouvait bouleverser une vie... avant de te rencontrer. Merci d'avoir cru en moi alors que je ne savais pas encore quelle histoire germait dans mon esprit. Je crois à l'intervention divine, et je suis persuadée que toutes les routes que j'ai empruntées me menaient à toi, mon âme sœur, mon amie intime. Merci aussi à MJ, A et Taylor pour les innombrables vidéos que nous avons visionnées en écrivant ce roman.

Jennifer Hart, Kaitlyn Kennedy, Amelia Wood, Alivia Lopez et l'extraordinaire équipe de HarperCollins, pour avoir porté ce livre. Également Cynthia Buck, ma correctrice au regard d'aigle.

Mollie Glick, mon agente et partenaire littéraire. Endurcies par les circonstances, nous sommes sorties plus fortes, plus tranchantes et plus unies que jamais.

Merci de t'être battue pour moi et de ne m'avoir jamais laissée tomber. Tout mon amour au mini G, qui va devenir un sacré gentleman à l'image de John Blythe.

Emily Westcott d'être l'héroïne méconnue du quotidien. Joy Fowlkes pour ton enthousiasme communicatif. Jamie Stockton pour transporter le livre dans le monde entier, et le reste de ma famille de CAA pour votre soutien inconditionnel.

Suman Seewat et Melissa Brooks, les parrains canadiens de ce roman. Merci pour votre œil d'expert. Le temps que vous m'avez accordé et votre feu vert m'ont été précieux.

George Campbell, Pamela Campbell, la Société d'Anne de l'île du Prince-Édouard, et le Anne of Green Gables Museum. Merci de m'avoir accueillie à bras ouverts dans le monde de Maud. Votre générosité a dépassé de loin mes attentes et mes espoirs. Je suis flattée d'avoir votre bénédiction pour ce roman et votre amitié pour la vie. Ce n'est que le début. Je prie pour qu'un jour nous fassions connaître encore davantage les Pignons Verts au monde.

Merci aux doctorants du site des Pignons Verts d'avoir répondu à toutes mes questions et de ne pas m'avoir jetée dehors après l'heure de fermeture, quand il ne restait plus que moi, ma mère et les souvenirs de Maud. Merci à Jacqueline et Emily des Pignons de l'île du Prince-Édouard d'avoir été des hôtesses si chaleureuses pendant mon séjour sur l'île.

Je dois une gratitude éternelle à mes amis écrivains qui m'ont écoutée avec attention, m'ont encouragée et ont vécu avec moi les joies de l'écriture. Vous êtes ma tribu : Sue Monk Kidd, d'avoir gentiment lu le manuscrit non édité ; Susanna Kearsley, mon interlocutrice avisée sur la politique canadienne ; Paula McLain, mon âme sœur, de semer l'amour comme un moulin à vent ; ma sœur de cœur, Jenna Blum, d'être si magnifiquement toi ; Melanie Benjamin, ma copine de toujours de Chicago ; M.J. Rose et les Fuzzle joys ; Lisa Wingate, libellules pour toujours ; et Daren Wang, mon Marilla.

Je suis aussi très reconnaissante envers les amis avec lesquels j'ai échangé des rires, du thé et un soutien sans faille : Christina Baker Kline, Jane Green, Caroline Leavitt, Sandra Scofield, Therese Walsh, Karen White et Alli Pataki, pour n'en citer que quelques-uns.

Je ne suis rien sans toutes les librairies, les clubs de lecture et les lecteurs à qui je dois un dévouement absolu. Parce qu'ils ont été présents tout au long du processus d'écriture, je remercie : Carol Schmiedecke, une vraie amie et une experte de L.M. Montgomery ; la divine Jennifer O'Regan des Confessions of a Bookaholic ; ma famille d'honneur à Reading with Robin, Robin Kall, Emily Homonoff ; les libraires de Bookmarks NC, Beth Buss, Ginger Hendricks, Jamie Southern ; Susan McBeth et Kenna Jones de Adventures by the Book ; ma famille de la radio WSNC et Jim Steele, d'être le grand frère jazzy que je n'ai jamais eu – notre émission « Marque-page avec Sarah McCoy » est l'un de mes meilleurs moments du mois.

Mon Person Christy Fore, son Person JC Fore, et mes chères nièces Kelsey Grace et Lainey Faith. J'ai une part de vous bien au chaud dans mon cœur, pour toujours.

Ma BFF numéro un Andréa Hughes et ses chéries, Abigail et Alice Hughes. Je vous ai fait une promesse autour d'une tasse de thé un jour de juin, j'ai tenu parole. J'espère que vous serez heureuses de trouver un peu de vous dans les Pignons Verts.

Le Dr Eleane Norat McCoy, à qui je dédie ce livre et à qui je dois le plus. L'histoire de Marilla n'aurait pas existé sans toi. Enfant, c'est grâce à toi que j'ai découvert l'univers de Maud. Tu m'as accompagnée depuis les lieux imaginaires de la série jusqu'à l'île du Prince-Édouard. Notre séjour ensemble en octobre 2017 a dépassé mes espoirs et mes rêves. Tes réflexions perspicaces, ton œil aiguisé de lectrice et ta fidélité à l'esprit de Maud ont été des facteurs essentiels au développement de Marilla. Tu m'inspires par tout ce que tu fais.

Mes hommes McCoy, Curtis, Jason et le Dr Andrew McCoy, merci pour votre amour éperdu des femmes de la famille, pour votre respect et votre soutien, et merci d'honorer nos passions comme si elles étaient les vôtres. Andrew, tu vivais avec moi quand j'étais dans les tranchées de l'écriture (à Chicago), alors je dois te remercier tout particulièrement de m'avoir fait rire et de m'avoir soutenue quand l'air conditionné est tombé en panne, que la cave a été inondée et que la vie semblait si incertaine que j'aurais pu en pleurer toutes les larmes de mon corps. Avec les années, quand nous aurons désespérément besoin de plus d'hommes élégants et visionnaires, merci à vous trois d'être mes chevaliers servants.

À mes *abuelitos* Maria et Wilfredo Norat, votre héritage est un bastion d'amour. *Te amo con todo mi corazón y alma. Bendiciones y besitos por siempre.*

Titi Ivonne Tennent et Tante Gloria O'Brien, afin d'écrire un roman sur l'une des plus grandes « tata » de la littérature, j'avais besoin de connaître l'amour de femmes qui m'ont élevée comme leur fille. Merci à toutes les deux de m'avoir fait découvrir la nature miraculeuse et sans limites du cœur des mères. Je suis qui je suis aujourd'hui grâce à vos délicates mains sur ma vie, n'en doutez jamais.

Mon mari Brian Waterman (alias Doc B), tu ne savais même pas qui étaient Marilla Cuthbert et Anne Shirley quand j'ai commencé à écrire ce livre. Et pourtant, tu as tout de suite brandi des bannières de soutien avec enthousiasme et tu m'as abreuvée d'encouragements. Tu as gardé une foi inébranlable en moi, même pendant les heures les plus sombres, quand je n'y croyais plus. Tu as même suivi avec moi les trois saisons du téléfilm *Le Bonheur au bout du chemin*, et tu as aimé. Ça, c'est un homme, un vrai. Pour rien au monde je ne changerais quoi que ce soit de la vie que nous avons créée. Avec les combats et les ajustements apportés à nos rêves, je t'aime encore plus qu'à dix-sept ans.

Table des matières

Prologue. 1876 11

Première partie : Marilla des Pignons Verts.. 17
1. Une invitée. Février 1837 19
2. Tante Izzy est une surprise........................... 29
3. Recette de famille 39
4. Apprendre l'histoire d'Izzy........................... 51
5. Présentation de Rachel White 67
6. Présentation de John Blythe......................... 81
7. Tante Izzy donne une leçon 95
8. Marilla reçoit de la visite 107
9. Marilla et Rachel partent pour la Nouvelle-Écosse 115
10. L'orphelinat de Hopetown 125
11. Une invitation.. 143
12. Le pique-nique de mai 151
13. Tragédie aux Pignons.................................... 165
14. Les Pignons Verts sont baptisés................... 177

Deuxième partie : Marilla d'Avonlea............... 181
15. Rébellion. Février 1838 183

16. Deux à l'étude. Mars.................................... 193
17. John Blythe propose une promenade 203
18. Un examen, une lettre et les regrets des fleurs de printemps... 215
19. Avonlea publie une proclamation 229
20. Le premier vote de la Société féminine d'Avonlea... 241
21. Les secrets de la liqueur de framboise 249
22. Des enchères aux conséquences imprévues 261
23. Un retour à Hopetown. 1839....................... 271
24. Refuge et lettres 283
25. Refus de pardon navré 293

Troisième partie : Marilla dans sa maison de rêve 305
26. Un enfant est né. Novembre 1860............... 307
27. Des félicitations, une proposition et un vœu 317
28. Une fête de Noël 331
29. Un télégramme... 343
30. Tante Izzy et les trois Rois mages................ 351
31. Un Noël aux Pignons Verts.......................... 361
32. Présentation de Mme John Blythe 373
33. Chasse aux esclaves fugitifs......................... 381
34. Un ami plus proche qu'un frère 393
35. Révélations matinales 399

Note de l'auteure.. 405
Remerciements 411

POCKET N° 16370

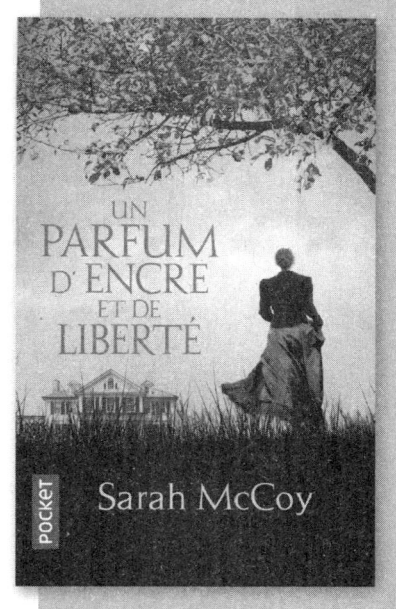

> « Sarah McCoy signe une grande fresque comme les Américains savent si bien les imaginer. »
>
> **ELLE**

Sarah McCOY
UN PARFUM D'ENCRE ET DE LIBERTÉ

1859 : Chez les Brown, la cause abolitionniste se transmet de père en fille. En pleine guerre de Sécession, la jeune Sarah suit les traces de son célèbre paternel, sacrifiant tout de sa vie de femme dans son combat pour la liberté.

2014 : Banlieue de Washington. En achetant cette vieille demeure sur Apple Hill, Eden pensait pouvoir guérir son désir d'enfant, que son corps lui refuse. Plusieurs décennies séparent ces deux femmes et pourtant leurs destins se rejoignent sur bien des points…

Retrouvez toute l'actualité de Pocket sur :
www.pocket.fr

Faites de nouvelles rencontres sur pocket.fr

- Toute l'actualité des auteurs : rencontres, dédicaces, conférences...
- Les dernières parutions
- Des 1ers chapitres à télécharger
- Des jeux-concours sur les différentes collections du catalogue pour gagner des livres et des places de cinéma

POCKET
Un livre, une rencontre.

Découvrez
des milliers de
livres numériques chez

12-21

→ *www.12-21editions.fr*

12-21 est l'éditeur numérique de Pocket

La photocomposition de cet ouvrage
a été réalisée par
GRAPHIC HAINAUT
59163 Condé-sur-l'Escaut

Imprimé en Espagne par
Liberdúplex
à Sant Llorenç d'Hortons (Barcelone)
en mai 2021

POCKET – 92, avenue de France – 75013 Paris

S29179/04